작품 속 지문指紋 읽기

서태수 평론집

작품 속 지문指紋 읽기 서태수 평론집

발행일   2023년 9월 18일

지은이   서태수
펴낸이   손형국
펴낸곳   (주)북랩
편집인   선일영   편집   윤용민, 배진용, 김다빈, 김부경
디자인   이현수, 김민하, 안유경   제작   박기성, 구성우, 배상진
마케팅   김회란, 박진관
출판등록   2004. 12. 1(제2012-000051호)
주소   서울특별시 금천구 가산디지털 1로 168, 우림라이온스밸리 B동 B113~114호, C동 B101호
홈페이지   www.book.co.kr
전화번호   (02)2026-5777   팩스   (02)3159-9637

ISBN   979-11-93304-57-0 03800 (종이책)   979-11-93304-58-7 05800 (전자책)

(주)북랩 성공출판의 파트너

북랩 홈페이지와 패밀리 사이트에서 다양한 출판 솔루션을 만나 보세요!

홈페이지 book.co.kr   •   **블로그** blog.naver.com/essaybook   •   **출판문의** book@book.co.kr

---

작가 연락처 문의 ▸ ask.book.co.kr

작가 연락처는 개인정보이므로 북랩에서 알려드릴 수 없습니다.

서태수
평론집

작품 속
지문 指紋
읽기

평론가는 작가가 되어야 하고, 독자도 되어야 한다
이로써 다양한 장르의 작품 세계를
더 풍부하게 탐구할 수 있다!

 북랩

펴내는 말

사람의 생물학적 구성 체계에서 한눈에 파악 가능한 특징적 변별성은 '지문(指紋)'이다.

유기체에 비유되는 문학 작품도 이와 비슷하다.

문학 작품 형성에서 어휘는 세포, 문장은 조직, 문단은 기관, 이들의 통일된 기능은 기관계로 이어져서 드디어 하나의 작품 개체를 형성한다. 이 작품들을 묶으면 작가의 영육이 담긴 총체, 즉 작가의 고유한 작품 세계인 지문으로 드러난다.

개별 작가의 작품집을 읽다 보면 표현의 문학 미감을 찬탄할 때도 있지만, 이 부분이 다소 미진하더라도 작품에 우러나는 작가의 진중한 삶도 발견하게 된다. 이런 점에서 덜 좋은 작품은 있을지라도 세상에 나쁜 문학 작품은 없다는 말을 실감하게 된다.

나는 평론 이론에 전문적 식견도 없거니와 현학적 췌사(贅辭)를 늘어놓는 성향도 아니다. 다만 작품 평론은 작가의 창작 안목

확인과 독자의 감상 능력 고양에 관한 작업이라 생각한다. 일차적으로 작가의 미학적 의도를 파악하고 나아가 작가가 논리적으로 미처 인식하지 못하는 작품 속의 고도한 의미망까지 탐색하기도 해야 한다는 생각이다. 이를 통하여 독자의 감상을 도와주는 일이다. 이런 점에서 작품 평론은 작가를 이해하고 작가를 뛰어넘어야 한다는 생각이다. 문학 작품은 이론적, 학술적 소산이 아니라 구체적이고 실제적인 창작물이다. 평론가는 작가도 되고 독자도 되어야 한다. 특히 좋은 작품 창작을 경험하지 못한 상태에서 하는 작품 평론은 자칫 공허한 이론에 머물게 된다. 문학 창작이나 비평은 지식이나 이론보다 실체적 경륜이 더 중요하기 때문이다.

이 책은 개별 작가들의 지문(指紋)을 그려 보고자 한 것이다. 개인별 지문의 특색 파악은 생물학적 고도한 영역이라기보다 좋은 돋보기 하나만 있으면 가능할 것이다. 동류의 문학을 직접 창작해 본 경험을 기반으로 시, 시조, 수필 등 다양한 장르 작가들의 작품 세계를 풀어낸 것이다. 이들 작품집에 대한 통독과 정독을 통해 작품 속에 뿌리내린 작가의 사상과 정서 그리고 미학적 맥락을 조명하고자 하였다.

본고의 내용은 작가의 총체적 문학 세계를 간략히 조명하는 작가론과 작품집의 말미에 붙이는 서평이다. 따라서 수많은 개별 작품의 문학 미감에 대한 정밀 분석을 담지 않았다. 분량 관계도 있어 어휘, 문장, 문단과 이들의 통일된 기능을 포괄적으로 톺아 가면서 작가 특유의 개성적 지문(指紋)을 나의 돋보기로 읽어 낸 것이다.

2023. 9.
서태수

제1부

작가론

정해원 〈시조 작품 세계〉

영혼 맑은 시혼이 환기한 소시민적 비장미

【1】

정해원 시인의 40년 시력을 한마디로 말하면 '불변의 시정'이며, 그 구체적 특징은 다음과 같이 추출할 수 있을 것이다.

1. 분위기는 비관주의적 우울성의 비장미가 주조를 이룬다.
2. 형식미는 정격의 긴 호흡을 서술적으로 유지한다.
3. 내용은 소시민적 애상을 평이한 서정으로 표현한다.
4. 이미지는 개별적 보조 관념을 통합한 단일 이미저리(imagery)로 구현한다.

'불변의 시정'처럼 그의 품성도 마찬가지다. 아래 글은 《월간 예술》(부산예술인총연합회, 2018.)에서 필자가 피력한 인물평의 일부다.

정해원 시조시인은 한국 시조단의 젠틀맨이다. 인품이 그렇고, 언행이 그렇고, 그의 시조 작품도 그렇다. 삶과 문학이 일치하는 시인이다. 정해원 시조시인은 낙동강의 흐름을 참 많이 닮은 사람이다. 그의 시적 역정(歷程)이 오랫동안 낙동강변에서 생활한 까닭도 있겠지만 시인의 근원적 품성이 낙동강 하류의 온화한 물길을 닮았다. 그는 원칙주의를 존중하면서도 강물처럼 맑고 정의로워 불협화음이 없다.

일상에서 받는 '젠틀맨'의 품성과 달리 사회적 모순 구조의 아픔을 토로하는 그의 작품들은 매우 암울한 분위기다. 여기에서 필자가 오랫동안 궁금했던 것은 이 우울성의 원형(原型, archetype)이 무엇인가 하는 점이었다. 필자가 교류한 30년 이력에서 그의 문학과 품성을 결합해 살펴보면 그 해답이 뜻밖에도 복잡하고 미묘했기 때문이다.

그의 비관주의적 우울성은 융(Carl Gustav Jung)이 말한 인간 정신 구성의 3요소인 탈(persona)과 그림자(shadow)와 영혼(soul)의 상관관계에서 어떻게 형성된 모티프(話素, motif)일까. 융은 자아(ego)보다 더 큰 에너지에 집중하면 우울증이나 분노로 표출된다고 했다. 그런 점에서 작중의 암울한 모티프는 현실과의 대결에서 패배한 그림자에서 기인했다는 해명이 텍스트적일 것이다. 그런데 정해원 작품에는 갈등의 중심에 그림자가 직접 노출되지 않는다. 그렇다면 그의 암울한 모티프는 영혼의 아니마(anima), 혹은 아니무스(animus)를 지향하는 탈일까. 심리적 방어 기제(防

禦機制, defense mechanism)이거나, 그도 아니면 극도로 억압된 그림자의 변형일까.

필자는 그 해명을 위해 그의 우울성 모티프를 탈과 그림자와 영혼의 상관관계에서 형성된 내면적 관계를 기반으로 하되, 작가와 작품을 망라한 역사주의적 비평 관점에서 접근해 보았다. 모두에서 인용한 대로 그는 삶과 문학이 일치하는 시인이다. 즉, '탈(persona)≒영혼(soul)'이다. 이런 점에서 그의 갈등은 그림자의 개입이라기보다 자아의 탈 혹은 영혼이 모순된 사회 구조와 직접 충돌하는 양상으로 전이되었다고 파악한 것이다. 즉, 작품의 동기(motive)를 영혼이 탈과 괴리를 일으키지 않는 맑은 서정에서 기인하는 것으로 포착한 것이다. 이러한 해명의 또 다른 근거는 그가 동시조를 창작하는 데서 그 숨은 연원을 찾을 수 있었다. 동심의 세계, 이것이 그가 진정으로 바라는 삶의 현장이다. 그러나 이것은 현실적 일상에서는 너무나도 큰 모순으로 충돌한다. 동심적 순수성은 현실에 절망할 수밖에 없다. 이 동심과 성인 사회의 모순, 충돌이 그의 시적 세계에 그대로 노정된다고 봄이 옳겠다. 그래서 그의 시적 원형 해명에 그림자를 배제할 수 있었던 것이다.

정해원 시인의 현실적 자아가 동경하는 이상은 모순 없는 공명사회다. 그 실현이 왜곡된 현실 앞에서 시인은 절망한다. 사회와의 갈등에 기인하는 이 아픔이 그의 시 창작의 원동력이다. 그의 작품은 전반적으로 4연 내외의 긴 호흡, 4음보 정격 운율, 애잔하고 유려한 흐름의 시정이다. 작품 속 원형적 모티프는 어둠, 광야, 겨울 강 등을 기반으로 다양한 보조 관념들이 확장의 치환은유로 동원되면서 시상에 초점을 일치시킨다. 그 결과 그의 시정은 단순 명료한 주제를 형성한다. 이것은 시를 쉽게 쓰자는 그의 평소 지론과도 상통하는 점이다. 그리고 작품 내용은 평생 비주류를 자처한 그의 시적 동력(動力)인 소시민의 정서에 공감하는 아픔으로, 세상을 바라보는 그의 곱고도 여린 시선에서 무척 애틋한 인간적 면모를 드러낸다.

아호 '눌하(訥河)'도 그 의미가 더듬거리며 흐르는 물길이다. 그의 문학 행보도 더딘 편이라 등단 시력(1979, 월간《시문학》)에 비해 첫 시조집도 매우 늦게 상재했다. 그는 「나의 문학 등단기」에서 다음과 같이 고백하고 있다.

> 등단 후 24년째 시집을 내지 않고 있었습니다. 시집 없는 시인 생활을 24년간 했습니다. 돈이 없었던 것도 이유이지만 부끄러운 작품이라 도저히 묶어서 낼 수가 없었습니다. 같이 등단했던 시인은 15년 전에 성파시조문학상을 받았습니다. 뒤에 등단한 후배들이 상을 받는데 그러면 질서가 무너진다는 주위의 성화에 못 이겨 2003년도에 첫 시집을 냈습니다.

【2】

《화중련》제27집의 성파시조문학상 수상 특집으로 기획된 '정해원 시인의 작품 세계' 탐색 자료는 제20회(2003년) 성파시조문

　　　　　　　　　　　작품 속 지문指紋 읽기

학상 수상작과 자선 대표작 5편, 신작 2편 등 도합 8편을 대상으로 하였다. 등단 이후 40년 시력을 대표하는 이 작품들을 탐색해 본 그의 시적 특성은 위에서 논급한 바와 같다. 이하에서는 구체적 작품들을 대상으로 소략하게나마 창작의 세밀한 기교미를 톺아 보고자 한다.

「겨울 낙동강」은 성파시조문학상 수상 작품으로, 첫 시조집 『이 찬란한 아침에』(2003년)에 수록된 작품이다.

> 일제히 몰려오는 동짓달 칼날 바람
> 이 겨울의 절정(絶頂) 허허한 광야에 서면
> 희뿌연 모래먼지 속에 몸 숨기는 미루나무.
>
> 날[刀] 세운 바람 맞아 세월도 얼어붙어
> 역사(歷史)처럼 흐르다가 말을 잃은 엄동의 강
> 켜켜한 저 빙판을 건너 봄은 언제 온다던가.
>
> 차라리 봄이 없다면 기다리지나 않겠건만
> 이마에 손을 얹고 먼 남녘을 우러르니
> 하늘도 울먹이다가 쏟아 놓는 함박눈.

이 작품에 투사된 시적 배경은 겨울 낙동강이다. '겨울 낙동강'은 시적 정신 구조의 원형을 탐색하는 중요한 모티프이다. 정해원의 작품에서 배경의 상수로 등장하는 강은 원형적으로 다양한 상징성을 지니고 있다. 여기서는 물의 속성인 정화와 구원,

시간성, 역사성 등이 함축되어 과거, 현재, 미래로 이어지는 인생의 변화와 지속의 표상이 된다. 배행이 단정하고 애상적으로 흐르는 유려한 시정에 동원된 시어들은 겨울 강을 환기하는 암울한 소재들이다. 모두 시대의 모순된 역사성을 담고 있다. 이들 '칼날 바람, 광야, 모래먼지, 빙판, 울먹이는 하늘, 함박눈' 등 각각의 비유적 상관물들이 형성하는 강고한 이미지들은 심하게 왜곡된 시대상의 겨울 강으로 집약된다. 이들 암울한 이미저리(imagery)는 4음보의 정격률과 서술적으로 결합되어 애잔한 어조(語調, tone)를 형성한다. 그 암울성의 원형은 화자 내면의 갈등이 아니라 사회와의 괴리감이며, 그 계기는 미루나무로 표상된 소시민의 신산(辛酸)한 삶의 현장에서 발아된 것이다. 그러나 소시민들이 그리는 봄은 하늘도 울먹이며 함박눈을 쏟는 암담한 미래상일 뿐이다. 화자는 이 상황을 외면할 수도 대적할 수도 없는, 그래서 시인은 더 가슴 아프다.

작가가 대표작으로 선정한 5편 중 「빙하기」는 2016년 상재한 『빙하기』의 표제 시다. 그는 서문에서 '부조리한 사회 문제와 소시민의 고달픈 삶을 담으려 노력하다 보니 작품 전반에 흐르는 우울하고 쓸쓸함은 무기력으로 비치기도 하나 나의 고뇌를 뱉어내는 멜랑콜리(melancholy)적 표현은 나의 시의 발화점이다.'라고 고백하고 있다. 작품에 깊이 스민 비관주의적 우울성은 변함없이 흐르는 그의 시적 서정이다.

칼바람 에고 가는 광야를 가로질러

살점, 도리는 아픔 호곡하는 바람소리
푸른 빛 수척한 웃음 빛을 잃은 반쪽 낮달.

끝없이 펼쳐진 설원 이것은 삶의 현장
강자만 살아남는 역사는 끝이 없고
한 무리 삼포 세대가 빙판길에 넘어진다.

일용직 일을 찾아 남자가 나간 적막
아내는 병든 몸에 하루해를 건너는데
엄동의 강에 누운 듯 얼음장의 반지하 방.

고용 절벽, 삶의 빙벽, 앞을 막은 낭떠러지
이마에 손차양해 앞날을 내다보면
매몰찬 아픈 세월만 빙하처럼 흘러간다.

만년설 툰드라에 꽃은 언제 피는 건가?
원초적 본능으로 몸부림을 쳐보는데
한 줌의 희망마저도 얼어붙은 빙하기.

　시의 시공간적 배경과 시대적 인식은 '겨울은 강철로 된 무지
개'의 이육사 「절정」을 연상케 하지만 서정적 자아의 현실 인식
의지는 그보다 더 절망적이다. 강철 무지개마저 꿈꿀 수 없는 현
실이다. 위의 작품에서는 빙하시대를 살아가는 개별자들이 특정
되어 나타난다. 이른바 헬조선을 대표하는 삼포 세대나 일용직

이 '고용 절벽, 삶의 빙벽, 낭떠러지'에 직면해 있다. 특이한 점은 시조 작법에서 정격 운용을 고수하는 정해원 시인이 '살점, 도리는 아픔 호곡하는 바람소리'로 부호를 겸용한 음수율의 변주를 구사한 점이다. 2-5조의 음수율을 보완하기 위해 '살점' 다음에 찍은 쉼표 부호도 음악적, 시각적으로 매우 의도적인 운용이다.

　나머지 대표작인 『원뢰(遠雷)』는 두만강을 건너는 어린 꽃제비 남매의 모습과 자유를 찾아 강을 건너는 탈북자의 모습에서 김동환의 『국경의 밤』을 연상케 하는 시정이다. 『낭떠러지에 서서』, 『빙점(氷點)』, 『겨울 벌판』도 부조리한 사회 문제와 소시민의 고달픈 삶을 담으면서 절망하는 시정은 마찬가지다. 『겨울 벌판』은 복잡한 행갈이로 단말마적(斷末魔的) 시대상을 시각적으로 유도한 바, 이는 정해원의 작품에서는 매우 특별한 경우라 하겠다.

　신작으로 제공한 「그믐밤」도 앞서 논급한 특징들을 그대로 담고 있다. 그러나 「유리창(2)」는 제재 선택과 그 해석, 그리고 시상 전개가 이전과는 상당히 달라 눈길을 끈다.

　　유리는 투명하다. 그 생각은 틀린 거다.
　　그 창을 통해 보면 불투명한 세상이다
　　빗물이 흘러내린다. 그것은 눈물이다.

　　비가 갠 바깥에는 무지개도 안 돋는다.
　　햇빛을 분해하면 반사하여 흩어지고

　　　　　　　　　　　　　　　　작품 속 지문指紋 읽기

투시해 보이는 것들은 모두가 뒤틀렸다.

지나간 추억들만 투과해 보이는데
단발머리 그 가시나 웃으면서 달려온다.
개나리 노란 꽃눈이 눈 비비는 게 보인다.

일반적으로 유리창의 속성은 소통과 단절의 이중성이다. 그런데 이 작품에서는 뒤틀린 왜곡을 개입시켰다. 제2연까지는 이미 지즘적 요소가 강하게 스며든 작법에 지적 판단을 가미했다. 그러나 결국은 제3연에서 동심적 순수성의 정황을 그려 낸다. 그의 40년 시력에서 매우 특이한 작법이 선보였지만 역시 정해원의 동심적 본류를 벗어나기란 힘든 모양이다.

【3】

필자는 정해원 시인의 평가를 '일상에서는 '젠틀맨'의 품성으로 각인되었고, 그의 작품들은 사회적 모순 구조의 아픔을 토로하면서 매우 암울한 분위기다.'라고 했는데 이러한 그의 시정은 이번 평설에 제공된 작품 8편의 제목과 작품의 마지막 연의 종장만으로도 판단할 수 있다.

「겨울 낙동강」- 하늘도 울먹이다가 쏟아 놓는 함박눈.

「빙하기」- 한 줌의 희망마저도 얼어붙은 빙하기.

「낭떠러지에서」- 그 누가 이 칠흑의 밤에 횃불 하나 밝혀다오.

「원뢰」- 칠흑의 캄캄한 밤에 몽환처럼 들려온다.

「빙점」- 가슴팍 차오르는 서글픔 살얼음 어는 결빙점.

「겨울 벌판」- 여일(餘日)은 /얼마이던가? / 가얄 곳은 어디인가?

「그믐밤」- 천지는 창세기 전으로 회귀하고 있었다.

  정해원의 시에서는 서정적 자아가 탈을 쓰고 세계와 거짓 동화하지도 대결하지도 않는다. 시인(ego)과 시적 화자(persona)도 동일하게 형성된다. 그리고 그가 구사하는 어조(語調, tone)의 애잔함과 겸손함도 한결같다. 정해원 시인은 앞으로도 오랫동안 우리 시조단에서 변함없는 품성으로 시대상의 아픔을 대변하면서 겨울 벌판을 조망할 것이다.

                                              (《화중련》 2019., 봄)

이성호 〈시조 작품 세계〉

열린 보수의 미학적 디자인

　《화중련》의 성파시조문학상 특집으로 이성호 시인의 수상작과 자선 대표작, 신작 등 도합 8편을 대상으로 시정 세계를 탐색해 본 결론은, 이성호 시인의 시조 미학적 디자인은 '열린 보수'의 경향으로 파악된다. 작품의 주제 선정, 서정 표현, 율격 운용, 시행 배열 등에서 보수적 경향을 지니면서도 다양한 시정 포착과 의미 있는 율격 변주, 융통성 있는 배행(陪行)을 보이고 있다는 점이다. 본고에서는 제공된 8편에서 형식과 내용 두 측면을 간략히 살펴보고자 한다.

　현대를 살면서도 굳이 시조를 써야 하는 데는 현대에 걸맞은 당위적 이유가 있어야 한다. 문제의 핵심은 우리가 당연히 시조를 써야 한다는 민족 문화적 논리가 아니라 '왜 현대에도 시조가 필요한가.' 하는 점이다. 이 명제에 대한 대답은 시조의 문화적 폭과 깊이가 현대 사회에 어떻게 수용될 수 있는 것인가에 초점이 맞추어져야 한다.

현대는 리듬 상실의 시대다. 속도를 추구하는 현대는 리듬을 배격하기 때문이다. 고전적 이동법인 발걸음, 말(馬), 자전거, 증기기차, 배(船) 등은 2 및 4박자 또는 3박자의 리듬을 지녔지만 이제는 이들 리듬을 구경하기 힘들다. 율격적 보법을 잃어버린 현대의 이동 도구들, 자동차, 비행기, 쾌속정, KTX에는 리듬이 없다. 이러한 도구들로 인하여 현대인은 체감적 율동감을 상실해 버렸다.

주지하는 바와 같이 시의 형식은 운율이다. 그러나 자유시는 시조와 달리 실제 시를 읽을 때 운율이 외형적으로 체득되는 것이 아니다. 현대인의 삶의 양식도 리듬을 잃게 되어 생활만 삭막한 것이 아니라 문학마저 메마른 시대를 살고 있다. 이 리듬을 회복시켜 주는 것이 정형률을 지닌 시조의 소명이다. 정형에도 여러 유형이 존재한다. 특히 시조를 두고 정형이비정형(定型而非定型)의 자유자재성(自由自在性)을 논한 리태극 박사의 견해는 탁견이다. 굳이 시조의 정체성을 논한다면 그것은 3장 6구 12음보가 아니라 '정형 정신'이다.

이런 점에서 현대 시조 창작에서 다양한 형태의 변주가 이루어지는 현상은 당연한 귀결이다. 이것이 시조 창작의 묘미이기도 하다. 이성호 시인이 운용한 율격 운용의 묘미를 다음 작품에서 찾아볼 수 있다.

싹둑 자르다 그대 일구는 땅끝
넝쿨처럼 달랑 붙어 세월을 되질하는

작품 속 지문指紋 읽기

저무는 저녁 한때의 짐을 묶어 보낸다.

반쯤 열어 둔 서랍 눈가에 바람을 얹어
모아 둔 인연을 꺼내 불을 붙여 지피면서
여일(餘日)의 문턱을 넘어 공을 들인 반공일

질컥질컥 밟아 고른 재바른 걸음새로
논배미 물길 열어 산꽃들이 길을 내고
산새들 더러 얼리어 사태 지는 저 골짜기

첨범첨범 뛰어들어 일상을 쓸어 담는
오지랖 젖은 일상 이름을 갈아 달고
도렷이 드러낸 얼굴 환히 열려 불을 켠다.

―「이발사 오씨의 손길」 전문

작가가 선정한 자선 대표작 중 한편이다. 율격 변주와 섬세한
언어유희를 엿볼 수 있는 작품이다. 율격미로 변주한 시구는 '싹
둑 자르다 그대 일구는 땅끝', '반쯤 열어 둔 서랍 눈가에 바람을
얹어', '모아 둔 인연을 꺼내 불을 붙여 지피면서'에서 보듯 소음
절과 다음절을 상응하게 함으로써 4음보 범위에서 의미망과 호
응하는 율격들이다. 형식을 용기(容器)로 본 것이 아니라 작품의
형성 원리로 파악했기에 가능한 작법이다. 2음절 음보인 '싹둑'
과 '반쯤'은 어휘 자체가 지닌 결여의 서정으로 파악되는데, 반

대로 그 이후에 전개되는 5음절 음보는 앞 음보에서의 부족분을 보완하면서 전체의 균형을 유지하려는 의도로 보인다. 특히 '모아 둔 인연을 꺼내'에서 제2음보의 다음절은 인연사의 많음을 음수율로 호응한 기교이다.

이런 운용은 「나비가 된 장자」 첫수 중장에서도 드러난다. '본시 없던 걸음 밤은 차라리 얇다'의 2-4-2-5 음수율도 마찬가지로 '없던'과 '얇다'와의 호응이다. 음보율을 크게 흩뜨리지 않는 매우 조심스러운 운용이다. 이것은 이성호 시인의 율격 변주는 파격을 유도하는 운용이 아니라 체화된 운율미를 구사한 결실이다. 의미망과 결부된 율격 기교가 자유분방하지는 않으나 고정적 자수율에 얽매이지 않음을 드러낸 것이다.

이 작품의 시정은 소시민의 일상사를 산 좋고 물 맑은 자연풍광 속으로 이끌어 머리숱과 녹음 우거진 삼림의 배경을 등치시키면서 이발을 농부의 경작에 비유하였다. '싹둑, 질컥질컥, 첨범첨범' 등 농경 작업의 상징어, '공을 들인 반공일 같은 언어유희와 아울러 율격미의 변주를 동반함으로써 이발사 오씨의 성실한 장인 의식의 미적 승화를 더욱 섬세하게 형상화할 수 있게 된 것이다.

「성인봉」은 2000년 제17회 수상작이다. 시조가 일반적으로 민족주의적 서정이 많은 편인데 특히 성파시조문학상은 전통문화 계승자인 제정자의 의취에 맞게 그런 인식이 강한 상으로 이 작품도 그런 면이 잘 반영된 수상작이다.

작품 속 지문指紋 읽기

솟구쳐 뽑던 가락 여기 와서 들어본다.
원시 잡목 두루 둘러 차라리 아늑하고
가운데 모인 돌덩이 이름하여 성인봉(聖人峰)

안개 구름 목 적시며 속진(俗塵)을 닦아낼 제
나리동 건너편에 키를 재는 산들하며
바다도 어깨 너머로 숨 고르며 누웠다.

삼무 삼풍 삼다 삼고 신비롭다 말뿐인가
장백(長白) 막둥이로 바다를 건너고도
우뚝한 984 고지(高地) 늠름하다 그 위용

억센 바람 날던 눈발 역사는 비탈져도
수많은 사연들을 차곡차곡 쌓아두고
사해(四海)를 두루 살핀다 예 바로 성인 아닌가.

— 「성인봉」 전문

　시정 전달에서 시조의 대표적 구성법이 3단 혹은 4단 조직이
다. 이 작품도 제재의 '지리적 형성-전체 정경-특징-의의'로 구
성된 4단 조직이다. 시조도 하나의 메시지 전달 장치인 바, 작품
속에 문장 구성 요소인 통일성, 일관성, 완결성이 알맞게 녹아들
었다. 각 연마다 작은 메시지를 독립적으로 담으면서 전체의 조
화를 잘 유지하여 민족 역사의 대위적 존재로서의 성인봉을 형

상화하고 있다.

이 외에 자선 작품에서 서 벌 시인이 지적(1988)했듯이, 단시조로서 본이 되는 「매미 울음」과 민족적 서정과 염원이 깃든 최근에 발표한 작품이 두 편 있다.

「해돋이 앞에서」는 병신(丙申)년 원단에 쓴 것으로, 동해 일출을 조망하면서 시간적 순서에 따라 틈 없이 그려 보인 점이 인상적인데, 세계사에 우뚝 서는 한민족의 염원을 노래하고 있고, 「백두대간(白頭大幹)」도 백두산에서 지리산까지의 형상을 단숨에 다잡아 한민족의 우람한 육신에 대응시켜 노래한 웅혼미가 돋보이는 작품이다.

자료 작품 중 사유의 폭과 깊이가 유현한 작품에는 장자와 니체가 등장한다.

(1)
바람의 길을 따라 조릉(彫陵) 속에 들어와서
본시 없던 걸음 밤은 차라리 얇다
잎들이 잠을 다 깨고 다시 잠든 이참에

뼛속까지 우려내던 성찬(聖餐)의 깊은 골을
한 장의 마른기침 하늘 속에 내가 뜨고
아득한 경계를 지어 꽃을 피워 올린다.

내리쳐 되비추는 부푼 걸음 그 틈새로
비집고 들어 온 거울 숨길을 넘나들며

빈자리 마저 채우며 움켜쥐는 날개 한쪽

(2)
광대무변 이 천지에 점 하나 불러놓고
후두둑 열어보는 천양(天壤)의 오색무늬
손 쥐고 쳐다본 순간 나는 내가 아니었다.

걸어둔 넝마로는 채울 수 없는 둘레
한꺼번에 떠올랐다 밀려오는 일망무제
사념은 빛살로 와서 무지개로 앉았는데

너울처럼 무너지는 육신의 무게 너머
보일 수 없는 거리 지척으로 넘나들며
마침내 네가 내 되어 한 세상을 드러낸다.

— 「나비가 된 장자」 전문

호접몽(胡蝶夢) 또는 호접지몽(胡蝶之夢)을 노래한 작품이라고
한다. 장자를 노래한 작품에 대해서는 학자들에 따라 견해를 달
리할 수도 있겠지만, 여기서는 민속학 전공자인 부산대 국문학
자 김영만 박사의 해설을 그대로 옮긴다.

「나비가 된 장자」는 주목할 만한 작품이다. 장자(莊子)가 꿈에 본
내용의 고사(故事)를 바탕으로 하여 노래한 작품이지만, 나비의 꿈

을 통하여 본 삼라만상의 상호 변용과 교감을 통한 절대적 자유를 장자와 나비로 시점을 각기 달리하여 표현한 것은 가히 압권(壓卷)이라 할 수 있겠다.

제1수가 꿈의 배경이 되는 부분이라면, 2-3수는 꿈이 이루어지는 과정과 꿈의 모습을 말한 듯하다. 4-5수는 나비의 시점에서 본 장면이고, 마지막 수에 와서 우주 전체를 읊고 있는 장자(莊子)의 웅혼한 정신과 세계관을 엿보게 한다. 전후 6수의 작품이 마치 일 필휘지(一筆揮之)한 서예 작품처럼 거침이 없고 군더더기가 없다.

장자의 입장에서 보면 만상은 타자와 분리된 독립적 개물(個物)의 존재가 아니라 서로 자리를 넘나드는 변용적 전이성(轉移性)을 통하여 존재하는 것으로, 따지고 보면 호접몽(胡蝶夢)이나 호접지몽(胡蝶之夢)은 같은 것이면서도 다르다고도 할 수 있다. 시작노트에 의하면, 작가는 이 작품을 한 달을 두고 두 차례에 걸쳐 각각 세 수씩 즉흥적으로 단숨에 내리썼다고 하는데, 한마디로 우주의 뿌리를 노래한 시인인 장자의 가치관이나 세계관이 잘 드러나 있다 할 수 있다. 장자에 의하면, 어차피 만상은 동일하고 그 뿌리는 하나다. 나비는 장자에게 또 하나의 우주이자 생명 자체이며, 이 작품 또한 무위(無爲)의 자연이요, 천지의 윤회(輪廻)에 맥이 닿아 있음을 엿보게 한다.

『니체를 읽으며』도 니체 관련 서적으로 독서 삼매경에서 우러나온 사유가 깊은 작품이다. '신, 초인, 인간' 등의 관념적 서정들을 삶의 물길 속에서 유영하면서 차곡차곡 더듬어 가는 비유로 그려내고 있다.

작품 속 지문指紋 읽기

일상에서 포착한 시정으로는 「매미」, 「이발사 오씨의 손길」 이외에, 「안개」가 있다. 「안개」는 신작으로 이상의 「오감도 제1호」 같은 시대적 불안과 공포의 분위기를 전제로 하고 있으면서도 해법의 가능성을 열어 두고 있다.

아닌 밤중 속수무책 가면 쓴 침입자에
땡전을 쌓아 놓고 흥정을 할까 보다
경계선 고삐를 풀며 드러내는 너의 본색

가까이 더 가까이 눈과 귀 틀어막고
너와 나 좁힌 거리 피사체로 대질러서
캄캄한 어둠을 둘러 발을 내린 이 산하

아직은 여유 있어 화두를 꺼내들고
푸는 게 받는 것이라 황급히 돌아서며
살며시 묶인 지갑을 풀고 앉은 저 능청

—「안개」전문

시적 다의성이 매우 복잡한 서정이다. 풍자로도, 알레고리(allegory)로도, 상징으로도 읽히는 작품이다. 안전장치가 붕괴된 시대, 지근거리에서도 불현듯 맞닥뜨리는 위험 상황이 1-2연에서 제시되었다. 문제는 3연에서 일어나는 반전이다. 이 반전은 표면적으로는 정상적인 해법을 만난 것 같지만 반어적 풍자로 제시된다. 가해자로 대유된 안개가 예고 없이 몰려왔고, 또 안개 스스로가 풀어지는 상황을 묘사했기 때문이다. 병 주고 약 주는 횡포다. 진정성이 없는 조롱이다. 외연을 확장해 보면 이러한 '폭력적 갑질'의 군상들은 도처에 산재해 있는 것이 삶의 현실이다. 이 작품을 알레고리적 관점에서 파악한다면 우리 사회의 역사적, 시대적 삶의 문제에 무거운 가치를 둔 교시적 기능을 읽을 수도 있다. 그리고 안개 자체가 푸는 것으로 이해하여 이 세상의 개인주의나 황금만능주의를 벗어나 삶을 절대적으로 긍정하는 자세, 희망과 무한한 가능의 열린 세계에 대한 기대를 읽을 수도 있겠다.

이성호 시인은 평생 교단생활을 통해 후학 양성과 시, 시조 창작에 매진해 온 원로 문인으로 현재도 왕성한 창작 활동을 하고 계신다. 앞으로도 변함없이 우리 시조단의 귀감이 되어 후배들을 이끌어 주시리라 기대하면서 부족한 평설을 마무리한다.

《화중련》, 2016.）

작품 속 지문指紋 읽기

배갑철 〈시 세계〉

서낙동강 농부 시인의 맑은 서정

【1】

여농(麗農) 배갑철 시인은 참으로 맑고 여린 분이다. 평생을 강가에서 살아 강바닥까지 훤히 비치던 서낙동강의 옛날 그 물빛을 그대로 닮은 분이다. 그가 믿는 기독신앙과, 그가 쓴 시정에서 어긋나지 않는 일상을 80년 평생 엮어 온 분이다.

여농 시인은 자신이 살아온 농부의 삶에 대한 서정을 시집『파종』,『들(野)』,『열매』의 순서로 엮고 최근에 시선집『농부와 시인』으로 문학 갈무리를 하였다. 아랫글은『농부와 시인』의 〈펴내는 말〉 첫머리 내용 일부다.

흙담 쌓은 초가집,
갈대로 엮은 바자로 비바람 막아내던 서낙동강 근처 농부의
아들로 태어났다.

논둑이 책상이요 들이 시 바다였던 농부의 삶.[1]

강서구 강동동에서 출생하여 당시로서는 흔치 않은 서울 지역의 고등 교육을 받았다. 건강이 좋지 않아 향리에 계속 머무르면서 마을 이장을 필두로 이후 향토 지역의 각종 단체 임직을 수행하였다. 특히 농업협동조합 경영과 향토사 연구 방면에 많은 기여를 하였다.[2] 계간 《문예시대》 시 부문 등단(2005) 이후 조용하면서도 알뜰한 시정으로 지역 사회에서 농부 시인으로서의 조명을 받기도 했다.[3] 그의 향토적 시정이 높이 평가되어 2007년 제1회 낙동강문학상을 수상하였다. 당시 수상 대표 작품에는 이미 노쇠한 자신의 모습이 당산나무로 치환되어 드러나 있다.

삼차수(三叉水) 홍수로 오던 날
처박히고 부딪치며 따라온 나무
어느 언덕에 뿌리박고 살아온 세월
삼사백년(三四百年)

함께 온 벗들
가난한 아궁이로 가고

---

1) 시선집 『농부와 시인』 2018. 3., 〈펴내는 말〉 부분.
2) 새마을 영농 강동지구회장, 강동농협 조합장(1990-1998), 전국회훼협회부회장, 《부산의 자연마을》 편집위원, 강서향토사연구소장 등.
3) 첫 시집 『파종』으로 부산일보사(2008. 4. 9.), KBS라디오방송 〈정두환의 문화플러스〉 출연(2008. 4. 12.), 외 한국문학신문, 남도일보, 강서구보 등에 조명됨.

작품 속 지문指紋 읽기

그래도 실타래 명태마리
오색 천 걸쳐놓고 절을 하던
순민(順民)이들

가지 뻗어 은혜 주며
천년 두고 살렸더니
독한 풍우 잘라 가고
찾는 이 적어지니 삭신만 아려 온다

외로운 고목 하나 잎 없이 우뚝 설 때
그래도 거름대여
도와주고 간다 하네

영(靈)은 걷고 있을까

—「들에 사는 당산나무」전문

그의 작품에 대한 짧은 심사평과 시인의 수상 소감은 다음과
같다.

배갑철 시인은 그의 삶 자체가 낙동강 지류다. 농부의 고된 삶 속
에서도 가뭄과 홍수를 헤쳐 온 강변 들판의 땀방울 서정을 십여 년
간 '강서문화'에 담아낸 씨앗이 영글어 오늘의 「들에 사는 당산나
무」를 엮었으리라. 이제는 세월의 연륜 속에서 시인 스스로가 들녘

을 지켜 선 한 그루 당산나무가 아니겠는가.[4]

낙동강 1,300리의 정기를 담은 낙동강문학상의 첫 수상자로 부족한 저를 선정하여 새로운 삶의 빛과 지표를 안겨 주신 관계자 여러분께 깊은 감사를 드립니다.

높고 깊고 넓어, 영원히 변하지 않는 문학 본성과 세월의 정(情)도 함께 담아 주시는 이 문학상을 받으면서 한편으로 비껴 서지 못한 것이 부끄럽기도 합니다.

서낙동강변에서 태어나 70여 년을 살아온 농사꾼의 손에 쥐어진 이 영광을 끝까지 보듬고, 이 상에 담긴 뜻대로 정대로, 맑게 밝게 애쓰며 살아가겠습니다.[5]

【2】

여농 시인은 늦은 문학 세계 입문에도 불구하고 등단 3년째인 77세에 첫 시집 『파종』을 상재했다. 10년 전부터 틈틈이 써 오던 시이기는 하지만 가슴속에 켜켜이 쟁여 있던 농부의 서정이 본격적으로 싹을 틔우기 시작한 것 같다. 당연히 문단의 조명을 받게 되었다. 다음 글은 당시 부산일보 〈흙냄새 물씬 풍기는 시어

---

4) 서태수 심사평, 제1회 낙동강문학상 리플렛.
5) 배갑철 수상 소감, 1회 낙동강문학상 리플렛.

들〉이라는 제목으로 된 기사 전문이다.

〈77세 농사꾼 배갑철 씨 첫 시집 『파종』 펴내〉

얼굴의 주름이 고랑만큼이나 깊은 77세 농사꾼. 젊은 시절 신문 구직란을 열심히 보던 그도 이젠 부고란을 뚫어져라 보는 나이가 됐다. 늘그막에 그가 첫 시집을 냈다. 강서문화원에서 일을 거들면서 10년 전부터 틈틈이 써 오던 시를 묶었다.

"아들 내외는 말리지만, 지금도 대파 농사 짓는다고 트랙터를 몰고 있지요."

'배운 게 도둑질이라 농사밖에 모른다.'는 촌로가 왜 시를 썼을까? "농사꾼이 붓 들고 몇 자 긁적거리면 남은 여생이라도 맑게 보낼 수 있지 않을까." 한다.

"문학을 모르는 촌로가 쓴 시라 거칠다."고 했다. 논둑에서 쓴 시에는 흙덩이와 땀방울이 덕지덕지 붙어 있다.

'논둑에 앉아 / 땀 먹고 자란 / 대파의 삶 그려본다 / 검푸른 저 싱싱한 몸 // 국거리로 파조리로 변신하여 / 많은 육류 어우러져 / 구절양장 그 먼 길을 / 살 찌우며 가리라 // 완숙의 가을바람에 / 농산물 시집 보내고 / 또 씨 뿌리는 날 / 손꼽아 기다리는 들지킴이 // 들은 비어 있어도 / 기다림에 행복하다' (「대파」 전문)

분신과도 같은 대파를 도시민의 구절양장을 향해 먼 길 떠나 보내고도 넉넉하게 웃을 수 있는 농사꾼. 생명은 기다림이란 땅의 언어를 알고 있기에 빈 들에서도 행복하다.

생명을 심는 농사꾼의 심정으로 그는 대파와 함께 시라는 씨앗을

뿌리고 있는 중이다.[6]

신문 기사의 짧은 촌평이지만 배갑철 시인의 맑은 시정을 참으로 잘 포착하였다. 『파종』의 작품 해설에서 〈일상의 값진 체험과 보편적 가치〉로 압축한 이문걸 교수는 '농경과 더불어 연계되어 살아온 체험 시학'으로 접근하고 다음과 같이 평했다.

배갑철 시인의 시적 자세는 소박한 일상의 값진 체험을 바탕으로 사소한 사물일지라도 그냥 지나치지 않고 오랜 시간 묵상하며 이를 감내하고 그 속에서 참된 삶이 지향하는 보편적 가치를 추구하려는 시 정신이 집약돼 있으므로 조용하면서도 천금의 중량감을 지니게 하는 것이 가장 큰 장점이자 높이 살 만한 일이다.

(중략)

배갑철 시인의 시적 형상화 과정은 쉬운 언어, 그래서 간혹 투박하리만큼 무표정한 토운이라는 선입견을 배제할 수 없으나 내심 자세히 관찰해 보면 시인이란 반드시 영교한 언어로 표상할 일만은 아니라 오히려 언어의 연금술사여야 한다는 결론에 이르게 된다.[7]

6) 부산일보(2008. 4. 9.), 글, 이상헌 기자.
7) 『파종』 작품 해설, 이문걸(시인, 동의대학교 명예교수).

작품 속 지문指紋 읽기

【3】

여농의 두 번째 시집 『들(野)』은 한영 대역 시집이다. 시인은 '저의 80년의 길은 추수하는 논길과 시인의 길이 있어 즐겁습니다.'[8]라고 한다. 연작시가 많이 수록된 바, 「강서벌에서」 연작시 17편과 「시인의 길」 연작시 17편, 「노년」 6편, 「아내」 3편이다. 번역을 맡았던 조선대 오인철 교수는 다음과 같이 평했다.

(전략)

거룩한 한 농부의 자화상 같은 초상화가 아닌가 싶다. 현재 우리들은 좀 더 겸손한 태도의 창작이나 문학인이 필요한 것 같다. 혼자서나 날뛰는 그 잘난 경력을 앞세우는 글쓰기는 소금쟁이 맴돌기식의 촌보(寸步)에 불과한 잠꼬대가 되어설랑 언제서나 태어난 조국에 빚진 삶을 되갚을 수 있을까 싶으니 말이다.

시인 배갑철의 시는 그 주제나 표현이 극히 서민적이고 소탈, 그가 농군으로 평생 수고한 낙동강을 낀 강서벌의 농촌과 그곳에서 생활한 성실무구한 농민 삶을 담아내고 있다. 소박하고 올곧은 배 시인의 품성대로 담담하게 사실적 대화체로 풀어내는 자연미와 서정이 무르익은 인생의 의미를 잘 파악하고자 하였다.

한국 문학을 세계에 알리고자 한영 시집 출판으로 국가를 대신하여 수행한 배 시인의 드높은 작가적 공헌도에 박수를 보낸다.[9]

---

8) 『들(野)』, 〈시인의 말〉 부분.
9) 남도일보, 2011. 3. 8.

시집 한 권을 통해서도 전혀 낯선 배갑철 시인의 삶을 꿰뚫어 보고 있다. 수록된 첫 작품을 살펴보면 생산가에도 미치지 못하는 쌀에 의탁된 농부 시인의 마음이 잘 드러나 있다.

쌀은 농민의 마음입니다

88번의 손길로 다듬은
땀내 밴 분신입니다

대우받지 못하는 소식을 듣고
벼는 농부에게 고개 숙이다
창고 안에서 세월을 축내고 있습니다

쌀의 앞날을 걱정하다
퍼렇게 멍든 농심
올해도 홀쭉해진 쌈지 털며
어질머리 붙잡고 한숨 쉽니다

—「강서벌에서 1」전문

Rices are typical of Korean farmers,
and moreover, it may safely be left to the other self of

sweat-stained crops as hard fighting results in farming.

Rices drop their heads to hear disagreeable news,
and then have been spent in vain putting goods in storage.

In fear of being pinched for rice-money this blow bruised
peasant's heart black and blue, and with a deep sigh they
have a cold purse with few exceptions in pains even this year.

— 「In the fields of western riverside 1」[10]

이른바 '농자천하지대본(農者天下之大本)은 위정자의 정치 술수
에 불과한 대외적 표방이었다. 조선시대든 현대든 농민이 직업
적으로 대접받은 적은 없었다. 오죽하면 문어발 한국 재벌 기업
도 '농사짓는 사업'만은 하지 않는 현실일까. 농부들이 말은 안
해도 잘 알고 있다. 그래서 시에서 대우받지 못하는 표면적 주체
는 쌀이지만 그 내면에는 농부의 삶이 치환되어 있는 것이다.

【4】

시업(詩業)의 첫 출발을 '파종'으로 표제를 삼았던 여농 시인

---

10)   오인철(조선대 교수, 시인) 영역.

이 두 번째 시집『들(野)』을 거쳐 세 번째 시집『열매』를 상재하던 2015년에는 '이제 더 이상 시를 쓸 여력이 있겠느냐.'는 생각으로 인생을 마무리하는 표제를 선정한 것 같다. 세상을 등질 때까지 함께할 땅으로 여겨졌던 평생 농지를 떠나야 하는 향토인의 애틋한 서정이 〈펴내는 말〉에서 여실히 드러나 있다.

땅아!
너를 아듬고 토닥거리며 / 네가 주는 열매를 따먹고 살아온 농사꾼의 / 남몰래 훌쩍이는 눈물을 보았는가 / 세상 따라 / '에코델타 〈수변도시〉'라는 / 새 옷을 갈아입어야 하는 말이 없는 / 우리의 고향 강서 김해평야. 갈대밭 개간으로 선대의 가난과 피땀이 함께 묻은 여기 그 변함없고 진정어린 연분에 보은하고자 평생 경험하고 체험한 농촌생활 /『파종』,『들』,『열매』세 권의 시집에 담아 펴낸다 /
낙동강 삼각주 천혜의 영지를 떠나야 하는 / 우리네 농사군들 아픈 가슴 쓰다듬으며 / 흐르는 눈물 자욱자욱 그 정표도 묻어두고 / 가난해서 촌스러워도 행복했던 보금자리 / 흙아, 둥지야 우리가 어디 가서 살더라도 / 부디, 명품도시로 번영하길 / 영원한 너의 앞날에 두 손 모을 것이다.[11]

제3 시집의 주소는 향리 송백도로 되어 있지만 이제는 신도시 개발로 인한 토지 수용으로 생애 마지막 농사를 짓고 있을 때다.

---

11) 『열매』자서 전문.

소멸되는 고향을 등져야 하는 마음이 바빴는지 작품 해설 의뢰
도 하지 못했다. 작별의 농토 앞에 서면 소금기 절인 땅을 일구
고 끝도 없이 자라나는 갈대 뿌리를 걸러 낸 눈물 어린 땅을 물
려주신 아버지 생각이 간절할 것이다.

한 줌의 흙이라도
먹을거리 길러내면
그곳이 들이라고
단단히 이르시던 아버지의 말씀

삽과 괭이의 의지한
병약한 아들이 안쓰러워
묵묵히 논둑을 지키시던 아버지
그 정성으로 소자 오늘도 일하고 있습니다

"얘야 농기구 조심해라" 그 메아리가
들을 적시고 가슴을 적십니다
저 산만등이 바라보며
불효자식 아버지의 땅을 지킵니다

흙살 덮어주던 인자한 손길로
제 등짝 다독이던 아버지
아릿한 그리움에 노을이 그렁그렁

젊디젊은 시절 여농 시인의 건강 상태는 최악이었다고 한다.
이웃 사람들은 모두 그가 얼마 살지 못할 것이라 생각했다고 한
다. 근년에 여농이 말했다. "날 걱정하던 많은 사람들이 모두 떠
나고 나만 달랑 외톨이로 남았어요. 그 와중에서도 아들딸 낳고,
이리 오래 산 것이 참 기적 같습니다." 이렇게 오래 행복하게 살
자식을 주야로 걱정하신 부모님 생각에 노을도 눈시울을 적시고
있다.

【5】

여농 시인의 시선집 『농부와 시인』에는 주소지가 명지신도시
로 기재되었다. 평생 처음으로 옮긴 주소이고 또 마지막 주소지
가 될 것이라 생각하였을 것이다. 그리하여 이 시선집에는 앞서
여느 시집과 달리 약력도 제법 상세히 기재하였고, 부록 〈앨범
속에서〉에서는 여농 시인의 뇌리에 깊이 각인된 옛 사진과 함께
언론에 소개된 내용을 일부 전재하고 있다. 고향을 등지고 고층
아파트에서 허허로운 바다를 바라보며 애정 어린 농사 들판을
상상하는 늙은 농부 시인의 그 서정이 어떠했을까 하는 점은 짐
작하고도 남는다. 서문을 보면 그럼에도 누구를 원망하지 않고
운명처럼 담담히 받아들이고 있다.

(전략)

눈과 귀 어두워지고 마음이 좁아지는 인생 시절을 맞아 / 시선
집을 상재하여 발전의 틈 사이에 꽂아두고 / 젖은 눈 훔치며 감
사의 마음으로 믿음의 길 가고 싶다.[12]

상전벽해의 고향 들판이지만 훗날 새로운 개벽에는 발전한 모
습으로 이룩되기를 기원한다. 정영자 교수는 서평에서 〈흙의 시
인, 땀의 시인, 현장의 시인〉으로 그를 포착하면서 다음과 같이
평설을 남겼다.

억세지 않고 우람하지도 않으면서 섬세하고 부드러운 이미지의
배갑철 시인은 농부 시인이다.
부산광역시 강서구 송백도의 갈대밭, 서낙동강변의 고향에서 태
어나고 자라면서 강물과 갈대밭과 흙 속에서 땀의 가치를 문학의
가치로 승화시키며 살고 있는 노력과 집념의 시인이다. 80년 평생
을 낙동강변의 갈숲과 시산 따라 변하는 자연 속에서 살아왔다. 선
조들이 지게 지고 갈밭을 개간하고 그 눈물에 젖은 땅에서 삶을 이
어 왔지만 에코델타시티로 이제는 명지동으로 이주하여 살고 있
다.[13]

---

12) 시선집 『농부와 시인』 서문.
13) 『농부와 시인』 정영자 서평.

총 4부로 된 시선집에서 제1, 2, 3부는 기존 발표 시집에서 선별한 작품이지만 제4부 〈농부와 시인〉은 신작시들이다. 제3집 『열매』를 상재할 당시만 해도 이제는 시를 쓸 일이 없을 것이라고 말을 하였지만 이후 30편의 신작이 더 창작되었던 것이다. 80년 평생 어느 순간인들, 어느 작품인들 애틋하지 않으랴만 그 중에서도 눈길 머무는 몇 편을 발췌해 본다.

미련할 만큼 농사일을 했지
그것은 맑고 깨끗함이 있기 때문
(중략)
농사는 위대한 창조
땅은 그가 다스리는 우주
농부는 새 생명과 더불어 행복하다

―「농부의 삶」부분

80살을 넘어 몇 해가 갔네요
무상 영원 뜻 아직 모르는데

어느 곳 어떤 현장이라도
사람 삶 순탄만 할까요

일하다 힘에 부쳐 눈물 나고
수없는 나날 모질게도 넘어선

작품 속 지문指紋 읽기

농사꾼의 뚝심
그것이 행복이었네요

두 손 모읍니다
흩어진 이웃 사람들
상생의 나라에서 다시 만나자고

  ―「돌아보면·1」 전문

 「농부의 삶」에서는 고된 농사일에 대하여 여농 시인이 생각하는 내면적 가치와 본질적 의의를 토로하고 있다. 맑고 깨끗한 삶에 대한 자긍심과 새 생명 창조의 보람이다. 연작시 「돌아보면」 10편은 짧고도 긴 80년 생애의, 어쩌면 마지막 서정이라고 생각했을지도 모르는 작품일 것이다. 「돌아보면·1」은 지난 세월을 회상하는 서정으로 정든 이웃 사람들에 대한 거자필반(去者必返)의 정의(情誼)를 담고 있다. 이 시선집 마지막 수록 작품인 「돌아보면·10」에서는 고향을 떠나온 이주민의 서정을 무한 긍정으로 전환시키고 새로운 시대의 역사 현장에서 삶을 일구어 나갈 꽃들, 이 땅의 모든 후손들에게 행복을 축원하면서 여농 배갑철 시인의 공식적 시편을 마무리하고 있다.

 귀여운 꽃이 있습니다
 젊은 부부와 그 아들딸들이 꽃이지요

낙동강 삼각주 꽁지
서부산 명지 국제신도시
을숙도 다리는 나를 부릅니다
남바다 신항만에 밤낮없이 쌓입니다

자고 나면 희망이 솟아나고 있습니다
염전과 염부가 있고
대파와 노전이 주곡산지였던 곳
도시로 국제화의 옷을 갈아입습니다

찬란한 서부산의 새 역사
세계에 우뚝 설 날 다가오고 있습니다
눈부시게 일어나고 있습니다

아가야 튼실하고 귀하게 잘 자라거라
명품도시 주인공이 되어 행복하여라

―「돌아보면·10」전문

　배갑철 시인의 아호는 '소야(小野)'에서 '송백(松柏)'으로, 이후
'여농(麗農)'으로 바뀌었다. '소야(小野)'는 농부의 소박한 삶을 담
아 스스로 선택했던 것인데 《문예시대》 배상호 회장 권유로 사
용하게 된 '송백(松柏)'은 본인의 향리 이름이면서 동시에 청정한
삶을 드러내고 있다. 마지막 '여농(麗農)'은 그가 엮어 온 농부의

　　　　　　　　　　　　　　　작품 속 지문指紋 읽기

일생 전체를 아름답게 관조하는 의미다.

　가훈(家訓)을 '정도(正道)'로 정하고 한 생애 변함없이 맑은 삶을 엮어 온 서낙동강 농부 시인 여농 배갑철 시인의 삶과, 아름다운 문학 서정에 무한한 존경의 마음을 올린다. 아울러 「돌아보면·10」에 담긴 여농 시인의 애틋한 소망이 모두 성취되어 훗날 우리 강서 들판에 새로운 활력이 넘치리라 믿는다.

(2019., 《강서문학》)

소상보 〈추모 평설〉

대산 소상보 작가의 삶과 문학

【1】들머리

대산(大山) 소상보(蘇尙譜) 고문님은 행정가로서의 소임을 마친 후 문인으로 제3의 인생을 엮어 간 대표적인 분이다. 고향이 창원군 대산면이라서 아호도 '대산(大山)'으로 지었지만, 삶의 중요한 맥점은 부산 강서구와 인연이 닿아 있다. 만년을 수필가와 시인으로서 10여 년 동안 우리 강서문인협회의 든든한 울타리 역할로 강서구의 문화 발전에 큰 힘을 보태시고 천수를 누리셨다.

문인은 떠나가도 그의 작품은 곳곳이 남게 된다. 그러나 작품 못지않은 문단 활동은 후배가 기록하지 않으면 알 길이 없어진다. 강서문인협회에서는 대산 고문님 작고 후 당신의 문학성 조명에 대한 의견을 모은 바 있다. 고인께서 우리 협회의 고문으로서 생전에 이룩하신 빛나는 문학 발자취를 정리하고 조명하는 것이 후배로서의 마땅한 소임으로 생각하였기 때문이다. 대산

작품 속 지문指紋 읽기

고문님은 강서구청장을 역임하시면서 선진적 판단과 추진력으로 많은 치적을 남기셨다. 그중에서도 재임 당시에 어렵게 기초를 닦은 낙동강 삼십 리 벚꽃길은 대한민국 명품 산책길로 자리 잡고 있다. 이 꽃길에 우리 강서문인협회는 20년 전부터 시화를 게시하였고, 근년에는 강서구청의 지원으로 고정 시화 게시대를 설치하게 되었다. 지역의 역사도 향토사의 기록으로 남아야 한다. 따라서 이러한 치적은 머지않은 장래에 잘 정리되어 강서 향토사의 큰 획으로 빛나게 될 것이라 생각한다. 다만 필자는 문인으로서 인연을 맺은 사람이기에 본고에서는 연간집 『강서문학』에 대산 고문님의 행장(行狀)에 관한 역사적 기록 보전을 위해 '연보, 문단 활동, 시 대표작, 수필 대표작, 수필 작품 평설, 시 작품 평설'의 순서로 대산 고문님의 문학적 발자취를 소략하게나마 살펴보고자 한다.

【2】 연보

- 1938. 10. 22. (양) 경상남도 창원시 대산면 가술리 240번지에서 진주소씨 포정공파 45세손으로 소동석, 박봉아 슬하 5형제 중 4남으로 출생
- 1968. 10. 21. 방금순 여사와 결혼하여 2남 1녀 자녀를 둠
- 2018. 11. 12. 향년 81세 지병으로 별세

- 1958. 창원 대산고등학교 졸업
- 1962. 대한민국 공군 병장 전역
- 1967. 동아대학교 법학과 졸업(법학사)
- 1977. 독일(베를린) 도시행정 연수(1년)
- 1988. 부산대학교 행정대학원 졸업(행정학 석사)

- 1963. 부산시 지방공무원 임용(시청 인사·도시·운수과, 구청 계장 근무)
- 1975. 사무관(5급) 승진(부산시 시정·하수계장, 부산진구 수도·환경과장)
- 1983. 서기관(4급) 승진(부산시 인사·운수·교통 지도·청소·전산과장)
- 1987. 대통령 근정포장 수상
- 1991. 부이사관(3급) 승진(부산시 지역경제국장, 기획담당관)
- 1994. 부산시 강서구 구청장 취임(1년 3개월 재임)
- 1995. 2002부산아시아경기대회조직위원회 사업본부장 임명(4년 6개월 재임)

- 2002. 계간《문예시대》수필 등단
- 2004.《문학예술》시 등단
- 2007. 시집『큰바위 얼굴』(도서출판 전망) 출간
- 2007. 제1회 낙동강문학상 수상
- 2008. 「안개비 그날처럼」 오케스트라 초연(부산카머심포니 정기 연주회/부산문화회관)

작품 속 지문指紋 읽기

- 2013. 수필집『숯등걸의 꿈』(도서출판 전망) 출간

- 부산시행정동우문인회 회장, 낙동강문학상 운영위원장, 부산강서문화원 고문, 부산강서문인협회 고문, 부산수필문인협회 이사, 한국바다문학회 이사, 부산문인협회 회원, 부산시인협회 회원, 수필부산문학회 회원

【3】문단 발자취

　대산 고문님께서 강서문인협회와 맺은 인연은 각별하다. 2005년 강서문인협회 첫 출발 당시에는 동참하지 않았지만 2006년 연말에 고문으로 함께한 이후 단체의 좌장이 되어 작고하실 때까지 든든한 울타리 역할을 해 주셨다.

　그 시작은 2007년 6월 구포 지하철 역사에서 시집『큰바위 얼굴』출판기념회를 강서문인협회가 주도적으로 참여하였다. 2007년 12월에는 본회에서 원대한 기획으로 야심 차게 출발한 낙동강문학상 제1회 행사에 배갑철 고문님과 공동 수상자로 모셨다. 당시 심사평, 수상 소감은 다음과 같다.

　〈심사평〉
　낙동강문학상은 강마을 민중의 순수한 애환이 담긴 향토적 문학 정신을 탐색한 작가를 찾아 그의 삶의 족적이 배어 든 문학성을 조

명하고자 한다.

소상보 시인의 작품 「안개비 그날처럼」은 그의 삶의 역정에서 우러나는 공통분모인 고향 들판의 정취와 낙동강 하류의 서정을 가슴에 담아 소박하고 따뜻한 시정을 노래하고 있다. 시인이 경험한 낙동강은 언제나 유유한 흐름이고 객지에서 바라보는 강의 저 너머는 아련한 그리움이 서려 있는 어머니의 품과 같은 공간이었으리라.

(이하 공동 수상자 배갑철 시인 부분 생략)

두 시인의 수상을 축하드리며 이분들로 인하여 낙동강 문학의 맑은 서정이 더욱 도도해지리라 기대한다. (서태수 글)

〈수상 소감〉

강기슭에 태어나 그 물 마시며 줄곧 달려왔어도 물고기 물 모르듯 땅강아지 땅 모르듯 늘 가까이 있으면서 나를 키우고 가르쳤던 모천을 정작 고마워할 줄 모르고 철모르게 지나왔는데 오늘 낙동강이 내게 큰 상을 준다 합니다. 강과 함께 잘 살라고 고이 흘러가라고 그러나 봅니다. 내 이제부터 그 뜻 고이 받들며 그리하렵니다.

늘 새로운 마중물 실어 와 어제를 지우는 강을 노래하렵니다. 이어온 탯줄 잡고 글벗들과 함께 멀리까지 유영하렵니다.

대산 고문님께서는 부산문협, 부산수필문학협, 공무원 문인 모임 동인지 「나루터」 등의 활동으로 부산 문단에서도 활발한 역

작품 속 지문指紋 읽기

량을 발휘하셨다. 본회에서는 2011년 제5회부터 2016년 제10회까지 낙동강문학상 운영위원장으로 위촉하였다. 대산 고문께서는 이 6년간 본회는 물론 문학상 발전에 울타리 역할을 해 주셨다. 2011년《강서문학》8호의 〈격려사〉와 제5회 및 제10회 낙동강문학상 〈운영위원장 인사〉는 다음과 같다. 지면 관계상 6회-9회까지의 운영위원장 인사 내용은 생략한다.

〈격려사〉 강서 문학지 발간에 부쳐

낙동강 문학상 심사위원장 소상보

　　강서 문인회가 출범한 지 어언 9년, 8번째 문학지 출간을 축하합니다. 강서를 사랑하고 문학을 좋아하는 사람들이 동아리를 틀어 그 마음을 담아낸 주렴 같은 작품들인지라 강물같이 푸르고 들녘만큼 풍성합니다.

　　낙동강이 선물로 안겨 준 넓은 터전을 아끼는 사람들이 부지런히 삶을 일궈 가며 인정을 나누면서 어제를 더듬고 내일을 꿈꾸는 얘기들이 창작 속에 담겨졌기 때문입니다. 천삼백 리 물줄기처럼 꿈을 이어 가자던 처음의 다짐들이 알차게 영글어 가는 모습이 참 아름답습니다.

　　삶을 사랑하고 사람을 사랑하지 않고는 문학은 태어날 수 없는 소중한 우리 생활의 일부입니다. 서태수 회장님을 비롯한 회원들의 갸륵한 정성들이 모여 날이 갈수록 빛나고 있습니다.

　　그동안 큰 등줄기마냥 든든한 힘이 되어 주신 강인길 구청장님, 향토 문화의 등댓불을 비춰 주시는 배수신 문화원장님, 늘 그림자

처럼 애정을 담아 낙동강 문학상을 키워 주시는 이광촌 후원회장
님께 깊은 감사를 드리며 말없이 문예 활동을 도와주신 모든 분들
에게도 감사드립니다.

　문화의 꽃이라는 문학, 더욱이 향토에 첫발을 디딘 강서문학에
있어서 자연과 고장을 아끼는 많은 분들의 격려와 관심이야말로
바로 뿌리를 깊게 내리게 하는 토양일 것입니다. 바로 그 증좌가 우
뚝 선 강서문학의 현주소라 하겠습니다. 특히 낙동강 문학상은 이
번으로 5번째 경사입니다. 그동안 수상자 여러분들의 업적이 파도
처럼 쌓여져 그 이름만큼 창창하게 전국으로 흘러가고 있습니다.
이번 수상하신 분들에게 그간의 창작 활동에 대한 축하와 경의를
드립니다.

　아울러 강서문학을 키워 주고 애정과 격려를 보내 주셨던 강서
주민과 문화 가족 여러분들에게 다시 한번 감사를 올립니다. 변화
의 길목에 서 있는 강서의 모든 사람의 가슴마다 문학의 향기 함께
번져 나가길 바라는 바입니다.

2011. 9.

〈운영위원장 인사〉 지역을 뛰어넘는 문학 정신
제5회 낙동강문학상 운영위원장 소상보

　오늘 성군경 시인과 홍화자 수필가의 낙동강문학상 수상을 축하
하기 위해 참석하신 문인, 수상자 가족, 그리고 내외 귀빈 여러분!
진심으로 환영합니다. 바쁘신데도 불구하고 이렇게 많이 참석해

　　　　　　　　　　　　　　　작품 속 지문指紋 읽기

주신 데 대하여 깊은 감사의 말씀을 올립니다.

이 시대의 화두는 문화입니다. 이 자리에 함께하신 여러분들께서는 문화를 창조하고 향유하는 풍요로운 삶을 지향하시는 분들입니다.

지금 여러분이 앉아 계시는 동편으로 1,300리 낙동강이 흐르고 있습니다. 낙동강은 우리들 몸속에 흐르는 혈맥의 강입니다. 낙동강은 역사의 물결로 굽이치며 민족의 터전을 일궈 온 젖줄입니다. 낙동강은 오늘을 살아가는 우리들 길목에 늘 목을 적셔 주는 마중물입니다.

이 강가에 사는 사람들이 함께 어울려 애환을 달래고 서로 사랑하며 시를 짓고 수필을 쓰며 글로써, 예술로써, 삶을 승화시키고자 만든 동아리가 강서문인협회입니다. 보람 있고 아름답게 살려는 소망은 결코 회원들만의 것이 아님을 알았기에 일찍부터 낙동강 문학상을 제정, 그 수혜의 폭을 넓혀 가고 있습니다.

벌써 5년째, 이미 강서와 부산을 너며, 동서로 남북으로, 지평을 넓혀 함께하는 세상을 향하고 있습니다. 지난해엔 광주의 작가를, 올해는 대구의 시인 성군경과 강서의 홍화자 수필가가 수상자로 결정하였습니다.

여러분들께서 아시다시피 우리 낙동강문학상은 주제가 있는 문학상입니다. 일천삼백 리를 도도하게 굽이지는 낙동강을 젖줄 삼아 살아가는 사람들의 생동과 정서를 문학 작품 속에 잘 다듬어 낸 작가에게 수여하는 상입니다. 제3회 수상까지는 강변을 중심으로 삶을 일궈 내며 서정을 천착하신 분들이 수상을 하였습니다. 4회부터는 특정 지역, 한정한 강의 인식을 넘어, 문학 세계 속에서 강물처럼 흘러가는 보편적인 민족 서정을 포괄하는 외연 확대로, 수상 대상을 전국으로 넓혔습니다.

이러한 의미에서 지난번 제4회 낙동강문학상 수상자로는, 영남 지방의 서정시 29편을 대상으로 하여 광주의 문병란 시인을 선정하였고, 올해는 민족 서정시 21편을 대상으로 하여 대구의 성군경 시인을 선정하게 되었습니다. 두 분 다 모두 동서 문학의 교류에 기울인 그간의 노력을 공적으로 참고하였습니다. 이리하여 우리 낙동강문학상이 명실공히 동서를 아우르는 대단원의 서막을 열게 된 것입니다.

아울러 낙동강변 민중의 애환을 구체적으로 천착한 분들로는 제4회의 김혜강 수필가, 제5회의 홍화자 수필가를 선정하였습니다.

오늘 수상하시는 대구의 성군경 시인과 강서의 홍화자 수필가에게 거듭 축하의 말씀을 드리면서, 앞으로도 계속하여 낙동강과 우리 민족의 깊은 서정을 지속적으로 천착해 주실 것을 당부드립니다. 두 분 수상자의 작품에 대한 심사평은 홍보물을 참조해 주시기 바랍니다.

아울러 문학 발전에 크나큰 관심과 지원을 보태 주시는 강인길 부산강서구청장님과 배수신 부산강서문화원장님께 감사의 말씀을 올립니다. 특히 낙동강문학상을 위해 지속적으로 후원해 주시는 이광촌 녹산농협조합장님과 이 상을 위해 불철주야 애쓰는 서태수 부산강서문인협회장님께 참석하신 여러분들의 크나큰 박수를 부탁드립니다. 감사합니다.

작품 속 지문指紋 읽기

〈운영위원장 인사〉 문화의 시대 봉홧불로 타오르기를

제10회 낙동강문학상 운영위원장 소상보

오늘 낙동강 문학상 수상식에 참석한 내빈과 문인, 예술인을 진심으로 환영합니다. 특히 특별상을 수상한 법산 스님과 본상을 수상한 박경용 수필가와 정남순 시인과 가족에게 축하드리며 다 함께 박수를 보내고자 합니다. 현안이 중첩된 바쁜 연말임에도 문학인 큰 잔치에 자리를 빛내 준 구청장님을 비롯한 시. 구의원님들의 격려에 감사드립니다.

창 너머로 1,300리 낙동강이 흐르는 이곳에서 제10회 낙동강 문학상 수상식을 갖게 됨은 강서의 문화 가족 모두에게 큰 감회와 기쁨을 줍니다. 강과 더불어 살아온 민초들의 애환을 문학 속에 승화시켜 온 문인들을 발굴, 문화 창달의 깃발로 삼으려 했던 작은 출발이 이만큼 성장한 것에 새삼 뿌듯함을 느낍니다. 강서 문인들의 소박한 소망이 해를 거듭할수록 장르와 지역을 넓혀 명실공히 큰 울림을 주는 상으로 발전했기 때문입니다. 마치 태백의 옹달샘에서 연원한 강이 마침내 이곳 삼각주에 큰 터전을 만들고 앞으로 대해로 향해 흘러가는 형상이라 하겠습니다.

그동안 강서문인회가 터를 닦고 기둥을 세워 오던 중 문화원이 큰 지붕 안으로 품어 안아 주고 구청장님의 적극적인 지원과 지역 지도자들의 협력 덕분으로 유사 단체의 상과는 다른 문화 융성의 든든한 주춧돌로 문화의 시대 봉홧불로 타오르기를 자리매김한 것입니다.

특히 오늘 낙동강문학상 10주년을 맞아 신라대 총장 재임시 낙동강 연구소를 설립 낙동강 사랑을 펼쳐 준 부산 문단의 원로 김용태 교수님을 특별 수상자로 모셨다는 점과 본상 수상자로 가야사의 설화를 통해 낙동강의 문학적 형상화를 시도해 온 김해 출신 박경용 수필가와 낙동강에 애정 어린 족적을 남겼고 부산 문단을 이끌어 온 정남순 시인을 심사위원의 일치된 의견으로 수상자로 모신 것이 큰 보람입니다. 자세한 심사평은 서태수 심사위원장께서 말씀이 있을 것입니다.

특히 오늘의 자리를 마련해 준 배수신 문화원장과 반강호 문인협회장의 노력에 감사드립니다. 아울러 오늘의 문학상 잔치를 위해 문인회원들의 정성 어린 봉사는 타 행사장에서 쉬 볼 수 없는 아름다운 모습임을 자랑하고 싶습니다.

앞으로 낙동강 문학상은 문화의 시대 봉홧불로 활활 타오르게 될 것입니다. 끝으로 다시 한번 수상자와 함께 참석한 모두에게 감사의 박수를 보냅니다. 감사합니다.

대산 고문님은 2013년 그의 수필 『제2의 고향』에서 '나는 강서를 제2의 고향으로 여긴다. 고향을 잃은 실향민이어서가 아니고 지난날의 쌓인 인연과 정 때문이다.'라고 하셨다. 강서문인협회에서 함께한 10여 년 동안 문인으로서의 작품 활동을 빛나게 하시면서, 우리 협회에 대한 부질없는 헛소문이 돌아다니면 협회를 보호하고 감싸 주시고, 부족한 재정 사정을 염려한 찬조도 아끼지 않으셨다. 좌장 역할을 넉넉히 해 주셨다. 이에 보답하는 마음으로 우리 협회도 처음부터 마지막까지 대산 고문님에 대한 예우를 한 치도 어긋남이 없도록 각별히 모셨다.

대산 고문님은 2018년경 심신이 쇠잔해지신 관계로 다른 문학 단체 활동은 자제하시면서도 강서문협에 대한 뜨거운 애정이 여전하서 간간이 행사에 참여하셨다. 여름 즈음, 월례회를 마치고 대저동 커피숍에서 환담을 나누다가 "나는 강서 문인들이 좋다."며 행복해하시던 모습이 오래도록 눈에 선하다. 특히 강서문인협회 초창기 무렵, 향토 문화인 일각에서 '낙동강문학상' 운영과 강둑시화 조성 등 우리의 원대하고도 야심 찬 활동을 폄훼하던 부질없는 질시를 앞장서서 다독여 주신 은혜는 잊지 않을 것이다. 오늘날의 '낙동강문학상'이 부산, 영남의 자랑거리가 된 데는 제1회 수상자인 대산 고문님의 남다른 애정이 함께 했음을 이 기회에 밝혀 두고자 한다. 훗날, 우리 협회가 기획하는 '낙동강문학관'에 대산 고문님의 문학 발자취가 보존되고, 강변의 시화 거리에도 대산 고문님의 향토시비가 우뚝 서게 될 날을 기대한다.

　　대산 고문님께서는 행정가로서, 문인으로서의 많은 족적을 남기셨으나 필자가 고문님과 함께한 내력이 강서의 활동뿐이라 이에 국한해서 그 행적을 살펴보았다. 고문님의 강서문학에 대한 열정과 훌륭한 발자취는 곳곳에 스며 있지만 이상 인용한 자료들로 소략하게나마 그 공적을 기록해 두고자 한다.

【4】수필 작품 평설
〈해박한 고전 지식과 결부된 다양한 연상과 사유〉

부산문화재단 지원금을 받아 2013년에 상재한 『숯등걸의 꿈』은 표제에 걸맞게 표지 사진과 뒷표지 날개의 손녀 그림에 많은 의미가 압축되어 있다. 표지 사진은 장만근 씨의 작품으로, 숯같이 뜨겁게 살아 정화된 모습에서 다시 피어난 한 떨기 꽃 피웠고, 손녀 소명원의 그림도 꽃과 나비로 어우러지는 아름다운 이미지를 담고 있다. 내용은 주제별 편집으로 1부 〈산책길 따라〉, 2부 〈철새가 꿈꾸는 고향〉, 3부 〈삶과 여백〉, 4부 〈서낙동강을 걸으며〉, 5부 〈춘추한필〉로 구성하였고, 말미에 박홍길 동의대 명예교수의 작품 분석과 이해주 부산대 명예교수의 발문이 수록되어 있다.

작가는 서문에서 '내공의 부족에다 생각이 영글지 못하고 가벼이 표출하는 습을 못 버린 글들'이라고 겸양의 생각을 실었으나, 작품은 그렇지 않다. 작품의 특징을 요약하면 '고전의 해박한 지식과 결부된 다양한 연상의 서정성 및 사유를 결합한 작품'이라고 할 수 있다. 대표적 예로 작품 「녹슨 자물통」은 '지킴이, 고집, 폐쇄, 욕심, 낡은 제도, 낡은 생각'으로 의미가 확산되며 나아가 일일신(日日新)을 견인하고 있다. 이러한 작법은 인생의 사유(思惟)를 통한 교훈을 담으면서도 교조적 언술의 직접적 노출이 없다. 폭과 깊이를 더한 사색에 낭만적 서정성을 채색하고 제재에서 연상되는 합리적 현실 비평과 온화한 삶의 모습을 표출하면서도 전개와 표현상의 무기교적 중후(重厚)함이 겸하여 있다.

이러한 탄탄한 필력(筆力)은 매 작품을 통해 다양하게 드러난다. 많은 작품들이 그 흔한 구조적 서사 없이도 긴밀히 엮어지

작품 속 지문指紋 읽기

고, 나이에 걸맞은 회고적 제재도 '현재 속의 과거'로 살려 단편적 서사로 삽입하고 있다. 사소한 신변잡사도 그냥 나열하지 않고 존재와 삶의 의미를 발견한다. 제재가 자료적 요소의 경우 역사, 일화, 향토사 등과 아우러지게 직조함으로써 수필 미학의 폭넓은 재미를 선사하고 있다. 일례로『새우의 승리』는 행정 관련 제재로 특정 목적으로 수용된 시민들의 집을 집단 철거하는 과정의 기록 수필이다. 담당 공무원으로서 정약용의 목민심서(牧民心書)를 생각하고 수몰민이나 타 지역 철거 사업의 비애를 반면교사로 삼아 결국은 슬기롭게 성취한 기쁨을 기록한 작품이다. 이런 부분이 있어 이 수필집이 문예성과 기록성을 겸비한 두 경향의 역할을 아우르고 있다고 평가할 수 있다.

아울러 문체도 문장 호흡의 장단을 구사하는 여유를 맛볼 수 있으며 어법에 맞는 명료한 문장과 적절히 짧은 분량도 독자의 관심을 증폭시킨다. 특히 제재와 결합된 명품 사색 표현이 많다. 그 부분들만 발췌하면 다음과 같다.

여행은 소설 같고 등산은 시에 가깝고 산책은 수필 같다.(「산책길 따라」)

탑 쌓기를 보면 글쓰기와 비유될 수 있을 것 같다. 지나가면서 건듯건듯 보고 들은 것, 순간의 생각과 느낌 등에서 좋은 소재를 발굴, 창작할 수 있는 것처럼 흩어진 돌멩이를 모아 탑을 쌓는 것이 비슷하다.(「돌탑」)

하늘을 나는 새를 부러워하는 물고기는 없고 새가 부러워할 정도로 헤엄치는 물고기만 있을 뿐이다.(「삶과 여백」)

절로 피운 풀꽃을 보며 살아 있다는 것은 모두 꿈을 간직하고 있다는 것. 그리고 그 꿈이 이루어지기 위해 계속 꿈꾼다.(「꿈꾸는 거실」)

사람은 태어나 자연의 경계를 넘고, 또 사회의 경계를 넘고, 마지막으로 자신의 내면의 경계를 넘나들며 여행하여 인생을 탐구해 가는 것이 아닐까 생각해 보는 것이다.(「내 안으로의 여행」)

수준 높은 수필 작품이 많지만 그중에서도『숯등걸의 꿈』을 표제로 선정한 이유는 무엇일까. 그것은 이 작품의 주제가 순명(順命) 의식과 연결됐기 때문인 것 같다. 작가는 숯등걸 같은 삶을 통해 인생살이의 정화(淨化)를 소망하고 있다. 이 점이 다른 작품에 비해 필자의 애정이 더욱 실린 것으로 보인다. 표제작인『숯등걸의 꿈』을 살펴보면 다음과 같다.

『숯등걸의 꿈』은 소상보 작가가 과거에 뜨겁게 살았고, 현재를 그렇게 살고 있고, 미래도 그렇게 살다 숯처럼 남고 싶은 순명, 나아가 그 숯덩이에 한 떨기 꽃도 피우고 싶은 소망을 여실하게 그려 놓은 수작이다. 대산 작가의 문학적 '촉'은 매우 명징하다. 그 촉이 살아 수필 작품에도 잘 드러난다. 필자는 대산의 시와 수필을 문학 강의에 자주 활용한 편이며, 특히 수필집『숯등걸의 꿈』은 특강을 하기도 했다.

작품은 3단 구성으로, 도입 부분에서는 금정산 산불과 숯등걸을 제시하면서 상처로 남은 숯등걸의 새로운 의미를 발견하여 주제를 암시한다. 전개 첫 문단에서는 숯등걸과 인생사를 담아 폼페이 유적을 예로 보이면서 존재의 멸실과 상존을 보편화시켜

　　　　　　　　작품 속 지문指紋 읽기

존재의 불태움과 영속(永續)을 인간의 본성과 연결시켰다. 전개 둘째 문단에서는 숯의 의미를 심화시킨다. 불변의 정화로 다이아몬드와 검정색을 연결하고 숯의 용도를 고금의 사례로 제시한다. 결말 부분에서는 숯 같은 삶을 소망하면서 산화한 호국 영령을 추모하고 있다.

대부분의 문단 연결은 앞 문단과 의미상의 연쇄법을 구사함으로써 자연스러운 흐름을 유지하려고 애썼으며 단순 제재에 대한 깊은 의미를 변주하여 주변 잡사를 통한 깊은 사유의 폭을 노정(露呈)하고 있다. 제재와 관련된 다양한 연상으로 서사가 없이도 글을 이끌어 가는 높은 필력(筆力)이 잘 드러난 글이다. 작품에서 구성의 기교도 없고, 언어의 미학적 기교도 없으면서 깔끔한 문장으로 필자 의도를 정갈하게 드러내고 있다.

생각해 보면 이런 작품을 쓸 수 있었고, 또 그 작품을 표제로 수필집을 상재할 수 있었음은 곧 작가의 소명 의식과 자기 인생에 대한 자신감의 발로가 아닌가 한다. 따라서 우리 후배들은 대산 소상보 작가가 영위한 파란만장한 시대적 삶 자체를 두고 '꽃을 피운 숯등걸'로 평가해도 손색이 없을 것이라 생각한다.

【5】시 작품 평설
〈제재에 투영된 인식론적 상상 서정〉

『큰바위 얼굴』은 시 등단 3년 만에 상재한 것으로, 짧은 기간

동안 대산 시인이 기울인 문학 열정을 간접적으로 짐작하게 한다. 자서에서도 '창작 뒤에 숨은 고된 숨결을 헤아려 주셨으면한다.'고 소회를 밝혔다. 총 4부로 구성되어 있는 이 시집은 '도서출판 전망'에서 2007년 간행한 것으로, 대산 시인의 초기 작품들이다. 초기 작품들이 대부분 그렇듯이 긴 세월 고였다가 흘러넘치는 시적 서정들을 한데 묶은 것으로, 제재나 주제가 매우 다양하다. 대산 시인이 집중적으로 관심을 두고 애정을 지닌 대상은 강서와 연관된 서정으로 이 시집 상재 이후에 오히려 돋보인다. 따라서 본고에서는 시집 평가 부분은 임명수 시인의 발문을소략히 발췌하는 것으로 갈음하고 앞서 제시한 대표작 몇 편을대상으로 시적 서정의 편린을 살펴보고자 한다.

임명수 시인은 〈신성한 자아, 발아를 기다리며〉라는 제목으로시집 평설을 전개하면서 대산 시인의 시 세계 특징을 현란한 언어나 기교로 시를 꾸미지 않는 데서 찾을 수 있으며, 항상 주변사물이나 풍경을 인생론적 경험이나 인식을 상상력으로 환치하는 친근하고 따뜻한 시적 방법으로 이야기하듯 보여 준다고 했다. 또한 대산 시인은 시 창작에서 '어떻게'보다 '무엇'을 쓸 것인가에 관심과 애정을 둔다고 하면서 시의 방법론적 다양성을 넓혀 가기를 주문하고 있다. 그리고 대산에 대한 소개를 다음과 같이 하고 있다.

늦게나마 시 쓰기를 시작하고부터 마음의 평온을 얻은 것 같다고, 일상에서 만나는 존재들의 열렬한 눈짓이나 그들과 이야기를나누는 기쁨을 알게 되었다고, 시 쓰는 근간의 심경을 토로했다.

작품 속 지문指紋 읽기

위와 같은 말은 강서 문인들 모임에서도 종종 언급하였다. 강서 문인들이 직장인 퇴직 후의 모범적 삶이라고 부러워하였고, 대산 시인은 '내가 문학을 조금 더 일찍 시작했더라면 직장 생활에서 더욱 마음의 여유를 찾을 수 있었을 텐테.' 하며 아쉬워한 적도 있었다. 소상보 시인은 수필로 먼저 등단했지만, 첫 작품집은 시집을 상재하였다. 당시 필자는 시집을 읽고 대산 선생님은 행정가 출신에 연세도 그만하신데 어찌 이런 참신한 시상을 건져 올리시느냐고 물었다. 그때 대산 시인은 원래 국문과를 희망했는데, 부모님께서 미래 직업 걱정을 하시길래 다른 길로 걸었다고 대답하셨다. 어린 시절부터 문학적 서정을 스스로도 느끼고 있었던 것이다. 다음 작품은 대산 시집 표제작으로 아버지로 대유된 큰 바위에다 자신의 현재적 모습을 오버랩시키고 있다.

억수같이 비가 내리는 날이면
향불 너머로 큰 바위 모습이 떠오릅니다
든든하면서도 솜이불 같은…
태풍이 불고 땅이 흔들려도
담배 한 대 태우시며 큰 기침 한 번뿐
칠흑 같은 밤의 얘기는 입 닫으시고
가슴 속에 모두 안고 살아오신
인자하신 그 모습 넉넉한 그 품안을
아직도 벗어나지 못해 마냥 그립습니다

다 큰 자식이 안쓰러울 때면
홀연히 아버지 모습이 떠오릅니다
떠도는 자식 걱정에 사립문 열어 놓고 뜬눈 지새우며
험한 세월에 쏟아진 핍박을 바람인 양 참으시고
시류에 날뛰던 그들에게 용서의 길을 보여 주신 뜻이
이제 아들의 길이 되었습니다

—「큰바위 얼굴」부분

　대산 시인이 만년에 기울였던 주요 관심사는 강서에서 맺은
인연들이다. 아래 작품은 2007년 낙동강문학상 수상작으로, 스
스로도 제2의 고향이라고 생각했던 타향에서 느끼는 짙은 향수
를 담고 있다.

차창 넘어 안개 낀 낙동강
늦게 철든 자식의 눈에는
모정의 젖줄인 양 흐르고 있습니다

정갈하고 기품 서린 그 모습이
강 건너 산자락에 핀 매화꽃마냥
물 위에 향기롭게 비쳐 흐르고
안개비 그날처럼 내려
어머니 하고 소리쳐 불러 보면
마냥 눈앞이 흐려 옵니다

　　　　　　　　　　　　　　作品 속 지문指紋 읽기

강줄기에서 젖줄을 유추하고 이어 어머니를 회억한다. 강물의 원형적 이미지에서 출발한 어머니에 대한 그리움은 옥양목 치마 저고리와 하얀 명주 수건을 환기하고 동백기름 바른 머릿결로 전이된다. 그러나 그 환영은 안개 낀 강 건너 매화꽃으로 어른거릴 뿐이다. 쉼 없이 흐르는 현재의 강물과 이미 흘러가 버린 유년의 세월을 중첩시키는 시정은 눈앞이 흐려 오는 그리움의 안개비로 아련할 뿐이다.

> 창포 줄기 따라 자라났어도
> 물고기 물 모르듯 철없이 떠돌았어도
> 저만치 푸른 물줄기 스쳐 가기만 하여도
> 달려가 풍덩 뛰어들고 싶은 강
>
> 갈새가 봄을 노래하는 갈대밭에서
> 발자국이 줄지어 가는 백사장에서
> 언제나 꿈이 출렁이는 그 물가
> 오늘도 마중물로 내 목을 적셔 주는 강
>
> 얼마나 흘러야 가슴 속의 강 잠재우려나.
>
> —「나의 낙동강」 부분

이 작품은 표면적으로는 '멋대로 뒹굴며 미역 감던 천둥벌거숭이' 시절을 회상하는 장면이지만 주요한 서정은 '오늘도 마중물로 내 목을 적셔 주는 강'이다. 그것은 1-2연에서 견인된 유년의 그리움은 세월 저편에 박제화시켜 놓고 현재적 삶의 충만을 갈구하고 있기 때문이다. 평소 변함없는 강물처럼 사색하고 활동하는 시인의 가슴속에는 영원히 꿈이 출렁이는 강이 흐를 것 같다. 그리고 그 열정적이고도 원대한 꿈은 강서에서 문학적 삶을 영위하고 있는 대산 시인의 후배들 가슴속에도 연면히 출렁거리게 될 것이다.

(2020., 《강서문학》)

유병근 〈부산광역시문인협회 작고문인 재조명〉

수필 미학 작법론을 수필로 자아올린 수필가의 고뇌

【1】탐색 방법 및 방향

목재(牧齋) 유병근 선생 작고 1주년을 맞이한 부산문인협회의 요청으로 문학 세계 조명을 위한 자료 탐색 작업에서 느낀 첫 소회는, 선생의 마지막까지 쏟아부은 창작 열정과 문단을 향한 애정이었다. 그리고 작품 활동의 전 과정은 '시, 시조, 동시, 수필, 평론을 망라하는 멀티플레이어(multiplayer) 작가'라는 점, 정점은 '수필 미학 작법론을 수필로 자아올린 수필가의 치열한 고뇌'로 포착되었다.

목재(牧齋) 유병근 선생의 문학 70년 활동의 오랜 기간에 쌓인 양과 질의 방대한 업적 평가는 선생의 후학이나 전문가에게 맡기고, 본고에서는 만년(晩年)에 이르기까지 선생이 고뇌했던 수필 창작 지향점에 초점을 두고자 한다. 이를 위해 선생의 최근

문학 활동 자료를 토대로 하되 덤으로 조명이 미진했던 시조 작품과 향토 문학을 소략하게 언급할 계획이다.

장님 코끼리 만지듯 구체적인 자료 탐색은 실사구시적 수필론을 중심으로 좁혔다. 탐색 자료는 이론을 담은 『수필 담론』과 근년에 상재한 수필집 『아으 동동』을 기본 교재로 삼기로 했다. 그러던 중 인터넷 검색에서 '드레문학회' 카페의 〈유병근 선생님 文學〉 탑재방을 확인하면서 실질적 작품 자료는 이 카페 글들을 많이 활용했다. '드레문학회'는 목재 선생의 오랜 제자들이 결성한 단체로, 창립 직후인 2010년 1월 7일부터 〈유병근 선생님 文學〉 탑재방이 개설되었다. 필자는 접근 자격이 없어 카페지기 고유진 회원의 도움으로 자료 검색이 가능했다.

탑재방에는 뜻밖에도 10년 동안 선생이 직접 작품을 올려 생생한 체취를 확인할 자료가 매우 많았다. 따라서 본고의 문학 탐색 방법도 수정하여 체계상으로는 『수필 담론』과 『아으 동동』을 근간으로 하되 '드레문학회' 카페의 1,400여 편 작품 자료를 활용하는 것이 더 의미가 있을 것 같았다.

선생의 문학 자료를 일별하면서 느낀 것은 수필 문학에 대한 특이한 관심과 작법 경향이다. 그의 수필 중 많은 분량은 수필 이론과 직접으로 연관된 내용이 많다. 대부분 내용, 구성이 학술적 접근이 아닌 감성적, 경험적 선언 형태로, 수필의 품격과 문학 미학이 혼재되어 있다. 글의 성격도 저자가 수필이라고 하였으니 수필 이론을 작품으로 자아올린 수필 작품인 셈이다. 시 작품 중에도 수필과 직접 연관되는 제재나 내용이 상당수다. 선생

작품 속 지문指紋 읽기

의 가슴속에는 오로지 수필에 대한 근심 어린 애정으로 충만해 있다는 느낌이다.

본고의 탐색 방향은 선생의 수필 문학 업적 계승과 아울러 선생의 소망인 수필 미학을 위한 청출어람(靑出於藍)의 창조적 수필 창달 시도에 초점을 맞추기로 하였다. 아울러 탐색 과정에서 덤으로 발견한 선생의 시조 작품과 향토적 서정에 대한 조명의 화두를 올려놓기로 하였다.

【2】작가 소개

(1) 약력

목재(牧齋) 유병근 선생은 1932년 경남 통영에서 태어나 통영고등학교를 졸업하고, 미육군 전략통신사령부 전자기사로 정년 퇴임 하였다. 20대부터 문단 활동을 하여 70년 동안 많은 족적을 남기고 졸수(卒壽)의 고개까지 왕성한 문학 활동을 하던 중 2021년 4월 향년 90세로 영면하였다.

문학 활동은 신작품 동인으로 시작하여(1954) 동시, 시조, 수필, 평론 등을 아우른 작가이다. 《월간문학》에 동시 「불빛」이 당선되었고(1970), 《시조문학》에 「세월」, 「꽃밭 구경」을 발표(1972)했다. 《수필문학》에 「죽송(竹頌)」 천료(1972)로 등단하고, 특히 이론과 창작을 겸하면서 수필 미학 발현에 심혈을 기울였다.

작품집으로는 첫 시집『연안집(沿岸集)』(1978)과 첫 수필집『허명놀이』(1981)를 상재하고,『한국시조 큰사전』(1985)에 시조 38편(단수시조 18편, 연시조 20편)을 수록했다. 이후 근년의 수필집『아으 동동』(2017), 시집『꽃도 물빛을 낮가림한다』(2017)에 이르기까지 각 30권 이상의 작품집을 상재하였다. 특히『수필담론』(2011)은 선생의 수필작법론을 수필 형식으로 엮은 책이다.

주요 문단 활동은 부산시인협회 창립(1974)에 참여하고 수필동인, 절대시 동인, 수필 동인 '목필'을 결성하였으며 영호남수필문학회 창립 회원으로도 활동하였다.

1980년대 이후부터 창작과 아울러 문학 창작 교실에서 후진 양성에 주력하였다. 선생께 마지막까지 수업을 받아 왔던 제자들 중심으로 '드레문학회'를 결성(2010)하였다.

한국문인협회, 한국시인협회, 부산문인협회 회원으로 신곡문학상, 최계락문학상, 부산시인협회상, 부산시문화상, 올해의수필가상, 부산원로문학상 등을 수상하였다.

선생의 문학 족적에 대한 개괄적 소개는 이상으로 하고, 문학에 대한 견해는 선생이 직접 탑재한 아래 자료로 대신한다. 지면 관계상 발췌 수록한다.

〈나의 삶, 나의 문학 / 유병근 / 2014. 4. 11. 10:39〉

문학을 하는 사람은 누구든 삶이 따로 있고 문학이 따로 있을 수

작품 속 지문指紋 읽기

없습니다. 삶 곧 문학입니다. 그렇게 생각하니 이 글을 쓰기가 더욱 민망스러워집니다. 문학은 삶 속에 있음에도 때로는 삶 밖에서 문학을 찾고자 헛되게 눈을 돌린 적도 있습니다.

어느 장르가 내 체질에 맞을까 하고 여기저기 눈을 두리번거린 적도 있습니다. 그 결과 한때는 동시, 한때는 시조 가락에 빠져들기도 했습니다. 동시와 시조에 마음이 시들해질 무렵 새로 들어선 길이 시문학 장르였습니다. 산문에도 열을 올렸습니다. 옳은 시인이 되려면 옳은 산문도 쓸 수 있어야 한다는 것이 그때나 지금이나 내 고집입니다. 1972년 『수필문학』(김승우 발행)으로 수필가 김소운 선생의 추천을 받았습니다.

재미있는 수필, 분위기 있는 수필, 알기 쉬운 수필과는 등을 돌리자는 어떤 오기 같은 것이 은근히 발동하기 시작했습니다. 한 편의 수필을 완성하고는 그게 모두인 양 뒷짐 지고 있을 수 없었습니다. 수필에도 데포르마시옹 기법이 마땅히 뒤따라야 한다고 우깁니다. 그것이 곧 본 대로, 느낀 대로의 수필임을 자각하고 있습니다. 바위를 바위 그대로 보는 것은 바위를 표절하는 일, 바위를 복사하는 일에 지나지 않다는 생각을 하게 됩니다.

수필은 보기 좋은 떡만은 아닙니다. 반듯한 아스팔트 길도 좋지만 자갈길도 그 나름의 운치는 있습니다.

나의 문학은 내 삶의 배설물입니다. 구리거나 구리지 않거나, 내일은 또 무슨 배설물을 어떻게 풀어낼지 지금으로선 궁금합니다. 외람된 이야기지만 내 문학은 이 궁금증의 자궁에서 태어나는 어쭙잖은 사생아입니다.

(2) 시조 작품 그루터기

목재 선생과 직접적 교류가 없던 필자는 1980년경부터 줄곧 선생은 시조시인, 동시인으로 기억하고 있었는데 뜻밖에도 이번 기회에 수필 창작과 수필 이론, 낙동강변의 향토 문학에 대한 애정이 깊은 작가임을 알게 되었다. 평생 낙동강변을 맴돌면서 낙동강 연작 시조와 수필을 병행하는 필자는 동병상련의 마음이 크게 일었다. 아울러 이번 탐색 과정에서 선생의 시조 작품에 대한 조명이 태부족함을 확인했기에 먼저 이 부분에 대한 간단한 조명을 곁들이고자 한다.

선생의 문학 출발은 동시와 현대시조였다. 동시는 최근까지 작품 발표를 하였으나 시조는 자유시와 수필 창작에 기운 이후 소원해진 것 같다. 『한국시조 큰사전』(1985)에 시조 38편(단수시조 18편. 연시조 20편)을 수록했다. 유병근 본인은 육필 작품 「산울림」은 제외하고 단수집 18수는 한편으로 계산해서 20수 수록으로 밝히고 있다.

「산울림」

옛날 어느 옛적의 이야기를 다듬어
가장 깊은 밑바닥의 뜻도 새로 다듬어
솔바람 멀리서 듣는 구름으로 빚었네.

칠칠한 가시덩굴 눈구뎅이 땅을 짚고
지난 철 망개 열매 여지껏 붉게 타듯
애타게 그리는 마음 산태처럼 묻었네.

(1969. 3. 15.)

「가을 소식」

어느 뉘 손길에도 이 진통 그냥 못 잘
이런 날 천지 도로 귀먹은 장승 되어
한 가닥 구름에 날 듯 유유할 수 있는가.

한 겹 두 겹 담을 치고 은둔하는 것이며
빠개져 석류알로 솟구치는 것이며
제마다 내일을 바라 설레기도 하는가.

노을 속 언덕배기 불붙는 갈잎 갈잎
조금은 등에 지고 또 조금은 머리에 이고

한 세상 사는 재미의 눈은 마주 웃을까.

(시인들, 제3집)

「구포 소견 2」

지고는 못 갈 어둠 돛배는 가고 있다
굴 속 같던 한나절 시달린 뱃등으로
두서넛 누데기 같은, 물결 같은 사람들

불빛도 싸늘하다 이 기슭 저 기슭은
서로 마주앉아 문지르는 가슴마다
식은 피 다시 뎁힐 날 저어오고 싶었네

(한글문학 제7집)

「단수집 3」

그대 그리운 날은 종잇배나 띄웠니라
잠기듯 솟구치며 여울 속에 어지러운
어느새 세월의 여울에 나도 한 점 종잇배였네.

　수록한 시조가 모두 명품이다. 현대시조의 변모 양상으로 볼
때 시상 포착과 이미지 그리고 언어 구사와 의미망 전개에 있어

선생의 시조 작품은 7-80년대 당시로는 보기 드물게 세련된 작법을 구사하고 있다. 특히 「산울림」에서 '옛날 어느 옛적의', 단수 3에서 '그대 그리운 날은' 같은 2-5음절의 음보 구성은 의미망과 음수율의 미묘한 율감을 조성하는 섬세한 변주(變奏) 기법이다. 이처럼 고정 음수율 변화는 시조의 통상적 정형을 벗어난 자유스러운 영혼의 결과로 당시나 지금이나 일각의 논란을 부르기도 하는 진취적 작법이다.

표현 면에서 「산울림」의 '깊은 밑바닥, 눈구뎅이 산태'에 담긴 짙은 그리움의 이미지도 명징하다. 「가을 소식」에서 '진통, 장승의 은둔, 석류알, 노을, 갈잎'으로 전이되다가 한세상 마주하는 뜨거운 눈빛으로 집약되면서 전편을 관류하고 있는 적색(赤色) 이미저리(imagery)의 각인이 선명하다. 「구포 소견 2」는 저물 무렵 낙동강의 돛배와 중첩되는 서민들의 가난하지만 인정 어린 삶을 시각과 냉온 감각을 교직하면서 정중동(靜中動)의 물길에 얹어 그려 내고 있다. 단수집 18수 중 세 번째 작품은 동심 어린 제재를 동원하면서 먼 세월 저편의 그리움에 아련하게 젖어 든다. '망개, 눈구뎅이, 누데기, 뎁힐' 등의 사투리 사용도 소박한 토속성에 잘 어울린다.

이런 명품을 『한국시조 큰사전』에 수록해 놓고도 이후에 시조 창작에 손을 놓아 버린 사연이 궁금하다. 그래서 여기저기 드리워진 그림자가 있나 싶어 자료를 수소문해 보았다.

어느 장르가 내 체질에 맞을까 하고 여기저기 눈을 두리번거린 적도 있습니다. 그 결과 한때는 동시, 한때는 시조 가락에 빠져들기도 했습니다. 동시는 아동 문학이니까 초등학교 교과서처럼 누워서 떡 먹기라고 겁도 없는 생각을 했습니다. 약은 좀생이였습니다. 또 한때는 시조에 손을 대어 을지출판공사에서 간행한 『한국시조 큰사전』(1985년)에 시조 20편을 올린 적도 있습니다. 무식이 용감하다는 말은 내 경우에 하는 말임을 절감합니다.

동시와 시조에 마음이 시들해질 무렵 새로 들어선 길이 시문학 장르였습니다. 서른 살 고비를 넘어가는 늦깎이, 날 새는 줄 모르던 시절입니다. 때를 같이하여 산문에도 열을 올렸습니다. 옳은 시인이 되려면 옳은 산문도 쓸 수 있어야 한다는 것이 그때나 지금이나 내 고집입니다. 산문을 쓰면서 깨달은 것이 수필에의 길이었습니다. 기왕 산문에 발을 들여놓을 바에야 문학으로서의 산문을 써 보고자 한 욕구 때문이었습니다.

자전적 자료에서는 문학 장르 선택의 과정이 진술되어 있다. 동시는 "약은 좀생이였습니다."라고 했지만 마지막까지 창작 활동을 이어 갔다. 그런데 "무식이 용감하다는 말은 내 경우에 하는 말임을 절감합니다."라고 한 부분이 가슴을 찌른다. 역량을 갖춘 시인이 할 말은 아니기 때문이다. 시조는 언제부터, 왜 소원해졌는지 사뭇 궁금하다. 자료를 더 더듬어 보던 중 다음 시를 발견했다.

〈먼 시절 / 유병근 / 2019. 5. 19. 06:41〉

　해는 보이지 않고 날은 혼자 저문다 그렇다고 하는 세상과 그
렇지 않다고 하는 세상이다 어느 세상이든 지금은 저무는 하늘
이 저물고 있다 말하지 않는 사이에도 저문다 요즘은 자주 저문
다는 말이 입에 닿는다 입맛을 모르고 혼자 빌빌거리던 시절도
있다 왕따 당하고 저물어도 저문 줄 모르고 우두커니 앉아 있던
언덕빼기도 있다 그 언덕빼기를 먼 시절의 아쉬움처럼 쓰다듬고
있다

　「먼 시절」에서는 저물어 가는 하늘 아래서 '그렇다, 그렇지 않
다'로 갈등하는 세상을 생각한다. 그런데 시어 선택에서 '왕따'라
는 직설적 표현을 썼다. 2019년 5월이라면 선생의 '드레문학' 탑
재 막바지 시점이다. 비유도 아닌 이 직설의 서정은 이미 그런
시절이 분명 있었다고 본다. 어떤 사연이 있었을까.
　문단의 인간관계에 있음직도 한 일이라 싶어 인적 교류를 참
조하여 더듬어 보았다. 얻은 정보는 선생의 훌륭한 인품에 대한
존경의 평판뿐이었다. 시조단에 확인한 자료도 마찬가지였다.
특히 임종찬 시조시인(부산대학교 명예교수)의 전언은 확실했다.
부산시조문학회 동인지《볍씨》창간을 기획하던 1973-4년 무
렵, 임종찬 시인이 목재 선배님을 만나 동참을 권유했다고 한다.
두 번에 걸친 만남에 선생은 "시조는 창작이 참으로 어려운 양
식"이라면서 고사하였다고 한다. 임종찬 시인은 당시를 생생히
기억하면서 맑은 선비 같은 목재 선배의 면모를 전해 주었다. 이

는 목재 선생 제자들의 전언과 일치하고 있다. 선생이 언급한 저간의 세세한 사정은 알 수 없으나, 필자의 판단으로는 당시 이미 부산시인협회 창립(1974)에 참여하게 되면서 다른 여력이 없었을 것 아닌가 한다. 그리고 이후에도 다소 고독한 완벽주의를 지향하는 선생의 성정-이 부분은 필자가 선생의 글들을 통해 유추한 것이므로 정확하지 않다.-과 시의 형식에서 자유스러운 영혼을 소유한 작법 경향에 시조라는 정형시가 부담이 되지 않았을까 하고 조심스럽게 추측해 본다. 선생의 시조 관련 사연은 차후 시조 작품을 발굴, 조명하면서 창작 연대의 변화를 밝혀 보면 알 수 있을 것이다. 전후 사정이 어떻든 후배 시조시인으로서 훌륭한 선배를 놓친 아쉬움을 지울 수 없다.

(3) 작품 활동 근황

목재 선생의 근황은 '드레문학' 카페 〈유병근선생님 文學〉 탑재방에 여실히 담겨 있다. 카페 개설(2010. 1. 7.) 후 50회까지는 김병국, 나영은, 서광 회원이 탑재하였으며 51회(2010. 7. 11.)부터 선생이 직접 탑재하기 시작하였다. 마지막 자료는 수필 「나에게 빌빌거리다」(2019. 6. 16.)에 이어 시 「뜸북새」(2019. 8. 17.)로 1,430회까지 직접 탑재하였다. 10년 동안 1,400회, 평균 매주 3회를 탑재하는 애정을 쏟은 것을 보면 선생의 문학 열정과 '드레문학' 회원에 대한 애정의 각별함을 알 수 있다.

이 탑재방에는 선생의 신작, 구작, 수정한 작품 등이 섞여 있

작품 속 지문指紋 읽기

지만 선배로서, 동인회의 지도적 위치에서 동인들은 물론 문단에 꼭 전하고 싶은 글들도 골랐을 것으로 생각할 수 있다. 본고에서는 동일 작품이라도 기존 작품집과 달리 탑재 글에서 수정한 글의 경우 탑재 작품을 사용했다. 자료는 『수필 담론』, 『아으동동』, '드레문학' 카페 작품을 기반으로 하되 오래전의 작품은 별도로 수집하여 참고하였다

작품 활동 탐색에 앞서 '드레문학' 카페에서 먼저 눈에 띄는 것은 선생의 장례 후에 집행부에서 탑재한 〈인사말씀〉이다.

〈유병근 선생님으로부터 받은 메일 / 드레 / 2021. 4. 27. 15:16〉

안녕하세요?
저는 유병근 할아버지의 장손 유채은이라고 합니다.
생전에 할아버지께서 저에게 당신의 ID와 Password를 알려 주셔서, 주소록에 저장되어 있는 분들께 이렇게 메일을 드립니다.
(중략)
할아버지의 마지막 가시는 길 외롭지 않게 많은 분들이 함께해 주셔서 할아버지 또한 기뻐하실 거라고 생각합니다.
할아버지를 대신하여 조의를 표하신 여러분들의 크나큰 은혜 머리 숙여 진심으로 감사드리며 절대 잊지 않겠습니다.
할아버지 존함으로 드리는 마지막 메일입니다.
항상 가정에 건강과 행운이 함께하시길 기원합니다.

— 유채은 배상

　본인 사후의 고별인사를 생전에 유족에게 당부해 둔 것을 보면서 선생은 삶을 함부로 흩트리지 않는 완벽주의 품성이라는 생각이 든다. 더구나 70여 년을 문학에 기울인 동고동락을 생각하면 평생을 함께한 문인들에게 마지막 인사 한마디 없이 어찌 떠나겠는가. 와병 중에도 문인들을 생각하고 문학을 고뇌하면서 마지막 혼신의 힘을 다해 시를 쓰고 수필을 고뇌하는 모습이 역력하다.

　'드레문학' 카페 〈유병근선생님 文學〉 탑재방 1,500편의 작품에는 선생의 체취가 생생히 스며 있다. 이곳에 선생이 손수 탑재한 마지막 자료는 시 두 편이다.

　〈옹기두껑에 잠긴 / 유병근 / 2019. 8. 17. 09:46〉

　　수필은 어찌 쓰는지
　　알듯 혹은 모를 듯하다
　　옹기두껑에 고인 물을 타고
　　하늘이 떠 있고 구름이 떠 있고
　　이런 본 대로 느낀 대로면
　　말이 될까
　　옹기두껑이 웅덩이거나 옹달샘이거나
　　거기 뜨는 하늘이 천체의 한 쪽박이라면 어떨까

　　　　　　　　　　　　　　　작품 속 지문指紋 읽기

병 고치러 가는 길에 옹기두껑에

고인 하늘을 보고 그 하늘에 날아가는

작은 새 한 마리를 보았다 치자

그 새 울음이 날아가는 하늘이라고

수필 구절에 쓰고

옹기두껑에서 세상을 보았다고

제법 폼나게 또는 심각하게

나만 아는 처음 어법으로 말하고 싶다

〈뜸북새 울음이 어쩌다 / 유병근 / 2019. 8. 17. 14:44〉

　　사방 울음이 집을 떠나고 있다 깊이 지피는 생각은 없고 벽 이쪽이거나 저쪽에서 공동체처럼 떠나고 있다 때로는 가래기침이 몸을 흔든다 노들강변 봄버들 시절이 흔들린다 바다가 떠 있고 흔들리던 벽이 아우성이 떠 있다 나는 그 떠 있는 것을 조금도 가늠하지 못한다 방금 지나간 그 새는 뜸북새인지도 모른다 뜸북새 같고 뜸북새 아닌 것 같다 뜸북새 경우만은 아니다 어느 날 내가 지나온 그 길가의 커다란 바위를 보다가 지붕따까리 같으니 뭣 같으니 혼자 중얼거리다가 아, 그 지붕따까리 속에서 뜸북새 울음 같은 걸 아득히 듣기도 했다 부리가 혹 붉은 새인지도 모른다 붉은 부리로 붉은 울음을 우는지도 모른다 뜸북새의 부리를 본 적은 없다 뜸북새 울음 속에서 때로 그렇다는 것뿐이다 지붕을 밀어내고 사방 벽을 밀어내는 집을 떠나는 어스름한 분

위기를 찾아내고 있을 뿐이다

선생이 생전에 노구의 손가락을 손수 꼭꼭 찍어 직접 탑재한 마지막 시 「옹기두껑에 잠긴」마저도 수필에 관한 서정이다. 명작을 획정할 수 없는 수필의 지난함 속에서 평생을 불태웠던 자신이 '제법 폼 나게' 그렸노라고 위안하는 자존감이 스며 있다. 노환의 육신을 이끌고 '병 고치러 가는 길'에 날아가는 작은 새의 울음이 환기하는 이미지와 수필에 대한 자신감을 웅변하고 싶은 서정이 애틋하다.

「뜸북새 울음이 어쩌다」에서 '사방 울음이 집을 떠나고 있다'로 시작하는 서정 속에서 시인으로 대유된 뜸북새-화자도 이 새가 자아와 어떤 관계인지는 짐작만 할 뿐이지만-가 상징하는 의미망은 사뭇 복잡한 내면을 잘 드러내고 있다. '울음, 떠남, 가래기침, 흔들림' 등의 시어가 환기하는 서정은 선생의 카페 활동 종언(終焉)을 묵시적으로 전하고 있다.

두 편 모두 새를 소환하면서 지상을 훨훨 날아갈 자신의 모습을 담담하게 그리는 서정이 세상을 관조하며 먼 길을 떠나는 행운유수(行雲流水)의 모습이다. 선생의 탑재 마지막 수필 작품은 이보다 2개월 먼저다.

〈나에게 빌빌거리다 / 유병근 / 2019. 6. 16. 17:21〉

무엇을 써야겠다는 생각으로 조금은 마음이 기울어진다. 그런데 써야 할 것이 무엇인지 떠오르는 듯 떠오르지 않는다. 이런

　　　　　　　　　　　작품 속 지문指紋 읽기

경우는 요즘에 더욱 빈번하다.

소재가 떠오르면 그다음 소재와 서로 고리를 이어 그 고리로 어렵지 않게 글 한 편을 뚝딱 해치우던 날은 이미 지나간 것 같다. 세월이란 것은 몸과 마음을 게으르게 할 뿐만 아니라 글을 쓰는 일에도 게으름이란 것이 부스럼 딱지처럼 달라붙어 사람의 기를 빼앗는 것 같다.

방금 날아간 새가 혹 돌아올 것이라고 앞산 어디를 물끄러미 본다. 그러나 앞산도 내 처지를 눈치챈 듯하다. 그 전 같으면 산기슭 여기저기에 무슨 그림처럼 푸른 빛깔 조금 더 푸른 빛깔의 충계를 보여 주곤 했다. 그러나 지금은 그런 조짐이 전혀 없다. 방금 날아간 새를 제 품속에 감추고 내놓지를 않는다.

창문을 열었더니 바람이 들어온다. 바람은 창문을 열어 달라고 내내 기다린 것 같다. 앞산을 다시 보는데 소나무며 잡나무숲이 이리 허리를 꺾고 저리 허리를 낭창낭창하게 꺾고 있다. 산기슭 쪽으로 제법 강한 바람이 부는 것 같다. 티브이 화면에서는 무슨 이름의 걸그룹이 노래의 곡조를 따라 낭창낭창한 몸을 자유자재로 쥐어짜고 앞뒤로 몸을 꺾는 율동이 파도처럼 유연해 보인다. 그 모습을 마침 앞산의 나무들이 보고 익히는 것 같다. 이야기를 듣고 보니 세계무대를 자유자재로 요리한다니 참으로 훌륭한 모습들이다. 그런데 수필을 한다는 나는 내 앞가림도 미처 하지 못하고 있다.

세상을 헛살았다는 말이 나를 서글프게 한다. 그런데 나를 주눅 들게 하는 말이 또 있다. 나이 들면 믿을 것은 돈밖에 없다는 말을 어느 게시판에선가 읽은 적이 있다. 알고 보니 일일이 지당

한 말씀이다. 하루는 어디 바람이라도 쐬어 볼까 하고 나서다가 그냥 주저앉아 버렸다. 이런 꼬락서니라니. 세상을 어떻게 살았기에 이러느냐는 자책이 속에서 터진다. 지금은 죽이든 밥이든 무엇을 써서 그 무엇으로 자위할 수밖에 다른 길은 없다. 그러고 보니 글이란 자기만족이며 자기 위안의 길이다. 내 생각이 그렇다는 것이다. 이런 생각 말고도 크게 떠벌리는 사람은 그렇게 생각하는 사람의 몫이다.

글에 욕심을 부리지 않기로 한다. 가장 가까운 친구와 속마음을 떨어 놓듯 하는 것이 글쓰기임을 말하고 싶다. 그런 점 옛 성인의 말을 끌어오는 지혜도 물론 부리지 않는다. 누가 나를 철학도 모르는 빈 껍데기라고 빈정거려도 그냥 듣고 흘려 버릴 요량이다. 이것이 나이 든다는 것을 의미하는지 모른다. 노인은 노인답게 처신하는 것이 순리에 알맞은 일이겠다. 가령 무슨 혜택을 베푸는 자리에서 산수(傘壽) 이상 열외라고 말한다면 슬그머니 물러날 수밖에 없는 처지 아닌가. 노인 공경이란 말은 노인이 드문 시절의 이야기이지 발에 걸거치도록 많은 노인이 떼 지어 다니는 지금은 아니다.

에라, 목욕이나 해야겠다.

목욕에는 시간을 아끼지 않는다. 이 또한 얇은 깨달음이라고 할까. 글쓰기 또한 깨달음을 위한 목욕이다. 오늘 생각은 비눗물과 함께 흘려보내고 새롭고 참신한 생각으로 몸과 마음에 채우는 거다. 그것이 글맛에 이르는 길이다. 글의 흐름이 거슬리지 않고 나긋나긋하게 감칠맛 나게 읽히는 문장을 두고 하는 말인 것 같다. 내 경우는 다르다. 입안에 다소 꺼칠꺼칠한 맛이 나더

작품 속 지문指紋 읽기

라도 글 속에 새로운 인식이 글을 지배하고 있을 때 그 글은 읽을 맛이 깔끔하다고 말하고 싶다. 그러니까 앞의 생각은 글의 표면을 두고 말하는 대신 내 생각은 글의 속사정을 두고 하는 말이 되겠다. 하지만 글은 외면과 내면이 서로 어울려야 비로소 글다운 글맛을 만날 수 있지 않겠는가.

글은 흔히 시대정신의 표정이라고 한다. 내 글 속에는 시대정신이 내포되어 있는지 의문스럽다. 시대정신이라면 세상의 흐름과 그에 따르는 정치 경제 사회 등을 등에 업은 민초들의 삶이 글 속에 배어 있어야겠다. 그런데 내 글은 이것도 저것도 아니다. 시대를 싸안기는커녕 소소한 내 주변이나 띄엄띄엄 긁어 나가는 꼴이다. 하지만 한가지 위언은 있다. 쓰러진 나무를 말하고 시들어 가는 인간상을 말하는 것에도 나름 시대정신이 내포되는 것이라고.

나는 내 말에 동조한다. 아니, 동조해야만 될 것 같다. 그것이 나름 사는 길이기 때문이다. 어차피 나는 나에게 빌빌거리면서 아쉽게 군다.

마지막 탑재 두 편의 시와 마찬가지로 마지막 탑재 수필에서도 새가 등장한다. '방금 날아간 새가 혹 돌아올 것이라고 앞산 어디를 물끄러미 본다. 그러나 앞산도 내 처지를 눈치챈 듯하다.'는 진술과 '그러나 지금은 그런 조짐이 전혀 없다. 방금 날아간 새를 제 품속에 감추고 내놓지를 않는다.'는 서정으로 보아 이즈음 선생은 새의 이미지에 마음이 머무른 것 같다. 원형적으로 새는 지상의 떠남이다. 속된 세상에 대한 좌절과 스스로의 삶에 대한 회한을 달래는 길은 '글이란 자기만족이며 자기 위안의 길'이라는 지점에서 아쉬움을 달랜다. 선생은 그 현실적 방책으로 목욕이라는 상징적 행위를 접맥한다.

에라, 목욕이나 해야겠다.

목욕에는 시간을 아끼지 않는다. 이 또한 얇은 깨달음이라고 할까. 글쓰기 또한 깨달음을 위한 목욕이다. 오늘 생각은 비눗물과 함께 흘려보내고 새롭고 참신한 생각으로 몸과 마음에 채우는 거다. 그것이 글맛에 이르는 길이다.

선생의 마지막 메시지는 자신에게, '드레문학' 회원에게, 나아가 수필가를 향해 웅변으로 전하고 있다. 약 보름 전에는 독자에게 보내는 메시지를 담은 수필을 탑재했다.

〈독자여 용서하시라 / 유병근 / 2019. 5. 27. 17:27〉

(전략)

지금 나는 아무 노력도 하지 않고 있다. 밭고랑의 배추가 얼마큼 어떻게 자라는지 전혀 관심을 두지 않고 있다. 상추가 조금더 자라면 잎을 따서 상추쌈이나 싸 먹을 생각만으로 상추밭을 생각하고 있다. 잡초가 얼마큼 어떻게 자라는지에 대해서는 전혀 관심을 두지 않는 상태다. 이건 좀 심하다는 생각이 '미처 모르는 이것 속의 이것과 이것 속의 저것을 가름하기로 한다.' 이런 생각이 이따금 들지만 건강이란 것이 쉽게 몸을 움직이지 못하

작품 속 지문指紋 읽기

게 한다. 그래 한다는 소리가 '흔들의자에 앉아 생각의 잔뿌리를 캐기로 한다. 흔들리지 않는 것을 캐기로 한다.'는 말을 얼버무리고 있다.

알고 보면 소가지 없는 변명이다. 하지만 이런 변명으로나마 지금 뭔가를 하고 있다는 같잖지도 않는 두루말이를 펴거니 말거나 하고 있다. 독자여 용서하시라.

제목이 직설적이다. 병고로 삶의 현장인 밭고랑을 외면한 채 흔들의자에 앉아 관념에 매몰될 수밖에 없는 자신의 현실을 고백하면서 더 이상 생동하는 글을 쓸 수 없음에 용서를 구하고 있다. 가을 풀잎같이 빳빳한 선생의 맑은 정신에 마냥 숙연해진다.

유병근 선생 마지막 탑재 후 《에세이문학》(2020., 봄호)에 수록된 수필 한 편이 전재(轉載)되었다. 투병 중의 글인 듯하다. 선생의 작품 중 필자가 확인한 바로는 가장 최근작이기에 전문을 수록한다.

〈병(病)을 지나며 / 최아란 / 2021. 3. 5. 13:52〉

출랑대는 바다를 보고 있다. 바다는 왜 출렁대는지, 바다니까 그렇다는 답이 나온다. 그걸 꼬치꼬치 생각하지 않기로 한다. 지금은 보고 있는 일만 생각하기로 한다. 생각할 수 있는 생각, 생각할 수 없는 생각도 있다. 생각은 또 다른 생각을 낳는 생각의 자궁이다. 옛날에 하고 말하다가 엊그저께라고 말한다. 옛날이나 엊그저께는 한 카테고리 안의 흐지부지다. 역사라는 한 올타리 안의 흐지부지다. 현대는 고대의 똥줄이다. 혹은 계보다. 혹은 장(將)과 졸(卒)이다.

연결이라는 것이 중요하다. '손에 손잡고' 응원하던 엊그저께는 그보다 훨씬 앞선 날과 맥락이 닿아 있다. 역사라는 피다. 개미군단이 질서 있게 어디론가 이동하고 있다.

지금 쓰고 있는 이 글을 이렇게 풀까 저렇게 풀까 하고 망설이는 일은 따분한 흔들림이다. 어쩌면 그 따분함은 당연한 흔들림이다. 생각의 흐름에서 벗어나는 것 또한 흔들리고 있다는 것을 암시하고 있다. 개미 떼의 이동 대열에서 이탈하는 개미를 본 적은 그다지 없다. 이탈은 흔들림이다. 반란이다. 상명불복(上命不服)이다.

아침에 아주 가까운 길에서나마 걸어 보자고 나섰다가 주저앉았다. 다리 근력이 약해진 나는 오십 미터로 못 가서 주저앉는 꼴이 된다. 그동안 병원 나들이를 하느라 옳게 걸어 본 적이 없다. 그것이 벌써 일곱 달째다. 뇌 신경에서 걷는 회로를 까먹었거나 왕따시킨 모양새다. 심각한 고장이라고 나를 진단한다. 그러나 나는 정작 그 심각성을 마음에 두지 않는다. 모르는 것이 마음 편하다고 자가 진단을 한다. 그 진단이 맞든 아니든 굳이 꼬치꼬치 캘 생각은 없다. 캔다고 뾰족하게 나올 답은 없다. 설사 답이 있어도 모른다. 때로는 '모른다'가 정답이다.

집 안 거실에서라도 천천히 걸어 보라고 아내는 근심 어린 충고를 한다. 그 충고를 마음에 새겨 십 미터도 될까 말까 한 거실 이쪽 끝에서 저쪽 끝으로 걷기 연습을 한다. 그러나 게으른 나는 겨우 한두 번 왔다 갔다 하다가 곧 소파에 주저앉고 만다. 두 다

　　　　　　　　　　　　　작품 속 지문指紋 읽기

리로 가는 신경이라는 것이 나를 닮아 게으름을 부리는 것 같다. 나는 게으름 편에서 게으름과 함께하는 것이 편하다고 믿는다. 믿어야 믿는 무엇이 될 것 같다.

키보드로 글을 찍고 있으니 맞춤법이 제대로 말을 듣지 않는다. 이백 자 원고지 한 장을 찍는 데 따져 보니까 한 시간을 허비하게 된다. 자판기를 더듬으며 겨우 반 장쯤 찍고 잘못 찍은 활자를 찾아 고치는데, 여기도 오자, 저기는 탈자 등 괴로운 일이 한두 군데가 아니다. 한 칠 개월 동안 자판기와 거리가 멀었다는 사실이다. 하지만 이런 노릇이라도 해야 하루를 의미 없이 보냈다는 생각이 그다지 들지 않는다. 마음이 또 흔들린다. 머릿속의 신경 조직이 반란을 일으키는 것 같다. 흔들릴 때는 같이 덩달아 흔들려 주는 것이 순리에 어긋나지 않는 일이라고 마음속으로 동의한다. 따지고 보면 나는 요랬다조랬다 중심을 잡지 못하는 허깨비다.

나는 흔들린다. 흔들의자가 아니라도 흔들린다. 흔들리면서 사는 세상이라고 터무니없는 논리나마 세워 자위 삼는다. 나무는 흔들리면서 자란다. 바다는 흔들려야 바다다. 강물도 흔들리면서 흔들리는 바다로 가지 않는가. 천공의 구름은 흔들림 속에 구름의 도식(圖式)/미학이라는 것을 짐작할 수 있다. 세상이 모두 흔들리는 구조로 된 것 같다. 나만 홀로 흔들리지 않으려고 바락바락 애를 쓰는 것도 뭔가 잘못된 옹고집 같은 구조 아닌가. 흔들림 또한 일종의 순리며 아름다움이라고 억지나 다름없는 하잘 것없는 논리로 타이른다. 장바닥에 나온 사람들을 보라. 인파란 것이 파도처럼 요리 흔들리고 조리 흔들리면서 필요한 장보기를 하지 않는가. 이렇게 생각을 고쳐먹으면 머리가 좀 어지럽고 걸음걸이를 터덕거리는 일이 그다지 큰 고장은 아니라고 자위한다. 세상을 보고 생각하는 일이 수시로 자아 중심으로 이랬다저랬다 고장 난 추(錘)다.

신병 훈련을 받을 때였다. 교관은 분명히 '우향 앞으로 갓!' 하고 구령을 내리는데, 어떤 훈련병은 오른쪽이 아닌 왼쪽으로 걸음을 옮기니까 갑자기 대열이 어긋난다. 신경을 극도로 쓰고 있으니 오른쪽인지 왼쪽인지 헷갈린다. 훈련병 시절만의 이야기는 아니다. 오른쪽 방향인지 왼쪽 방향인지 마음이 흔들릴 때가 한두 번이 아니다. 하기야 오른쪽이면 어떻고 왼쪽이면 어떠냐. 동가식서가숙(東家食西家宿)이란 말에 나름대로 위안을 받는다.

생각은 또 바람처럼 흔들린다. 생각 속에는 오른쪽과 왼쪽이 함께 흔들린다. 생각은 검은 구름 흰 구름이다. 생각은 이 생각에서 저 생각으로 옮겨 가는 다리목이다. 바다 물결이다. 바람에 몸을 맡긴 나무다. 알게 모르게 천방지축이다.

이렇게 쓰고 있는 일도 천방지축이다. 나는 천방지축에서 벗어나기로 한다.

글의 제목이 선생의 현재를 웅변해 준다. 병고에 시달리는 노구를 지탱하면서 과거와 현재를 하나의 카테고리 안에 묶어 시간을 묵히고 공간을 누빈 긴 생애를 관조해 보면 "현대는 고대의 똥줄이다. 혹은 계보다. 혹은 장(將)과 졸(卒)이다."처럼 다채로운 양상이 입체적으로 얽혀 있을 것이다. 몸도 마음도, 손가락도 흔들리는 자신을 다독이며 "흔들림 또한 일종의 순리며 아름다

작품 속 지문指紋 읽기

움이라고 억지나 다름없는 하잘것없는 논리로 타이르면"서 "지금은 보고 있는 일만 생각하기로 한다."고 고백한다. 그러면서도 스스로 '천방지축'을 느끼는 마음에서 노령의 병고를 견디는 순명(順命)의 정신력이 사뭇 숙연하게 다가온다. 몸도 정신도 손끝도 흔들리는 상황을 견디어 내며 따박따박 컴퓨터 자판기를 두드리는 꼿꼿한 글쟁이의 숙명이 사뭇 존경스럽다.

목재 선생의 시적 인식은 다음 글에서 개관을 확인할 수 있다. 발췌 수록한다.

〈시와 언어 / 유병근 / 2015. 5. 24. 19:53〉

그림자가 따라온다. 몇 걸음 앞으로 가는 걸음걸이를 놓치지 않으려는 듯 그림자는 내 발뒤꿈치에 바짝 따라붙는다. 밀착된 상태로 따라붙어야 마음이 놓이는 그림자인 것 같다.

시는 언어의 그림자라는 생각은 가히 그르지 않지 싶다. 언어 속에 시가 있고 그 시는 언어의 구조를 위한 이런저런 새로운 세계 구축을 매듭짓는 힘을 다한다. 시로 변환된 언어와 동거하려는 시의 속살을 하나하나 쓰다듬어 알맞은 형태로 구축하는 수공업은 언어를 빚어 시의 참신성을 구축하려는 뜨거운 시 정신이다.

시인은 시를 음미하려는 독자의 입맛을 굳이 헤아리지 않는 옹고집을 갖는다. 독자더러 시의 밥상 앞으로 닦아 오라고 할 뿐 독자 앞에 밥상을 들이밀지 않는다. 그런 오만한 정신이 시를 보다 시답게 하는 길이라고 믿는다.

그런데 시인에게도 문제가 없는 것은 아니다. 독자의 구미를 맞추느라 신물이 나도록 귀에 익은 시작 행위를 되풀이하는 태도가 그렇다. 이런 점 시에 참회해야겠다. 시를 인기 위주로 생각했던 스스로를 뉘우친다.

산문시에 맛들린 일 또한 이런 동어 반복 기복을 일삼는 길이 된 것을 나름 고민한다. 시는 행 가름을 본 바탕으로 삼는다. 그 바탕에서 어긋나고 있다는 생각이 들 때는 시의 구조학을 다시 익혀야겠다는 혼자만의 생각에 골몰한다.

한 가지 위안은 있다. 시는 엄숙주의만이 아니란 것이다. 시는 세계를 새롭게 보고 듣고 이를 언어로 가름하는 작업이다. 흔히 말하는 언어 미학의 길이기도 하고 언어로 표출되는 정서의 뿌리를 캐내는 길이기도 하다.

그 맛은 우선 참신함에 있다. 어제의 것이 아닌 내일로 상상력의 길이 트이는 눈뜸에 있다. 하기에 사랑 타령이나 일삼는 시는 입맛에 질릴 뿐 독자가 진정으로 원하는 참신한 미각은 전혀 아니다.

어제 말하던 것을 오늘 말하는 스스로는 죽은 시인이다. 죽지 않으려고 시에 매달린다면 아쉬운 변명은 될까. 겉모습만 보이는 시적 대상에 끌려가지 말고 대상이 갖는 진실된 내면세계를 시의 반

작품 속 지문指紋 읽기

상에 올려 두기로 한다. 그것만이 시인이 시인으로 사는 길임을 다시 깨닫는다.

선생의 다른 시론을 참고해 보면 '시는 언어의 그림자'라는 말이 있다. 그림자란 제재에서 포착하는 시인의 새로운 인식이다. 시인이 사는 길은 '겉모습만 보이는 시적 대상에 끌려가지' 않는 참신한 '눈뜸'이 곧 '진실된 내면세계'이며 이를 '언어로 가름'해서 정서화하는 작업이라는 논리다. 정리하자면 '제재의 참신한 재해석과 표현의 서정성'이 되겠다.

선생의 시에는 내용상 수필에 관계되는 작품도 많다. 아래 작품은 비와 수필의 다면 충돌 양상을 상징적 서정으로 그려 내고 있다.

〈비가 된 수필집 / 유병근 / 2015. 11. 29. 19:22〉

아스팔트 바닥이 젖는다
어제보다 더 환하게 젖는다
수필을 읽다가 옆집에 떨어지는
빗소리를 본다 옆집의 비는
짜고 치는 고스톱은 물론 아니다
수필집 속의 비, 수필집 변두리에도
비가 온다 비 맞는 세상이
어깨를 움츠린다 멀리 가는 빗줄기에
기우뚱하다 젖은 세상은

젖은 생각을 도마질한다

더 높은 허공으로 치솟은

세상은 더 높은 비를 요리 중이다

아스팔트에 오는 비는 꺼멓게 탄다

엣치투오H_2O는 무슨 맛인지

요리책을 펼칠까 말까 나는

한 줄 두 줄 궁리하다가 나는

비가 된 수필집이나 간 보고 있다

수필 속에 담긴 깨달음의 경지를 빗방울로 치환하였다. 세상, 곧 독자는 더 높은 경지의 문학성을 기대하고 수많은 수필 작품들은 아직도 아스팔트에 꺼멓게 떨어지는 서경이 포착된다. 아래 작품은 '행 가름 시와 줄글 시'에 대한 견해가 담겨 있다. 아래 수필에서는 산문율을 어떻게 인식하는가에 대한 단서를 엿볼 수 있다.

〈다시, 시작 후유증 / 유병근 / 2017. 7. 14. 17:29〉

(전략)

생각이 낭창낭창하지도 못하는 주제에 줄글 시를 가끔 쓴다. 그렇게 된 몰골을 행 가름 시로 틀을 바꾸는 잔꾀를 부린다. 행 가름으로 된 시를 줄글 시로 지루하게 늘어놓기도 한다. 이랬다 저랬다 시의 형태를 갖고 노는 나에게 시는 볼멘소리를 한다. 그런 소리를 들으면서 듣지 못한 척하는 나는 형태를 갖고 노는 꼭

작품 속 지문指紋 읽기

지가 덜 떨어진 해감내기다. 이런 고집 부리라고 저질러야 시의 맛에 가까이 다가설 수 있을 것이라며 기를 쓰고 형태에 빌빌거린다.

(중략)

시의 안태본은 행 가름인데 줄글 시는 왜 즐겨 쓰냐며 나를 염려하는 소리도 가끔 들린다. 고마운 충고다. 불행이라면 불행한 경우이지만 내 머릿속에는 행 가름 시가 나오는 회로가 있고 줄글 시가 나오는 회로가 따로 있다는 얄팍한 짐작을 한다. 그 짐작이 행 가름 시와 줄글 시라는 두 어처구니에서 나를 놀게 하는 것 같다. 똑똑하지 못해서 미안하다. 이도 저도 아닌 난리법석인 지리멸렬이라는 핀잔을 들어도 어쩔 수 없으니 면구스런 일이다. 그런 알맹이 없는 노릇 때문에 골방 깊이 늘품 수 없게 스스로 처박히는지도 모른다.

(하략)

자신은 행 가름 시와 줄글 시 창작의 회로가 다르다고 했다. 목재의 수필은 시적 분위기를 구현하는 작품들이 많은데 여기 창작의 변에서 시 같은 수필을 창작하는 연유를 짐작할 수 있다. 회로는 다르겠지만 창작의 발화점은 같기 때문에 시 같은 수필이 가능한 것이다. 이는 수필가들이 깊이 새겨야 할 창작의 한 맥점이라 생각된다. 그리고 눈길이 가는 부분은 '생각이 낭창낭창하지도 못하는 주제에 줄글 시를 가끔 쓴다.'는 대목이다. 이는 곧 산문 속에도 율감(律感)이 스며들 수 있다는 기본 인식을 지니고 있음이다. 「산문과 수필」에서 "수필의 경우는 산문이지만 율을 갖습니다. 내재율이 그것입니다. 하기에 수필은 정서를 동반한 시적 울림을 갖습니다."라고 한 바 있다. 수필 창작에서 선생이 주목하지는 않았지만 율감(律感)이 스며든 수필 문장에 대한 가능성을 모색할 수 있는 부분이다. 필자는 이와 관련된 수필론으로 〈전통수필 창작론 연구〉를 발표(《부산수필문학》, 2018.)한 적이 있어 선생의 산문율에 대한 안목에 깊이 공감한다.

선생은 향토애가 짙은 사람인 모양이다. 본인이 거주하는 낙동강변 마을의 향토적 제재 시편이 꽤 많다. 멀리는 80년 전후 시조 작품에서부터 자유시와 수필을 통해 지속적으로 이어진 것 같다. 근년의 작품들 중심으로 몇 편을 살펴본다.

〈그러니까 낙동강 /유병근 / 2018. 5. 22. 13:52〉

저기 흐르는 것이 낙동강이다 그러니까 너는 저기 산다 여기 아닌 저기 물소리를 듣는 너는 낙동강에 발 담그고 머리 감는다 지금은 사라진 그때 이야기를 한다 이야기가 동나면 서로 간다 그러니까 너는 동에서 서로 서에서 동으로 산다 낙동강 칠백리 노래도 한다 노랫가락 뽑는 목소리 같은 검단머리를 어깨 너머로 쓰다듬는다 그러니까 너는 눈망울이 서글서글하다 말을 하자면 그렇다는 것이다 능수버들에 물오르고 그렇다는 것이다 이렇게 말하고 더 이상 말문을 닫을까 한다 말하지 않는 것이 말하는 것이란 말을 한다 저건 낙동강 아니라고 누가 우겨도 낙동강은 여전히 낙동강이다 '전우의 시체를 넘고 넘'던 시절이 있다 지

금 그렇고 나중에도 그렇다 저녁이 오는 나중을 생각하다가 너
는 저기 산다는 생각을 한다 말이 어두워진다고 입막음한다 입
을 틀어막아도 너는 너고 강은 강이다 그러니까 너는 확실하다

〈호포역 / 유병근 / 2011. 9. 18. 22:43〉

　시간이 오는 걸 듣고 있었다 시간은 오다가 멈추지 않았다 시
간의 눈 시간의 입 시간의 코를 보다가 물러섰다 어디만큼 물러
서서 주춤거렸다 모르는 것이 약이라는 말은 믿지 않기로 했다
더 거센 뿔을 치켜세우고 덤비는 시간을 미처 몰랐다 사라진 것
은 사라진 것이 아닌 시퍼런 뿔이었다 깎을수록 날마다 더 깎아
야 하는 문장이었다 귀를 틀어막은 뭉크였다 저녁놀 속으로 잠
겨 드는 해 한 덩이 시간을 끌고 가는 앞잡이었다

〈강변아리랑 / 유병근 / 2015. 5. 1. 16:31〉

　강 이쪽은 이쪽 강이고 강 저쪽은 저쪽 강이다 강 이쪽 마을은
강 저쪽 마을로 갈 수가 없다 강 저쪽 마을은 강 이쪽 마을로 올
수도 없다 강이 넓고 깊어서가 아니다 건너갈 수 없고 건너올 수
없다고 발 동동거리는 사람들이 강 이쪽과 강 저쪽으로 떠밀리
며 산다 이쪽은 이쪽 숟가락으로 밥 먹고 저쪽은 저쪽 숟가락으
로 밥 먹는다 밥 먹어도 발이 저리다고 아우성이다 저린 발을 주

무르며 저린 마음을 주무르는 강 이쪽과 강 저쪽이 한 저물녘 아
래 저물어 간다

줄글 시에 정격(正格)은 아니지만 낙동강 물결 같은 산문율(散
文律)이 넘실거린다. 문장 호흡 속에 살아 출렁이는 낙동강이다.
시정을 보면 낙동강은 칠백 리의 옛이야기까지 기억하면서 동
서로 넘나들며 시공간을 뛰어넘는 사연들을 죄다 기억한다. 입
을 막고 억압해도 다 이야기를 해 주는 낙동강은 '그러니까 낙동
강이다'. 강은 곧 도도한 역사의 흐름이기 때문이다. 「호포역」에
서는 낙동강 너머로 아련히 사라지는 낙조를 보면서 흘러내리
는 시간성을 깨닫는다. 시퍼런 강물과 붉은 석양의 대비를 통해
갈고 다듬는 문장에까지 인식이 깊어진다. 「강변 아리랑」에서는
강을 경계로 한 이질성을 의식하면서 이들도 종국에는 한 이불
속 세상살이의 같은 존재임을 그려내고 있다. 모두 강물과 함께
하는 담담한 서사에 물결 담은 서정이 낭창거리는 동양화 한 폭
이다.

목재 선생은 《월간문학》에 동시 「불빛」으로 등단한 이후 최근
까지 지속적으로 창작을 하고 있었다.

〈(동시) 봄날 이야기 /유병근 / 2011. 3. 27. 09:41〉

발가벗은 숲에서
햇볕이 열심히 움직이고 있습니다
바쁘게 옷을 깁는 소리입니다

작품 속 지문指紋 읽기

어떤 햇볕은 나무의 팔과 어깨에
종일 뜨개질을 하고 있습니다
푸르스름한 방울을 달아 놓은 걸
바람이 와서 흔들어댑니다
실로폰 악단이 된 나무 아래 서서
멀리 떠난 친구의 이름을 부릅니다

〈(동시) 편지/유병근 / 2011. 3. 14. 07:27〉

떡국을 먹고
우리 집은 날마다 설입니다.

냉이국 먹고
우리 집은 날마다 봄입니다.

민들레가 피었다고
참새가 찾아와 재재거립니다.

소풍 가던 날은
진달래가 미리 알고 피었습니다

「봄날 이야기」를 통해 봄이 빚어내는 다채로운 자연 서경을 감각적 이미지로 직조하고, 「편지」에서는 입춘 이후의 사연들을 차례로 톺아 내고 있다. 〈나의 삶, 나의 문학 / 2014. 4. 11. 10:39〉에서 "동시는 아동 문학이니까 초등학교 교과서처럼 누워서 떡 먹기라고 겁도 없는 생각을 했습니다. 약은 좀생이였습니다."고 고백을 하면서도 '드레문학' 카페에 작품을 탑재하면서 군이 '동시'라고 명시하고 있어 선생의 동시에 대한 깊은 애정을 짐작할 수 있다.

【3】 담론과 수필 작품

(1) 수필에 대한 담론

목재 선생의 수필에 대한 이론은 단행본인『수필 담론』은 물론이려니와 수필 작품, 시 작품 등에서도 종종 나타난다. 본고에서 수필 작법론을 추출할 자료로는『수필 담론』머리글과 수록 작품 27편,『아으 동동』10편, '드레문학' 카페 자료 15편 등 총 53편을 참조하면서 필요한 부분을 발췌하여 조사 자료로 삼았다.

수필을 하는 생각의 바닥에서 서성대는 몇 가지 느낌을 엮었습니다. 담론은 때론 수필의 소재가 되기도 하고 수필 문학을 우한 길이 되기도 했습니다. 그러고 보니 수필 속에 수필 담론이 있고 담론 속에 수필이 이런저런 눈을 떴습니다. (『수필 담론』, 머리

글)

위 인용문에서 보듯이 선생의 작품에서 담론의 글과 수필 작품에는 뚜렷한 경계가 없다. 피천득의 작품 「수필」처럼 "수필은 청자연적이다."라는 식의 시적 형상화를 곁들이면서 "수필은 플롯이나 클라이맥스를 필요로 하지는 않는다."라는 직설적 작법 이론이 동시 개입되고 있다. 또한 수필집 『아으 동동』 제3부 10편은 모두 담론의 글이다. 이런 점에서 선생의 담론은 분류상 수필 작품으로 보는 것이 타당할 것 같다.

선생의 수필론은 학술적 접근이나 구체적 작법론 제시가 아닌 감성적 경험론적 담론이다. 특히 수필 문학에 대한 원론적 가치관이 선생의 수필 담론에서 주류를 형성하고 있으며, 수필 양식에 대한 개인적 인식을 고백적으로 표출하였다. 언어 예술로서의 수필 미학은 미분화 상태이며 표현도 단정적 진술과 비유적 표현이 섞여 있다. 주장과 강조를 위한 주장의 부분 부정도 혼재한다. 그 결과, 선생의 담론에서 수필작법의 미학적 정립을 위한 분류나 구체적 작법론 정립은 어려운 사정이다.

그럼에도 불구하고 선생의 수필관을 계승하는 청출어람(靑出於藍)의 구체적 작법 체계 수립은 필요한 부분이다. 따라서 필자가 평소 설정한 수필 미학 자질과 관련된 5개 항목 '1. 제재 2. 구성 3. 문체 4. 주제 5. 형상화'에 선생의 수필에 대한 '기본 인식'의 항목을 더해서 총 6개의 세목으로 논의를 진행하고자 한다. 선생의 '기본 인식' 항에는 수필의 성격, 품격, 지성, 효용 등 선생의 수필에 대한 선언적 가치관의 전반적 내용을 포괄적으로 수용했다. 필자의 감각적 조사이므로 빈도수보다는 선생의 수필 미학에 대한 개략적인 관심도를 판단해 봄직한 자료일 뿐임을 미리 밝혀 둔다.

선생의 담론 작품 자료 53편에서 상기 수필 미학 6개 분야의 언급 문장을 발췌하고 그 빈도수를 살펴보았다.

1. 기본 인식(24) / 2. 제재(11) / 3. 구성(17) / 4. 문체(7) / 5. 주제 (15) / 6. 형상화(7)

이상 건수를 살펴보면 수필의 성격이나 품격에 관계되는 기본 인식 항목이 압도적 다수를 차지한다. 다음으로 대상의 새로운 인식 문제를 강조한 제재(선생은 '소재'로 표현하고 있다.)와 수필의 형식 문제를 언급한 구성, 지성적 품격을 강조한 주제 항목에 많은 관심을 쏟고 있다. 문체나 형상화 문제는 상대적으로 언급이 적다. 이를 수필 미학 관점에서 판단한다면 선생은 수필 양식에 대한 중요 관심은 언어 예술로서의 표현상의 문학 미감이 아니라 내용상의 지적 품격을 우선하고 있음을 보여 준다고 하겠다.

아래에서는 각 세목과 관련되는 대표적 언술을 골라 제시하겠다. 발췌 자료는 상대적으로나마 구체적 언급의 문장을 골랐으며 추출한 자료에서 동일하거나 유사한 내용은 중복을 피했다. 출처가 동일 작품인 경우 '드레문학'의 탑재 자료를 선택하였으며 비유나 수식어 등은 삭제하고 필요한 경우는 문장을 다듬었다.

1. 기본 인식

수필은 세계의 내면을 보고 읽는다
수필은 시대와 장소를 공유하며 이를 초월한다
수필은 새로운 세계를 구축하려는 욕망과 힘이 있다
수필은 지정과 감성적 이미지의 함축이 내포된다.(『산문과 수
필』)

수필의 본성이 관조에 있듯 사물을 깊이 통찰형하고 거기서
나름대로의 새로운 사물을 재창조하려는 것이 수필을 하는 보람
이라는 점이다.(『형태와 형식』)

겸손을 갖춘 지성인의 문학이라고 수필은 입을 모은다. 그런
다짐을 틈틈이 한다. 수필은 그가 갖는 이러저러한 정신의 틈새
에서 태어나는 문학으로 알고 있다.(『觀音의 길에서』)

태생적인 고독과 함께하는 예지가 수필가의 몫이다. 그 의미를
음미하고 고독을 깊이 음미하는 자가 참다운 선비이며 수필가이
다.(『觀音의 길에서』)

수필은 그 사람의 품격이라고 했다. 이를 의식한 나머지 현학
적인 언술로 수필의 몫을 채우고자 시도할 때 수필의 격은 오히

려 떨어진다.(『수필의 전략』)

흔히 수필은 여백의 문학이라는 말을 듣습니다. 여백은 무소유와 같은 여유 있는 정신을 말합니다. 여백의 아름다움은 어떤 점 동양화가 제격입니다. 여백은 생명력을 저장하는 공간입니다.(『수필로 가는 바람』)

선비정신이 드문 세상에서는 선비가 수필을 하는 것이 아닙니다. 수필이 선비정신을 만드는 것입니다. 그런 점 수필은 당차고 장한 힘의 원천입니다.(『수필로 가는 바람』)

수필은 언어 예술의 한 영역입니다. 예술은 기술입니다. 기술은 만들어 나가는 기교를 떨칠 수 없습니다. 그렇다고 기교만 있고 내용이 없을 때 그것은 죽은 기교입니다.(『수필을 위한 알레고리』)

수필은 사람의 몸과 정신을 바로 세우는 처방입니다.(『소재에서 주제로』)

수필에 때로는 상처받고 수필에 때로는 일어서기도 합니다. 어떻게 사는가를 수필이 가르쳐 주기도 합니다.(『수필에게』)

2. 제재

귀한 소재는 귀하고 좋은 수필이 될 수 있는 길이 된다고 합니다. 하지만 아무리 흔한 소재라도 다루는 솜씨에 따라 향기 있는 작품이 되는 것을 볼 수 있습니다.(「소재에서 주제로」)

(대상을) 해석하고 느끼는 수필가의 깊은 사색에 의하여 새로운 감흥을 일으키는 소재로 탈바꿈됩니다.(「소재에서 주제로」)

수필을 위해서는 대상을 보는 직관력이 요구된다. 대상을 깊이 보고 새로운 깨달음을 찾는다. 그것이 참신한 의미(depaysment)를 부여하는 길이 된다.(「수필의 전략」)

수필에도 데포르마시옹 기법이 마땅히 뒤따라야 한다고 우깁니다. 대상을 새롭게 보는 것이 문학하는 일이 아닐까 하는 깨우침에서입니다.(「형태와 형식」)

시와 소설은 허상을 끌어와 긴축된 언어 혹은 구체적인 언어로 세계를 드러내려 합니다. 이에 반하여 수필은 기왕 있는 진실을 낯선 진실로 변환시키려는 수법이 요구됩니다.(「수필을 위한 각서」)

세계에 대한 참신한 해석, 감각적인 시각/지각은 수필을 보다 융숭스럽게 드러내는 맛깔스런 길이 된다.(「수필적 상상력」)

3. 형식

자연과학사회가 아닌 수필에 무슨 공식을 세우겠다면 따분한 일이다.(「觀音의 길에서」)

이런저런 올가미로 수필의 목을 죄는 일은 삼가야겠다. 수필은 자유스런 산문 문학이라는 그 하나만으로 수필의 꽃은 은은한 향기를 갖는다.(「수필의 전략」)

체계를 중시하지 아니하기 때문에라도 수필에서의 서론 본론 결미라는 것은 무의미하다.(「수필의 전략」)

수필에서의 서론 본론 결미는 수필을 위한 하나의 군말에 지나지 않는다. 글의 중심인 본론이 서론과 결미를 모두 내포한다고 보면 될 것이다.(「수필의 전략」)

굳이 서론 부분이니 결미 부분이니 하고 꿰어 맞추기를 하지 않아도 되겠다. 서론이나 결미 부분은 본론 부분으로 함축시킬 때 글은 더욱 생동감이 살아남을 것이다.(「수필의 전략」)

수필에서 말하는 형태란 수필을 감싸고 있는 포장물이다. 즉, 산문이라는 문장으로 얽어맨 수필을 위한 틀(hardware)을 의미한다. 그 틀 속에 담겨 틀을 뜯어보게 하는 궁금한 갖은 내용물이 형식(software)이다.(「형태와 형식」)

작품 속 지문指紋 읽기

수필의 형식으로 꼽을 수 있는 것은 글의 배경, 관조, 사색, 상상 등을 들 수 있다. 하므로 형식에 구애됨이 없이 쓰는 수필이란 배경, 관조, 사색, 상상을 동원하는 감성의 지성으로 뜸 들인 자유자재한 글이라고 할까.(「형태와 형식」)

이미 언급한 바와 같이 수필에는 상상이란 형식이 있다. 재생적 상상을 창조적 상상으로 구현하는 것이 상상의 기능이다.(「형태와 형식」)

수필의 단락 구조를 널뛰기 놀이에서도 찾아볼 수 있습니다. 한 문단은 위로 치솟고 다음 문단은 아래로 내리꽂힙니다. 한 문단은 옆으로 퍼지고 다음 문단은 안으로 말려듭니다. 수필의 놀이는 파도처럼 출렁이며 귀를 틀 것입니다.(「수필을 위한 알레고리」)

수필은 가나다라처럼 순서와 질서를 지키는 서술형식은 물론 아닙니다. 가다나라로 그 서술 진행을 바꿀 수도 있습니다.(「바다 수필의 문제」)

수필에도 데포르마시옹 기법이 마땅히 뒤따라야 한다고 우깁니다. 그것이 곧 본 대로 느낀 대로의 수필임을 자각하고 있습니다.(「나의 삶, 나의 문학」)

4. 문체

수필은 말하기의 방식에서 보여 주기의 형식으로 몸을 바꿀 때 수필의 값에 보다 높은 보람을 가지리라고 봅니다.(「수필로 가는 바람」)

어떤 수필의 경우는 언어 감각에서 뒤떨어진다. 치열한 문학정신이 부족한 탓일까. 문학의 원론을 들추지 않더라도 어떤 수필은 지탄받아야 할 항목을 스스로 지고 있다.(「형태와 형식」)

수필의 경우는 산문이지만 율을 갖습니다. 내재율이 그것입니다. 하기에 수필은 정서를 동반한 시적 울림을 갖습니다.(「산문과 수필」)

아름다운 우리말들이라고 합니다. 사전 속에서만 겨우 명맥을 유지하는 언어는 죽은 언어입니다. 이를 찾아내어 갈고 닦아야만 언어도 비로소 신나는 날개를 활짝 폅니다.(「수필에 길이 있다」)

어설픈 생각이지만 수필 문장은 수필의 알갱이를 감싸고 있는 하드웨어쯤으로 생각하는 때가 수시로 있다. 문장이 감싸고 있는 주제며 사상이란 알갱이는 당연히 소프트웨어다.(「수필 편도선」)

언어요리사로서의 수필가는 언어를 찾아 그 언어를 칼질할 줄

작품 속 지문指紋 읽기

아는 기법을 스스로 익힌다. 하기 때문에 수필가는 언어의 속사정과 친하고자 그 속사정과 논다.(『수필의 전략』)

5. 주제

글은 흔히 시대정신의 표정이라고 한다. 시대정신이라면 세상의 흐름과 그에 따르는 정치 경제 사회 등을 등에 업은 민초들의 삶이 글 속에 배어 있어야겠다.(『나에게 빌빌거리다』)

수필가는 세계를 낯설게 쓰다듬고, 새로운 세계를 잉태하고자 지성과 감성을 갈고 닦는 활발한 정신의 소유자입니다.(『수필에게』)

수필은 지성의 문학이라고 흔히 토를 답니다. 그러나 지성만으로는 철학적이며 현학적인 넓두리가 수필의 몫을 딱딱한 화석처럼 밀어붙이기 쉽습니다. 지성은 감성과 어울려야 비로소 품위 있는 지성이 됩니다. (『수필로 가는 바람』)

가장 기본적인 개념에서 수필은 허구가 아닌 진실의 문학이라고 합니다. 이 명제를 버리고 수필을 한다면 구것은 수필을 위장한 수필입니다.(『수필 지망생을 위한 작은 노트』)

수필은 인식의 문학이라는 말을 자주 들추어 다소 식상합니다. 하지만 열 번 스무 번이든 수필 문학을 위해서는 감수해야

합니다. 말할 나위 없이 인식은 깨달음입니다.(『수필 지망생을 위한 작은 노트』)

수필은 재미있게 써야 한다는 말을 수시로 듣습니다. 그런데 정작 재미와 기쁨에 대해서 그 뜻매김을 옳게 하지 않는 것 같습니다. 재미(enjoy)를 육감적인 면에 둔다면 기쁨(pleasure)은 정신적인 면에 그 무게를 둔다고 봅니다.(『언어 또한 앉히는 순서가 있다』)

수필은 세계가 갖는 외면과 내면을 진솔하게 포착하여 그 세계를 감각적인 시각으로 새롭게 인식하는 형식의 문학입니다. 하지만 진솔이라고 하는 말에 관심을 둘 일입니다.(『수필을 위한 각서』)

시는 무에서 유를 만들 수 있다. 그 반면 수필은 유에서 또 다른 유를 만드는 인문학적 상상력이 요구된다. 흔한 말로 수필은 자조(自照)의 문학이라든가 자성(自省)의 문학이라는 말이 널리 통용된다.(『수필을 경작하며』)

재미있는 수필, 분위기 있는 수필, 알기 쉬운 수필과는 등을 돌리자는 어떤 오기 같은 것이 은근히 발동하기 시작했습니다.(『나의 삶 나의 문학』)

6. 형상화

작품 속 지문指紋 읽기

수필에서의 감동이란 시적 울림에 견줄 수 있다. 시란 미(美)의 다른 말이기도 하다. 시 따로 미학 따로가 아니다. 시 속에 미학이 있고 미학 속에 시가 있음을 간과할 수 없다. 이로써 보면 수필 또한 미학의 한 축을 차지하는 건 당연하다.(「수필의 전략」)

관점에 따라 다르긴 하지만 수필은 산문 문장으로 구성되는 시적 감흥에 따른 문학이라고 여겨도 무방하지 않을까 싶습니다.(「산문과 수필」)

쉬코로프스키 일당이 설파했다는 낯설게 보기의 이론이라는 것도 새로운 인식이니 형상화니 하는 이론과 크게 다른 점이 없어 보인다. 이는 기발한 발상으로 문학 이론을 향상시키고자 하는 치열한 이론 정신으로 보아도 좋을 것이다. 수필도 그런 정신이 함께할 때 보다 참신하고 진취적인 작품 세계로 나아갈 수 있을 것이다.(「형태와 형식」)

표현의 길을 찾아 나서는 것이 수필가의 책무입니다. 이쯤에서 T.S 엘리엇의 '객관적 상관물'이란 말이 생각납니다.(「수필에 길이 있다」)

수필가는 새로운 사물 인식을 위한 개척자입니다. 기발한 발상, 기발한 수법으로 수필의 멋과 격을 높이고자 합니다. 그 속에 시적 표현이 은근히 배어납니다.(「시적 표현」)

목재 선생은『수필 담론』머리글에서 "담론은 날이 갈수록 또 다른 담론으로 이어질 것입니다. 하기에 이 담론을 수필 정신의 절대적인 잣대라고는 할 수 없습니다."라고 하였다. 필자는 다소 견해를 달리하는 부분도 있기에 상기 추출한 담론의 세목별 요지와 이에 대한 논평을 첨가하고자 한다.

1. '기본 인식'에서 선생은 수필을 관조, 지성, 여백의 문학으로 생각한다. 당연히 내용 중심의 담론이 주종을 이룬다. 이는 수필의 품격에 대한 당연한 철학적 접근이다. 다만 수필의 언어 예술로서의 연금술적 미감이 상대적으로 소외당하는 관점이기도 하다.

2. '제재'에 대한 인식은 대상을 새롭게 인식하고 창조하는 절실한 표현이라는 점에서 정곡을 논하고 있다. 수필에서 제재의 변주는 매우 중요한 부분임을 몸소 체득하고 강조한다.

3. '형식' 개념에서는 형태와 형식으로 구분한다. 형태는 '수필의 위한 틀(hardware)'로, 형식은 '수필의 내용물(software)'로 나누었다. 즉, 수필은 산문이라는 틀 안에 글의 배경, 관조, 사색, 상상 등이 내포된다는 인식이다. 이는 곧 형식에 대한 용기론(容器論)에서 탈피하여 작품 형성론의 개념을 수용한 진취적 안목이다. 그런데 "수필에서의 서론 본론 결미는 수필을 위한 하나의 군말에 지나지 않는다."라는 견해를 보면 이러한 인식은 다소 관

작품 속 지문指紋 읽기

념적 수용인 것 같다. 자칫 피천득의 "붓 가는 대로 쓰는 글"이라는 부분과 혼동할 수 있는 위험성이 있다. 수필이 지닌 품격을 논했음에도 독자는 축자적(逐字的) 해석을 통해 작법(作法)으로 수용할 수 있기 때문이다. 문단 개념은 구성법에서 설화적, 추보식 전개를 탈피하여 '널뛰기 놀이', 즉 파도처럼 출렁이게 하는 구조를 주문하고 있어 각 화소(話素, motif)의 효과적 배치를 위한 섬세한 주의를 당부하고 있다.

4. '문체'에서는 보여 주기의 형식에서 수필의 값이 높은 보람을 지닌다며 언어 요리사로서의 면모를 갖출 것을 주문한다. 다만 '기교만 있고 내용이 없을 때 그것은 죽은 기교'라며 역시 내용적 품격을 강조하는 것도 잊지 않고 있다.

5. '주제'에서는 수필은 지성의 문학, 인식의 문학, 깨달음의 문학임을 매우 강조한다. 물론 그 깨달음은 '기존 내용이 얼마나 새롭게 표출되느냐'에서 빛을 발할 수 있다는 점을 강조하고 있다. 그런데 곧바로 이어지는 문장에서는 "시는 두 번 세 번 되풀이하여 읽습니다. 그 속에 깨물고 싶은 구절이 들어 있기 때문입니다. 세계를 새롭게 보고 느끼는 내용이 숨어 있기 때문입니다."(「수필 지망생을 위한 작은 노트」)라고 했는데 이는 오해의 소지가 있다. 독자가 시를 반복해서 읽는 것은 지성적 요소가 아니라 표현의 감성적 요소 때문이다. 이 점에서 문학 미감에 대한 선생의 '사상과 정서'의 함수 관계는 매우 정서적, 관념적 상태로 혼재하는 것이 아닌가 하는 생각이다. 그것은 '시는 사상의 정서적

등가물(等價物)'이라는 T.S 엘리어트의 말이 같은 언어 예술인 수필에서도 적용될 수 있기 때문이다.

6. '형상화' 문제는 선생이 시인 수필가이기에 담론에서도 강조하고 있으며 실제 창작에서도 매우 적극적으로 구현된다. 수필가는 새로운 사물 인식을 위한 개척자로 그 속에 시적 표현이 은근히 배어난다면서 이미지 환기를 향한 '보여 주기, 낯설게 하기, 객관적 상관물'의 논의를 펼치고 있다.

다음 발췌 내용은 목재 선생이 『수필담론』의 「형태와 형식」에서 작금에 발표되는 수필의 문제점을 매우 구체적으로 적시한 부분이다.

> 1) 회고조에 매달려 회고조로 끝내는 경우.
> 2) 사적인 이야기에 끌려 사회성과 시대정신이 부족한 경우.
> 3) 단순한 풍경 스케치로 만족하는 경우.
> 4) 표현보다는 요설적인 설명으로 늘어놓는 경우.
> 5) 사건 중심으로 기술하는 사건주의자인 경우.
> 6) 새로운 도전 정신이 희박한 경우.

이상의 논의를 종합해서 선생의 수필 담론 승계를 겸해 수필 작법의 구체적 방향을 모색하고자 한다.

서양 음악에서 모든 악기의 기본은 피아노이며 소리의 중심이 '라'이듯, 모든 문학의 기본은 시이며 그 중심은 형식 요소인 운

작품 속 지문指紋 읽기

율과 내용 요소인 정서라 할 수 있다. 산문 문학인 수필에서 시의 이미지를 원용할 수 있다면 최상의 문학이 될 것이다. 이러한 전제를 바탕으로 하면서 수필 미학의 구체적 작법 방향에 대입시켜 보기로 하겠다.

앞에서 제시한 구체적 작법상의 6개 항목에서 수필에 대한 기본 인식 문제는 모든 작가의 필수 자질이므로 작법을 좌우하는 요소는 아니다. 따라서 '1. 제재 2. 구성 3. 문체 4. 주제 5. 형상화'를 준거로 상정하면 어떨까 한다. 교술 양식인 수필은 서사 양식인 소설과 서정 양식인 시의 융합적 창작이 가능하기 때문이다.

구체적 준거로 제시한 5개 항목에서 '1. 제재의 참신성'은 제재 자체가 아니라 제재를 인식하는 작가의 새로운 안목이다. '2. 구성적 미감'은 산문의 필수 자질이다. 구성은 2단, 3단, 4단 혹은 소설, 희곡의 구성법 등을 원용할 수 있겠으며 최소한 독자의 흥미 유도를 위한 화소의 효과적 배치는 도모해야 한다. '3. 언어 조탁'은 문장 표현력으로 문인의 기본 자질이다. '4. 형상화'는 서정적 감성으로 시의 심상을 결합하는 기법이다. '5. 주제'는 지성적 교감으로 작가의 세계관이 드러나는 부분이다. 이 외 개성에 따라 다른 미학적 자질이 첨입될 수 있을 것이다. 이런 이유로 '수필은 종합 문학이며 수필가는 언어의 융합 디자이너'라고 정의할 수 있다. 다만 한 편의 작품 속에 창작 기법의 모든 요소를 융합하기는 어렵고 또 반드시 그럴 필요도 없다. 어느 부분에 중점을 둘지는 오롯이 작가의 기획 의도에 좌우될 것이다.

　허구한 날 수필에 가뭇없이 절망한다. 절망하지 않으려 절망
한다.

〈수필에 절망한다 / 유병근 / 2014. 7. 28. 19:33〉

　목재 선생의 수필에 대한 역설적 절망은 절망하지 않는 수필
미학의 정점을 향한 후배 문인들의 열정을 담금질하는 굵은 메
아리로 새겨 두면 좋겠다.

(2) 수필집 『아으 동동』 촌평

　한 권의 책을 펴낼 때 작가는 편집 구조로 독자와 먼저 교감을
시도한다. 표지 그림이나 디자인은 출판 전문가의 역량이겠지만
표제, 서문, 차례 등에도 나름대로의 의미를 부여한다. 이런 점
에서 목재 선생의 마지막 본격 수필집 『아으 동동』(2017)의 개괄
적 구조는 어떠할까 하는 점이 필자의 관심사였다.

　담백한 표지 그림에 총 4부 40편의 작품 중 제3부는 수필 담
론의 내용이다. "부질없는 말의 씨앗과 // 나뭇잎을 쓰다듬는 햇
빛의 모성애 사이 // 다만 빌빌거리고 있다."면서 행간까지 띄운
짧은 자서를 실었다. 자칫 지루한 군말이 될까 우려하는 마음이

보인다.

한 권의 문집에서 '표제, 첫 수록 작품, 마지막 수록 작품'은 매우 중요하다. 비유하자면 표제는 명함, 첫 수록 작품은 상견례의 눈빛, 마지막 수록 작품은 후일 약속인 에프터(after)다.

출판 홍수의 시대, 독자는 배부른 당나귀다. 낯선 독자와의 기약 없는 만남에는 '밀양아리랑과 물망초' 기법이 필요하다. '동지섣달 꽃 본 듯이 날 좀 보소'에서 시작하여 '기억해 주세요(Forget me not)'라는 강력한 당근 메시지를 보내야 한다. 표제 작품이 있다면 이도 강력한 당근이 된다.

'아으 동동'이라는 표제는 독자의 궁금증을 환기하는 중요한 메시지다. 선뜻 고려가요 후렴구를 떠올릴 수 있으면서도 의미가 궁금하게 만든다. 관심 가는 작품은 세 편이다. 첫 수록 작품 「그 징검다리」, 표제 작품 「아으 동동」, 마지막 수록 작품 「향기, 은은한」이다. 이 세 편을 대상으로 앞장의 말미에 설정한 미학적 준거 5개 항목 '1. 제재 2. 구성 3. 문체 4. 주제 5. 형상화'의 관점에서 간략하게 감상해 보고자 한다.

「그 징검다리」

종이를 접어 학을 날리던 때가 있다. 종이를 접어 비행기를 날리던 때도 있다.

학을 따라 내 연필 글씨가 날아갔다. 비행기를 따라 내 붓글씨가 날아갔다. 해와 구름을 쓴 줄글이었을 것이다. 달과 별을 쓴 구절 또한 삐뚤삐뚤한 글씨체로 날아갔을 것이다. 학이 되어 비

행기가 되어 날아간 추억은 지금도 가물가물 허공 어디서 날아
가고 있다.

　수필을 쓰면서 학이 날아간 허공, 비행기가 날아간 허공을 보
는 때도 있다. 그때 쓴 구절이 무엇이었는지 생각하는 날도 있
다. 학은 어디에 날개를 접고 비행기는 어디에 내려앉았는지. 마
당에서 날린 학은 때로 초가지붕에 앉았다. 골목에서 띄운 비행
기는 이웃집 텃밭 배추 이랑이 활주로였다.

　글귀가 서로 화합하고 어울리는 날 학과 비행기가 무슨 약속
처럼 떠오른다. 붓에 먹물을 찍는 날은 적요(寂寥)라는 어휘가 덩
달아 떠오른다. 물감이 서로 화합하고 어울리는 한 폭 묵화가 떠
오른다. 묵화 속에서 어린 날이 학을 날리고 비행기를 날리고 있
다. 귀를 조금 기울이면 에밀레종 소리 같은 먼 환청에 잠기는
느낌을 받는다. 종소리를 들으며 그리워했을 석굴암 벽화가 소
리의 메아리처럼 떠오른다. 종소리를 들으며 그리워했을 알타미
라동굴 벽화가 소리의 아득한 메아리가 되어 까마득하게 떠오르
는 느낌도 받는다.

　그리워한다는 것은 그곳의 바람 냄새와 만나는 일이다. 만나
반가운 손을 서로 잡는 일이다. 석굴암 벽화의 손을 맞잡고 알타
미라동굴 벽화의 손등을 문지르고 싸안는 일이다. 그 설렘을 종
소리로 아늑하게 울려 주는 여운을 듣는다. 울림이 자라 땅과 하
늘 사이에 소리의 징검다리가 덩그렇게 걸리는 걸 환상 속에 가
만히 본다.

　다릿돌 하나를 팔짝 뛰어넘는 소리의 앙감질을 본다. 다음 다
릿돌을 뛰어넘는 앙감질을 본다. 앙감질 소리는 소리끼리 서로

어울려 또 다른 소리의 징검다리가 되고 소리의 놀이터가 되고 울림이 되고 끝내는 소리의 떨켜가 된다. 징검다리에서 익은 소리는 소리의 물살을 지나 학이 되어 날아오른다. 소리의 활주로를 타고 비행기 한 대 가볍게 날아오른다. 날아올라 더 먼 천공 높이 소리의 길을 내고 소리의 징검다리를 다시 놓는다. 든든한 소리의 징검다리를 건너 이름이 가물가물한 어릴 때의 동무가 걸어가고 어릴 때의 동무가 걸어온다.

어릴 때의 코흘리개를 만나고자 징검다리에 선다. 어릴 때의 맨발을 만나러 징검다리 끝에 선다. 맨발이 닿는 다릿돌에 종이를 깐다. 맨발이 찍는 발금과 만나고자 깐다. 발바닥에서 들리는 어릴 때의 말소리를 듣고자 깐다. 발바닥에서 노는 어릴 때의 술래놀이를 새기고자 깐다.

어린 시절로 가는 아득한 길이 종이에 있다. 앙감질로 짠 동그라미가 종이에 삼삼하게 떠오른다. 나는 그 징검다리를 마음속 깊이 품기로 한다.

제목부터 묘하다. 왜 '그'라는 한정적 지시어를 붙였을까. 무슨 사연이 있을까. 첫 문장은 첫 만남의 눈빛이다. 첫인상에서 그르칠 수는 없는 노릇이다. 작가도 한 단락에 두 개의 단문으로 명쾌한 눈빛을 전한다. '종이접기'의 학과 비행기는 전체 글의 복선(伏線)이면서도 비유적으로 견인하고 있다. 의미망의 진폭이 신변잡기로 단순하지 않고 다채로워질 것을 독자는 이미 눈치챘다. 곧이어 둘째 단락에서 동원되는 다양한 소품들에서 '날아간다'의 반복 동작으로 문맥 의미는 더욱 확산되고 심화된다.

세 번째 단락에 '수필'이라는 용어가 등장한다. 어쩌면 작가는 이 메시지는 수필가를 겨냥한 것인지도 모르겠다. 수필가가 일상적 작품 속에 '수필'이라는 어휘를 쓰는 경우가 흔치 않다는 점에서 선생의 의도는 명백하게 읽힌다. 독자가 어떻게 감응하든 종이학과 비행기는 그들의 속성대로 무한 창공에 무한 상상력으로 비상하고 착륙한다. '글귀의 화합'으로 이루어지는 '적요(寂寥)'는 작가가 지향하는 수필의 품격이다. '바람 냄새'라는 공감각적 이미지까지 동원한다. 공간을 비상하여 아득한 인류 역사의 시간여행까지 운행하면서 그리움의 징검다리를 소환한다. 매우 섬세하고도 조직적인 당근을 계속 제공한다. 배부른 당나귀도 외면하기 힘들게 한다. 이즈음에서 '앙감질'을 단어장에서 찾아볼 의욕도 생긴다. 깨금발하고는 어떻게 다른지 알아보고 싶게 만든다. '떨켜'도 마찬가지다. 시간의 떨켜를 지나 앙감질로 뛰놀던 어린 시절로 돌아간다.

마지막 문장과 마지막 단락에서는 수미상관(首尾相關)으로 종이를 다시 연결한다. 그리고 '종이 위의 길=징검다리'로 수필 창작의 긴 여운을 남기며 독자들과는 자연스러운 에프터(after)를 기약한다.

5개 항목으로 정리한다면, 제재인 징검다리에 대한 참신한 재해석, 연쇄적이면서도 수미상관(首尾相關) 하는 긴밀한 구성, 역동적이면서도 안온한 서정을 풍기는 간결한 문체, 종이의 비상과 착륙으로 이어지는 징검다리가 내포하는 수필 미학의 여운을 담은 주제, 비유적 형상화를 동원한 시적 분위기의 선명한 이미지 전개다. 참으로 정교한 작법 테크닉(technic)을 고루 구사하였다. 제목 '그 징검다리'는 유년에 떨켜로 형성된 소리의 징검다리, 종이로 상징되는 수필 세계로 이어지고 있다. 떨켜가 상징하는 다의성(多義性) 속에는 시공간을 가로지르는 장막, 그리고 종이와 연결되는 유사성을 음미해 봄도 하나의 맛이겠다.

「아으 동동」

다시 사방을 둘러본다. 사방은 불과 2미터 전방이거나 5미터 앞뒤다. 맞은편 승객의 신발이 사방이다. 지하철 객실 벽에 붙은 광고지가 사방이다.

요행히 자리를 차지하고 책을 뒤적거리거나 조금 전의 설핏한 생각을 쪽지에 적는다. 젊은 승객들은 재치가 좋다. 선 자리에서 스마트폰을 검색하느라 스마트폰에 고개를 빠트리고 있다. 눈 깜빡하는 사이에 변하는 세계정세를 알고자 스마트폰에 뜨는 정보를 검색한다. 정보의 홍수 속에 사는 젊은이에 비하면 나이 든 세대는 다소 굼뜨다. 빠름과 느림이 함께하는 지하철 객실이다. 조화라고는 할 수 없다. 하지만 지하철 노선에 얹혀 가는 남녀노소는 세대별을 가리지 않는 지하철 속 풍경이라고 할까.

젊은이들이 정보를 검색하는 데도 그럴 만한 이유는 있다. 정보화 시대에 뒤지지 않으려는 욕구가 그 하나이지 싶다. 새로운 지식과 세상의 됨됨이를 남보다 먼저 알고자 하는 정보 경쟁 시대다. 나는 어제나 오늘이나 세상에 어두운 무딘 파일이다. 누가 '좀비'라는 말을 하는데 그 정확한 뜻을 모르고 아는 체한다. 유행어 감각에 새카맣게 뒤진 처신머리는 어쩔 수 없이 김이 샌 낡은 세대다. 어둠이 밀어닥쳐도 그게 어둠인 줄도 정작 모른다. 어둠이 오면 어둠에 갇히고 밝음이 오면 밝음에 갇힌다며 그냥 아둔하게 생각하기로 한다. 젊은 세대를 따라가고자 빠락빠락 기를 쓴다면 이 또한 우스꽝스런 광대 같은 노릇이겠다.

기껏 한다는 짓이 나올 것도 없는 머릿속에 마우스를 대고 클릭한다. 그랬더니 오전에 만난 어느 지인이 마우스의 낚시질에 끌려나온다. 무슨 모임이 있다며 지인은 지하철역으로 서둘러 걸음을 옮긴다. 나이 들어도 갈 곳이 있다는 것을 잠깐 부러워한다. 사람은 그가 평소 쌓은 대로 사는 거다. 쌓은 덕이 그다지 없는 처지는 그를 괜히 부러워하지 않기로 한다. 지하철에서 내려 강변 쪽 아니면 산언덕 쪽으로 걸음을 옮길까 하는 궁리에 망설인다. 산책 삼아 나선 길이니 강물 흐르는 것이나 보자며 둔치를 향하여 걷기로 마음먹는다. 산길도 좋다. 하지만 강물 흐르는 소리, 강물이 짓는 살갗 무늬를 듣거나 눈으로 쓰다듬는 일도 괜찮을 성싶다.

가파른 산길에는 곱표를 치기로 한다. 등산 도중 발목을 삐어 한동안 목발을 짚고 다닌 적도 있다. 또 누구는 언덕길에서 엉덩방아를 찧어 걸음이 불편했었다는 말을 들었다. 그다지 새로울 것도 없는 머릿속의 파일을 뒤지고 있으니 따분하다. 어떤 사람의 머릿속에는 아리스토텔레스, 라이나 마리아 릴케, 황순원, 서정주 등 그럴싸한 이름이 마우스를 들어대기 무섭게 쏟아져 나올 것이다. 그런데 나는 기껏 둔치에서 본 민들레꽃이나 갈대가 서걱대는 몸짓이나 담고 있으니 따분하다. 다음 역에서 내리나 어쩌나 생각을 들었다 놓았다 한다.

작품 속 지문指紋 읽기

어떻게 사느냐가 생각의 주름을 잡는 요즘이다. '어떻게'라는 파일이 내 머릿속에 핏줄처럼 들어찼는지도 모른다. 그것을 검색할 셈으로 마우스를 또 움직이는데 파일 낚시질이 서툰 솜씨는 좀처럼 아무것도 끌어내지 못한다. 무엇을 찾고 정리하고 다듬는 일에 게으른 내 성질머리에 삭제 키를 들이대고 그냥 클릭한다.

한 달포쯤 전에 새집으로 자리를 옮긴 뒤 책꽂이 정리는 거의 손을 쓰지 않는 상태다. 이사를 도운 일꾼들이 주섬주섬 꽂아 둔 그대로 두고 있을 뿐이다. 필요한 책을 찾을 경우 책꽂이 여기저기를 빨딱 뒤집듯 한다. 이를테면 책을 찾아내는 놀이를 하는 셈이다. 그때 우연찮게도 '아, 이 책이 여기 꽂혀 있구나. 아니, 이 책은 아직 바닥에 있구나.' 하면서 길가다가 반가운 지인을 모처럼 만난 듯 기뻐한다. 게으른 성미는 이삿짐을 부려 둔 그대로가 좋다며 자위한다. 굳이 탈탈 털어 가면서 살 것 무엇 있겠느냐. 여기저기 반듯하게 정리하면서 살지 않아도 그럭저럭 지낼 수 있는 세상 아닌가. 좀 편하고 느긋하게 살자는 것이 요즘의 변덕이며 이지(easy) 발상이다.

병원에 가기 전에 장롱 정리를 말끔하게 한다는 어느 수필가의 글을 읽은 적이 있다. 혹 무슨 일이라도 하는 염려로 뒤처리를 깨끗이 하는 기품이 보이는 내용이었다. 장롱을 열어 본 누군가는 참 빈틈없이 살았다며 감탄할 것이다. 그러나 장롱 속이 어수선하다면 숨차게 살아온 세상 흔적을 아파할 것 아닌가.

이 글의 장롱 속을 뒤지며 어수선하게 엉클어진 머리를 굴린다. 그렇다고 어디로 튈지도 모르는 생각의 지리멸렬은 전혀 아니다. 글을 쓰기 전에 미리 가설한 방향을 구축하는 공사를 하는 일에 몰두한다. 머릿속에 든 글의 방향이라는 장롱을 뒤지며 마우스를 이리저리 굴린다. 글을 쓴다는 것은 소재로 알맞은 언어 다루기의 수공업적 건축 아닌가. 그런 점 언어는 대상을 이리저리 얽어매는 글을 위한 도구다. 함으로 언어라는 도구는 대상을 보고 느낀 것의 결과물을 깎고 다듬고 못을 치는 일종의 대패질이며 망치질이다.

고개를 드니 지하철 객실이 조금 더 빡빡하다. 아까보다 더 많은 승객이 손잡이에 몸을 걸고 있다. 어수선한 내 글의 부스러기 또한 손잡이에 걸려 있다는 싱거운 생각이 든다. 가야 할 방향을 놓치고 길이 헷갈릴 수도 있다. 낯선 역에 내려 길을 잘못 잡아 헤맨 적도 있다. 지하에서는 그 방향이 그 방향처럼 보이니 탈이다. 이 또한 무엇을 찬찬히 살피지 않는 성미 때문에 생기는 부실이겠다. 좀 더 눈을 뜨면 서면역이면 서면역, 연산역이면 연산역 나름의 표정이 보일 것이다. 나는 그 표정의 다름을 알고자 서면역에 내리거나 연산역에 내려 여기가 거긴가 하면서 두리번거린다. 이 또한 내가 경험하는 세계를 새롭게 보고 들으려는 길이라면 헤픈 자위쯤은 되겠다.

길 공부에 눈을 떠야겠다. 젊은 세대의 감각을 부러워만 할 것이 아니다. 나이 들면 나이 든 나름의 참신한 세계도 어쩌다 있지 않겠는가. 그걸 찾으려 때로는 서툰 길에 선다.

아으 동동.

표제 작품이다. '아으 동동'이라니? 종잡을 수 없는 제목 선정

작품 속 지문指紋 읽기

이 궁금하다. 일단 읽어 봐야 알겠다. 첫 단락은 복닥거리는 객실의 갑갑한 공간이다. 일상의 평범한 서사(敍事)는 책을 펼치면서 생각의 고리가 이어진다.

이 작품의 제재는 지하철 객실 속의 상념이다. 사색의 공간으로 땅속 지하철이 만나는 상징적 의미망이 깊다. 지하철 속 풍경에서 젊은이들을 의식하면서 머릿속에 마우스를 굴린다. 강과 산을 연상하고 이사한 새집도 등장하면서 글쓰기로 진입한다, 결국은 길 공부다. 문학의 길, 참신한 세상을 포착하는 길이다. 제재 변주(變奏)는 범속한 일상에서 건져 올린 사념으로 심화시켰다.

구성은 공간을 먼저 제시한다. 이어지는 전개는 행위의 서사가 아니라 연상적 상념이다. 독자가 지루하지 않게 객실의 서경적 화소(話素)를 기반 삼아 상상의 공간으로 확장한다. 하차(下車)가 가까워지는 시점부터는 천연덕스럽게 '길'을 등장시킴으로써 주제를 견인한다. 마무리에서는 '그걸 찾으려 때로는 서툰 길에 선다.'라고 노골적으로 제시한다. 평이한 순행적 구성 속에 상념의 확장을 유도하다가 의미의 심화로 마무리했다. 마지막의 '아으 둥둥'은 고독한 상념의 결과 기분 전환의 흥겨운 의성어로 받아들여도 좋겠다.

문체는 기교를 부리지 않은 간결한 필치다. 사색적 문장의 연속 선상에서 어말 어미 사용에 '-가'를 혼용함으로써 어조의 변화를 고려하고 있다. 주제는 낡은 세대의 새로운 길목 탐색이다. 가벼운 상황에서 시작하여 점점 깊어 가는 상념 속의 지하철. 수필의 품격은 사색의 미학이라는 작가의 가치관이 잘 드러난다.

형상화에서는 제재 '지하철 객실 속'이 이미 상징성을 띠고 있지만 독자가 애초부터 인식하기란 어렵겠다. 그래도 읽기가 진행되면서 눈치를 챌 수 있겠다. 부분적 형상화로는 '나는 세상에 어두운 무딘 파일', '머릿속 마우스', '마우스의 낚시질' 등으로 비유하면서 시종일관 그 이미지를 이끌어 가고 있다.

특히 "길 공부에 눈을 떠야겠다."와 "그걸 찾으려 때로는 서툰 길에 선다."라는 문장은 상징하는 진폭과 파동이 땅속만큼 깊고 지하철만큼 길고 크다.

「향기, 은은한」

나무는 바람을 즐겁게 하느라 그러는지 잎과 가지를 연방 흔들어 댄다. 그런가 하면 바람은 날개를 쭉 펴는 나무에 앉아 그네 타기를 하는 시늉을 한다.

창문을 연다. 나무에 앉았던 바람이 거실 안으로 들어온다. 푸른 나무 냄새로 물든 바람이다. 가슴으로 깊이 숨을 쉬는데 가을 냄새가 은근하다. 단순한 냄새가 아닌 바람에게 향기라는 말을 한다. 가을이 되어도 아무 향기도 갖지 못하고 사는 처지는 나무에게 머무적거리고 바람에게도 물론 머무적거리는 신세다.

산을 타는 길목에서 향긋한 향기와 만나는 경우가 더러 있다. 맞은편에서 내려오는 한 무리의 여성들이 지나칠 때다. 코끝을 스치는 달콤한 냄새를 느낄 수 있었다. 옷깃에 산 냄새를 덧칠하고 내려오는 듯했다. 그것이 잠깐이나마 산을 타는 고단한 몸을 가셔 준다는 생각이 들었다. 땀으로 범벅이 된 내 몸에서 풍기는

　　　작품 속 지문指紋 읽기

냄새를 생각하면 괜히 낯 뜨거워지는 순간이었다.

그런데 땀에도 향기가 있다는 말을 하고 싶다. 시뻘겋게 이글거리는 용광로 앞에 선 일꾼들의 땀 냄새다. 얼굴에 몸에 물 흐르듯 매달린 땀방울은 아무나 지닐 수 없는 값진 향기 아니겠나. '샤넬 5'라든가 하는 향수보다 더 귀하고 향기로운 것이란 생각을 하면 소중한 노동의 가치가 땀 냄새에 흠뻑 스며 있다는 말을 하고 싶다.

부끄러운 노릇이지만 향기 있는 처신을 한 기억은 그다지 없다. 없으면서 있는 척하는 가면을 둘러쓰고 얌체머리도 없이 어영부영 살고 있다. 이런 때는 어처구니없는 너스레나 떨면서 민망한 얼굴을 감추고 있다. 이를테면 너스레라는 이름의 향기라면 어떨까 하고 터무니없는 장난기 같은 망발을 풀어낸다. 못난 노릇인데 이런 너스레나마 떨어야 없는 향기에 조금은 위안이 될 것이라며 스스로를 달랜다.

거실에 들어오던 바람이 좀 잠잠해진다. 바람도 어디 향기를 안겨 줄 사람을 찾아 내 거실에는 더 이상 드나들 생각이 없어진 것 같다. 바람에게서도 멀어진 나는 창문을 보다 크게 열었으면 하는 생각을 한다. 그렇다고 떠난 바람이 방향을 틀고 내 창문 안으로 들어올 것 같지는 않지만, 흔들리던 나뭇잎도 가만히 있다. 자연에 순응한다는 생각이 내 안에 꾸물대고 있었는지 어느새 나도 자발 없는 생각을 접기로 한다.

평소에 향기라는 덕을 쌓았더라면 나도 미처 모르는 나라고 하는 향기가 주위를 향긋하게 할 것인데 그만 틀렸다. 하지만 그런 생각만으로도 살 수 있으면 그나마 다행이겠다. 향기를 생각하는 것은 향기를 갖지 못한 나를 위로하는 일 아니겠나.

벼(禾)가 햇빛(日)에 익어 출렁거린다고 멋대로 파자(破字)해 볼 수 있는 향기(香氣). 은은하다.

'향기, 은은한'이라는 제목부터 독자의 시선을 집중시킨다. 상식적으로는 '은은한 향기'가 맞다. 여운을 담은 이것은 무슨 향기일까.

도입부의 동적 이미지가 둘째 단락 '창문을 연다.'를 만나자 연동되는 분위기가 오히려 안온한 사색을 불러일으킨다. 이어지는 '푸른 나무 냄새', '가을 냄새', '바람에게 향기'라는 시적 정감이 물씬 풍기는 어구에서 제목이 환기하는 분위기를 감지한다. 작가는 미리 '아무 향기도 갖지 못하고 사는 처지'라는 복선을 깔아 두었다. 본론으로 진입하면서 향기의 외연이 확장되기 시작한다. 향기를 품은 적도, 땀도 흘린 적이 없는 화자를 소환한다. '너스레 향기'는 익살이다.

이 짧은 길이에 반전 단락이 앉혔다. "거실에 들어오던 바람이 좀 잠잠해진다." 이후는 자아 성찰의 장면이다. '자발 없는 생각'이 무엇인지 궁금해서 사전을 찾게 만든다. 마무리에서 향기 없는 자신에 대한 연민을 보이면서 뜬금없이 '향(香)'의 파자로 언어유희를 한다. 이 언어적 희롱은 벼를 통해 가을이라는 계절의 맛을 불러일으키고, 작가의 연륜을 의식하게 하고, 무르익은 결실을 스스로 위안하는 다목적 상징성을 느낄 수도 있겠다.

문학 미감의 5가지 세목으로 접근해 보면 제재는 자연의 향기가 환기하는 의미망을 자신에게로 전이시켜 사색의 깊이를 심화시켰다. 구성에서는 자연 서경을 끌어들인 동적 분위기를 유지한 채 사색의 정적 분위기를 용해시켰다. 화소 연결에서 '자연-여성-노동자-자신'으로 전개하면서 향(香)을 파자(破字)하는 상징적 문장으로 마무리를 지었다. 문체는 전체적으로 간결한 완결문을 사용하면서 마지막에서는 파격을 이룬다. "벼(禾)가 햇빛(日)에 익어 출렁거린다고 멋대로 파자(破字)해 볼 수 있는 향기(香氣). 은은하다."에서 주격 조사를 생략하고 마침표를 사용한 것은 특단의 결정이다. 독자에게 시적 여운을 강하게 배어들게 하는 향기 전달 장치다. 주제는 자연의 향기에 연동된 다른 사람들의 향기를 운위하면서 자아를 성찰한다. 작가가 평소 수필은 지성, 예지, 선비의 문학이라는 품격과 상통한다. 제재 자체가 이미 비유적 형상화로 견인되면서 전편을 관류하는 향기의 이미지가 선명하다. 부분적으로도 '바람은 날개'나 '그네 타기'는 낡은 비유겠지만 '푸른 나무 냄새로 물든 바람'은 분위기만큼이나 신선하다.

평소에 향기라는 덕을 쌓았더라면 나도 미처 모르는 나라고 하는 향기가 주위를 향긋하게 할 것인데 그만 틀렸다. 하지만 그런 생각만으로도 살 수 있으면 그나마 다행이겠다. 향기를 생각하는 것은 향기를 갖지 못한 나를 위로하는 일 아니겠나.

벼(禾)가 햇빛(日)에 익어 출렁거린다고 멋대로 파자(破字)해 볼 수 있는 향기(香氣). 은은하다.

목재 선생의 마지막 본격 수필집 『아으 동동』의 마지막 작품 「향기, 은은한」의 마지막 문장이다. 그 상징하는 바는 선생의 70년 문학 역정을 함축할 수도 있다.

직설적 촌평을 보탠다면, 파자(破字)로 풀어야 할 만큼 미완(未完)이기는 하지만 자신의 향기도 근원적으로는 가을 벼와 같이 하나의 결실로 이룩되었다는 자존감 아닐까. 그래서 자신의 수필도 파자(破字)하듯 음미(吟味)한다면 향기 은은히 풍길 수 있겠다는 암시성을 내포하고 있다고 읽으면 어떨까.

【4】추모의 정

목재(牧齋) 유병근 선생은 낙동강변에서 낙동강을 생각하면서 낙동강 서정을 비롯하여 향토 작품을 상당 분량 발표하였다. 앞장에서 시조와 시 작품을 살펴보았듯 낙동강, 구포, 물금, 만덕, 호포 등의 제재로 많은 작품을 발표하였으며, 마지막 탑재 시기인 2019년에도 「강가에 앉아」와 「낙동강아 잘 있거라」 두 편을 같은 날짜에 탑재하고 있다.

⟨강가에 앉아 / 유병근 / 2019. 5. 15. 15:53⟩

멀리 있는 소식이 뜨고
가까운 소식은 뜨지 않는다

진달래는 진달래
가까운 산에는 피지 않는다

내일은 또 다른 소식이 뜬다
가진 것 없어도 그냥 뜬다

강물이 흐르는 가슴 속 깊이
눈뜨는 씨앗 속에 역사가 있다

〈낙동강아 잘 있거라 / 유병근 / 2019. 5. 15. 20:35〉

　누가 역사를 말하고 있다 흐르는 강물을 말하고 있다 역사는
강물이라고 말하고 있다 흐르는 강물에 역사를 비추고 있다 그
러고 보니 알겠다 어제 다르고 오늘 다른 역사의 흐름을 저 한강
이나 낙동강에 비추는 것을 알겠다 한강이든 낙동강이든 한때
는 피로 얼룩지던 세상을 알겠다 알아야 한다는 말을 새삼 되풀
이한다 그 역사 지우지 말라고 하는 말을 알겠다 그 역사 이제는
멀리 흘러가 버린 강물이라는 말이 들리는 날은 강물이 더 깊이
우는 소리를 한다

　누구는 누구를 우는 듯 마는 듯하고 있다

두 편의 공통 화두는 역사다. 먼저 「강가에 앉아」 먼 소식을 듣고 있다. 강물은 역사다. 그래서 가까운 소식보다 먼 소식인 역사를 실어 나른다는 인식을 한다. 자신이 떠난 후의 먼 미래를 상정한다고 볼 수도 있겠다. 여섯 시간이 지나 선생이 탑재한 향토 서정 마지막 작품은 「낙동강아 잘 있거라」다. 시의 제목이 직설적이다. 여기에서는 '역사는 강물이라고 말하고 있다'라고 직설로 드러낸다. 피로 얼룩진 역사를 기억하는 강이라야 했지만 어디 아픈 역사뿐이겠는가. 짧은 분량에서 '알다'는 어휘가 5회, '말'이라는 어휘가 7회 등장한다. 말해야 하고 알아야 하는 것이 역사다. 그것을 그냥 흘려보내 버리는 것은 곧 존재의 멸실이다. 그래서 더 깊이 운다. 마지막 행에서 묘한 상징을 남긴다.

누구는 누구를 우는 듯 마는 듯하고 있다

동병상련인가. 등장하는 '누구'라는 두 존재는 아마도 강과 서정적 자아일 것이다. 강이든 인간이든 역사는 생생히 흘러야 하며 결코 지워지지 않아야 한다. 그런데 그것이 잘 이루어질까 하는 의구심이 낙동강의 역사를 조망하는 시인의 가슴에 깊이 적시어 든다. 선생도 삶의 경륜에서 익히 경험한 사실이기 때문이다.

한 생애의 종언(終焉)을 의식하는 낙동강 하류의 기수역(汽水域)에서, 평생 문학과 함께 살아온 만년의 시심(詩心)이다. 만감이 교차하는 심회가 긴 세월 굽이쳐 내린 낙동강에 물결로 번진다. 이젠 일어서야 할 시간, 선생은 낙동강에 시의 제목으로 고별의 인사를 전한다.

낙동강아 잘 있거라!

지금까지 부족하나마 목재(牧齋) 유병근 선생님의 발자취를 소략하게 살펴보았습니다.

낙동강을 사랑했던 향토 문인, 시조와 수필의 대선배이신 목재(牧齋) 유병근 선생님께 존경의 마음을 담아, 역사의 멸실을 근심하신 「낙동강아 잘 있거라」에 대한 화답시를, 그리고 수필 미학의 천착 혼불에 답하는 수필 한 편을, 선생님 영면(永眠) 일주기를 즈음하여 삼가 청작서수(清酌庶羞)로 올립니다. 내내 평안하소서. 〈사초(史草)- 낙동강, 382〉, 〈강의 몸짓〉 (작품 생략)

(2022. 3. 18., 부산광역시문인협회 제1차 시민문예강좌)

제2부

서평

이광 시조집 『바람이 사람 같다』
이미지 이중 노출(D.E)을 통한 시정의 다의성

【1】

시에서는 일반적으로 비유적 언어를 통해 관념을 진술한다. 원관념과 보조 관념 사이의 동일성이 희박할수록 강력한 이미지 전달의 좋은 시가 된다. 비유는 차이성 속의 유사성을 필요충분조건으로 삼고 있다. 차이성은 병치은유로, 유사성은 치환은유로 드러나며 이 둘을 통합 운용하면 서정의 이중 노출(Double-Exposure, D.E)이 강화되어 다의성을 구현한 시적 미감이 증폭된다. 시 창작에서 이 기법의 운용은 손쉽게 활용할 수 있으면서도 시적 미감은 매우 고급스럽게 구현할 수 있어 시인들이 알게 모르게 선호하는 작법이다.

신명은 어찌 못해 산에 들에 죄다 풀고

부아가 치밀 때면 회오리 들이민다

사람이 그리운 날은 애먼 창만 두드린다

때로는 갈 데 없는 떠돌이로 터벅댄다

너 떠나 텅 빈 길을 구르는 가랑잎이

바람의 발꿈치인 양 가다 서고 가다 선다

—「바람이 사람 같다」 전문

이광 시조집『바람이 사람 같다』의 표제 시다. 이 작품의 비유적 기교는 제목에 적시한 바와 같이 매우 단순 명료하다. 곧 '바람=사람'으로 직유되었다. '산에 들에 죄다 풀고, 회오리 들이밀고, 창을 두드리는 떠돌이'는 곧 작품 속 주체인 바람의 행위다. 표층적 의미는 바람의 속성들이다. 그런데 문맥상 이 바람이 의인화되어 있다. 그것은 '신명, 부아, 그리움' 등으로 전이된다. 결국 이 작품은 표층은 바람을 제시했지만, 심층에는 사람으로 치환하고 있다. 뿌리를 잃고 떠도는 두 존재의 공통성을 그리면서 현실에 대한 미련으로 주춤거리는 상황은 가랑잎으로 대유시켰다. 즉, 비동일성의 존재인 '사람과 바람'을 병치은유로 앞세우고는 심층적으로는 치환은유로 동일시하여 드러낸 이미지 이중 노출(D.E)의 구조이다. 이러한 이중 노출(D.E) 구조는 영화 기법에

작품 속 지문指紋 읽기

서 왔지만 시에서 원용하기에도 까다롭지 않다. 이질적인 두 사물의 유사점을 찾아 연결시키기만 하면 된다. 이때 구체적 이미지는 매우 명징해지면서 작품을 관류하는 이미저리(imagery)도 확실히 집약된다.

【2】

좋은 시는 '형상적 이미지, 압축된 구성미, 효과적 운율미'의 3 요소가 응축되어야 한다. 시는 대상에 대한 인식을 서정적으로 형상화한 미적 구조다. 대상 인식은 시인의 사상이고, 서정적 형상화는 이미지와 운율로 형성된다. 문학이 언어 예술이고 시의 전달 목적이 서정성이라는 점에서 사상은 오히려 부수적인 요소다. 사상은 문학뿐만 아니라 모든 인문학에 공통되는 요소이므로 문학 형성의 중요한 한 축임에는 틀림없지만, 문학 미학에서 우선적 논의의 대상은 아니다. 언어의 연금술이란 현대적으로 이해하면 언어 디자인이다. 그래서 문인은 언어 디자이너다.

시조가 지닌 자유시와의 변별성은 '자재로운 운율미' 대신 '특정 율격과 3장 압축 구조'다. 다시 말해, 세계의 자아화 과정에서 4음보의 특정 율격에 충실하면서도 '기-서-결', 혹은 '기-승 (전) 결'의 3장 구조에 어울리는 '초-중-종' 3장의 의미망적 구성미도 갖추어야 한다는 점이다. '특정 율격과 3장 압축 구조'라는 이 구성 요소는 시조에서 전반적으로 율격과 의미망의 연계성을 통어

(統御)하므로 시조 창작은 상대적으로 까다로운 작업이다. 시조의 기본 운율인 4음보의 율격은 단순 명료하지만 작가가 의도하는 의미 있는 변주는 또 다른 미감을 형성하게 된다.

시조가 좋은 시가 되기 위해서는 '특정 율격과 3장 압축 구조'라는 형식미에 덧보태어 명징한 형상화 작업도 겸비해야 한다. 이는 곧 시조가 현대 시로서의 미학적 역량을 가늠하는 기준이기도 할 것이다. 현대 시는 특히 이미지가 중시되기 때문이다. 이러한 이미지 형상화의 보편적 기교는 비유에서 비롯하는 바, 비유의 한 속성인 병치은유와 치환은유를 공유한 이중 노출의 작품을 잘 구현한 시집을 만나게 되었다.

최근 상재한 이광의 시조집 『바람이 사람 같다』는 필자에게 특별한 미감을 선사했다. 나는 작품집을 읽을 때 두드러지는 특징을 발견하면 메모하는 습관이 있다. 이번 시집은 메모의 양이 특별히 많아졌다. 순차적으로 포착되는 특징들을 시집 봉투에다 자유롭게 메모하며 읽어 내려 갔다. 이어 시집 상재 축하 문자 메시지를 보내면서 엉성하게 메모한 4쪽 분량을 사진으로 찍어 이광 시인에게 동봉했다. 아래는 그 메모 내용들이다.

- 사실성의 제재를 차용하여 내용이 공허하지 않다.
- 생동하는 리얼리즘적 사유를 통해 소위 '기(氣)'가 살아 있다.
- 시상 전개가 연시조의 흐름에 자연스럽게 녹아들어 구성이 견고하다.
- 구체적 이미지로 형상화가 선명하다.
- 병치은유와 치환은유를 사용한 이중 노출(D.E)로 중의적 상징

성이 강하다.

- 세상 인식의 시선이 바닥에서 바닥을 본다. 이것이 공허하지 않는 공감성 확보의 저력.
- 용의주도한 작품 배열 - 바다 서정이 주조를 이루면 식상하여 거부감을 지니게 되는 바, 전체 작품집에서 적절한 배치에 유의함.
- 정감 어린 고유어 발굴.
- 단시조의 압축성이 몽돌 같다.
- 시조 형식미의 다양한 창작(단시조, 연시조, 사설시조)으로 서정의 압축미와 긴 호흡도 자유자재.
- 형식미의 다양한 배행(排行).
- 의미망과 음보율의 문법적 문장 구성이 유려(流麗)하다.
- 언어유희.
- 애틋한 서정의 감춤 의미.
- 식상한 은유가 드물다.
- 시정이 진정성 있고 겸손하다.
- 툭! 던지는 해학.
- 제재에 대한 비범한 재해석
- 결론: 시조 미감 창작에 거의 정점을 향하는 기교미를 구현!

이상 필자가 포착한 특징 중에서 '• 구체적 이미지로 형상화가 선명하다.', '• 병치은유와 치환은유를 사용한 이중 노출(D.E)로 중의적 상징성이 강하다.'는 점이 이번 이광 시집의 주요 특징이라 생각된다. 그리하여 본고에서는 이광의 서정적 형상화는 어떻게 직조되고 있는가를 중점적으로 탐색해 보고자 한다. 대상 인식의 서정적 형상화는 자유 시인은 물론 수필가까지도 원용할 수 있는 언어 운용의 공통 사항이며 문학 미감의 기본 요소이기 때문이다.

【3】

표제작 「바람이 사람 같다」에서 보듯 이광 시인은 작법 기교에서 이중 노출(D.E)의 선명한 이미지를 통해 의미의 다의성을 즐겨 구현하고 있다. 이중 노출(D.E)이란 영화나 사진에서 서로 다른 두 가지 영상이 동시에 재현되어 있는 상태, 즉 오버랩(overlap) 상태로 두 화면의 밀도를 고정시켜 서로 다른 두 개의 이미지를 중첩시키는 기법이다. 문학적으로 표현하면 이질적인 두 사물의 유사점을 찾아 병치은유와 치환은유로 접합시켜 두 이미지의 상관관계가 주제와 밀접하게 관련되도록 유인하는 것이다. 이 과정에서 F.I(용명), F.O(용암), O.L(이중 화면 접속) 등의 방법을 사용할 수 있다. 이 기법이 다원화되면 같은 프레임에서 여러 이미지를 겹치게 하는 다중 노출(多重露出)이 된다.

이중 노출을 통한 서정적 형상화 기법은 병치은유를 주조로 하면서 치환은유를 겸비한 비유법으로 대부분의 시인들이 차용하는 기법이며, 고급 기법이면서도 쉽게 운용 가능한 방법이다. 특히 이광은 비유의 운용 조직이 의미망과 통사적으로 쉽게 연

작품 속 지문指紋 읽기

결되도록 직조함으로써 형성된 이미지가 명징하고, 다의적인 시의(詩意) 파악을 용이하게 전달하고 있다. 이는 그의 언어 운용이 시조 3장 구조 속에서 의미망의 논리성을 획득하고 있음이다. 흔히 시의 멋을 위해서, 또는 시조 3장 구조의 호응을 위해서 언어 사용을 비트는 경우 의미의 상징성이나 다의성이 아닌 의미망의 구조가 심각하게 훼손되기도 한다. 이런 경우는 난해성이나 다의성의 문제가 아니라 난삽(難澁)한 표현이 된다. 난해한 시일수록 시의(詩意) 전개는 논리적이어야 한다. 난해성에 이 논리마저 파괴하면 그것은 무의미의 시거나 암호가 된다. 예컨대 이상의 「오감도 제1호」는 지극히 논리적인 전개이기에 누구나 그 합리적 해석이 가능한 것이다. 병치와 치환의 결합을 운용한 이광의 시에는 애초부터 정연한 시적 논리를 바탕으로 전개된다.

없이도 살 만한가 찾다 보니 막다른 곳
큰물 지던 강기슭에 일가를 이룬 갈대
한 이웃 부들하고는 너나없이 지낸다

떠돌던 실바람도 겨울 나러 찾는 수풀
갈대는 이삭으로 햇살 족족 쓸어 모아
바람이 한 철 날 양식 머리 이고 맞는다

강물은 숨 고르며 늘 바다로 가고 있고
뻘밭에 발이 묶여 벗어날 길 없는데
무시로 제 몸을 저어 서로서로 도닥인다

— 「갈대촌」 전문

　문장 구조가 서술형이라서 율감(律感)이 자연스럽다. 여기에 갈대를 중심으로 한 강변의 구체적 이미지와 은유를 통한 다의성까지 확보되었으면서도 시의(詩意) 파악이 용이하다. 이런 시조를 우리는 유려(流麗)한 서정이라고 할 수 있을 것이다.

　이 작품에 운용된 기법은 앞서 말한 비동일성의 유사성에 입각한 병치은유와 치환은유의 자연스러운 접합이다. 작가가 애초에 포착한 시정은 막다른 곳에 정착한 사람들이다. 시적 은유를 위해 심층적 의미망은 이런 부류와 이미지가 유사한 갈대를 대유했다. 그러면서도 표층적 의미망은 갈대의 삶으로 병치시켜 놓고 작가는 의뭉스럽게 자리를 피해 버렸다. 나머지는 독자의 몫이다. 여기서 우리는 갈대와 사람의 '차별적 유사성'을 음미하게 된다. 작가는 복선(伏線)을 곳곳에 펼쳐 놓았다. 제3지대를 은유하는 '강기슭의 뻘밭'을 무대 배경으로 삼아 '없이도 살 만한 막다른 곳, 큰물 지던 강기슭의 일가, 한 이웃 부들하고는 너나없이 지'내는 서민들이다. 첫수에 주제가 다 드러났지만 시의의 의미망으로는 양괄식이다. 제3연의 '뻘밭에 발이 묶여 벗어날 길 없는데 / 무시로 제 몸을 저어 서로서로 도닥인다'는 첫수의 수미상관적 반복이다. 그만큼 시정이 단순 명료하다. 그러면서도 많은 울림을 주는 이유는 앞서 언급한 주요 특징들에서 기인한다. 「갈대촌」 한 편에도 『바람이 사람 같다』는 시집 전편에 구현된 주요 창작 기교가 많이 스며 있다. 그 특징들을 재인용하겠

　　　　　　　　　　作品 속 지문指紋 읽기

으니 구체적 요소들은 독자들이 확인해 보기 바란다.

- 사실성의 제재를 차용하여 내용이 공허하지 않다.
- 생동하는 리얼리즘적 사유를 통해 소위 '기(氣)'가 살아 있다.
- 시상 전개가 연시조의 흐름에 자연스럽게 녹아들어 구성이 견고하다.
- 구체적 이미지로 형상화가 선명하다.
- 병치은유와 치환은유를 사용한 이중 노출(D.E)로 중의적 상징성이 강하다.
- 세상 인식의 시선이 바닥에서 바닥을 본다. 이것이 공허하지 않은 공감성 확보의 저력.
- 의미망과 음보율의 문법적 문장 구성이 유려하다.

　시의 이미지는 비유, 즉 유사성의 발견으로 형성된다. 김준오 시론에 의하면 치환은유는 동일성의 원리이고 병치은유는 비동일성의 원리이다. 치환은 의미를 암시하고 병치는 존재를 창조한다고 한다. 「갈대촌」에서 갈대와 사람은 존재를 창조하고, 그에 수반되는 공통의 많은 이미지들은 의미를 창조한 것이다. 무의미 시 같은 극단적 병치를 제외하고서는 일반적으로 한 편의 시에서 드러내는 병치은유는 표층의 시선으로는 비동일성의 요소이지만 심층의 상황에서는 동일성에서 기인한다. 이 둘은 결국 시선(視線), 심도(深度)의 문제일 뿐 유사성은 같은 귀결이다.
　한 편의 작품을 음미할 경우 병치은유와 치환은유를 동시적으로 활용한 이미지 형상화는 크게 두 경향으로 나눌 수 있다. 작품 전체적 운용과 부분적 운용이다. 전자는 한 작품에는 단 하나의 사물만 택하여 이중 노출이 형성되는 경우이고, 후자는 서로 다른 다양한 사물의 이미지가 퍼즐 조각의 연결망으로 조직되어 이중 또는 다중 노출로 하나의 작품을 형성하는 경우이다. 위 표제 시 「바람이 사람 같다」, 「갈대촌」은 전자의 경우다. 이광의 시집에 숱하게 등장하는 바, 다음 작품도 마찬가지다.

이 길을 너 만나러 실눈 뜨고 건너간다

넌 내가 휘영청 빛나기를 바라지만

한낮에 파리한 민낯 하릴없이 드러낸다

부신 해에 가린 생은 안 봐도 그만인가

밤이 주는 황금빛 꿈 난들 왜 없겠는가

어쩌랴, 비정규직의 맡은 역을 해낼 뿐

　—「낮달」 전문

「갈대촌」과 꼭 같은 기법이 사용되어 설명의 재론이 필요 없을 만큼 이미지 파악과 시의(詩意) 해석이 용이하다. '낮달=비정규직'이라는 단순 명료한 이중 노출이라서 서정적 감동도 은근

작품 속 지문指紋 읽기

히 직접적이다. 그런 까닭에 존재감 없는 비정규직의 '파리한 민낯'이 '밤이 주는 황금빛 꿈'에 대조되는 이미지로 선명히 각인된다. 면목 없는 얼굴의 '실눈'도 낮달과 시각적으로 교묘하게 오버랩(overlap)되는 명징한 이중 노출이다. 만약에 마지막의 '어쩌랴, 비정규직의 맡은 역을 해낼 뿐'이라는 시구가 비유된 낮달이 아니라 사람에 직접 대응시켰다면 필시 이는 넋두리에 불과한 태작(駄作)이 되었을 것이다. 여기에다 제목까지「비정규직」이었다면 그야말로 낭패를 보았을 것이다. 이걸 아는 시인은 의뭉스럽게도 사람이 아니고 낮달이 하는 생각으로 전이시켜 버렸다. 이것이 병치은유와 치환은유의 혼합을 통한 이중 노출의 묘미다. 작가에게는 작법상 쉬우면서도 독자에게는 울림이 큰 기법이다. 이러한 기법은「낙석 주의 구간」,「고슴도치」외 이광 시인이 상당히 선호하는 작법으로 이미 몸에 밴 것 같다.

【4】

시집『바람이 사람 같다』에는 작품 운용에서 1:1의 이중 노출이 아니라 서로 다른 다양한 사물의 이미지가 퍼즐 조각의 연결망으로 조직되어 이중 또는 다중 노출로 된 작품도 많이 보인다.

읽지 않은 책들만큼 널려 있는 수많은 산
한창 땐 능선 타는 종주도 해봤지만

첩첩이 이어진 문맥 따라가질 못했다

점쟁이 말마따나 역마살 끼인 날들
이 산 기웃 저 산 기웃 연이은 섭렵에도
뚜렷이 밑줄 그어둔 숲길 하나 못 남겼다

너덜로 흩어지고 굽이굽이 휘돌던 길
분간 없이 앞서가다 벼랑에 몰려 봤고
정상을 눈앞에 둔 채 무릎 꿇은 날도 있다

이제 저 높은 산 더는 탐을 않으리라
먼 산이 품은 문장 그 또한 먼 산일 뿐
뒷동산 파란 풀밭에 아쉬울 것 없나니

—「산행」전문

'산행=인생행로'로 병치시킨 비유는 확연히 눈에 띈다. 그런데 초입부터 산이 책으로 등치(等値)된다. 이중의 병치은유다. 그래서 '능선'과 '문맥'도 병치 관계다. 자연적으로 다층적 이미지가 접속되어 다의성을 띤다. '산의 섭렵'과 '밑줄 하나 못 그은 숲길'이 상징하는 시의는 포괄적으로는 다가오지만 구체적 의미는 단정 짓기 어렵다. 산행의 외연을 확장해 보면 학업일 수도 있고, 명품 창작일 수도 있고, 또 그 외 무슨 사회적 성취일 수도 있겠

작품 속 지문指紋 읽기

다. 이런 다의적 해명은 '흩어진 너덜, 몰렸던 벼랑, 꿇은 무릎, 더는 탐하지 않음, 먼 산이 품은 문장' 등이 환기하는 다원적 이미지들 때문이다. 작품 전체를 통한 이미저리는 손에 잡히지만 전개된 구체적 이미지가 다양한 상상을 하게 만든다. 그러나 애초부터 '산행=인생길'로 병치된 단순 명쾌한 전개의 범주 내에서 변주되는 이미지들이므로 시의 감상에 어려운 점은 없다. 다의성 속에서도 시의 맥락(脈絡)은 분명하기 때문이다. 췌사를 덧보탠다면 '뒷동산 파란 풀밭에 아쉬울 것 없나니'라는 마지막 행은 전체 시의를 허약하게 만든, 이른바 '기(氣)'가 소멸해 버린 느낌이다. 아무튼 이와 같이 쉬우면서도 다양한 상상을 야기하는 다중 노출의 묘미가 창작의 재미고 감상의 맛일 것이다. 이러한 작법의 작품은 「잠시 빛나던 날들」, 「산마디」 외에도 많이 운용되고 있는 바, 아래처럼 단시조에 운용한 경우도 있다.

저수지 너른 곳간
가득 채운 물의 왕국

햇살이 비호하듯
수면 위를 반짝이고

목말라 뛰어든 돌맹이

몇 발자국
못 가네

40여 글자의 적은 분량 속에 참으로 다양한 이미지를 병치하고 치환시키고 있다. 선명한 이미지들이 상징하는 의미가 단순하지 않은데도 전체 시의는 쉽게 파악된다. 이중 노출의 간명한 작법이 바탕에 깔려 있기 때문이다. 이중으로 병치된 요소는 각각 '저수지=부잣집 : 돌멩이=가난한 이'의 대응이다. 중장의 '햇살 비호'나 '수면 위 반짝이'는 현상은 기득권 세력의 많은 사회적 부조리를 연상하게 하는 이미지다. '돌멩이'는 집단 시위 현장을 연상하는 실제의 돌멩이일 수도 있고 개별 노동자일 수도 있다. 어쨌거나 그들의 저항은 기껏해야 '몇 발자국'일 뿐이다. 시어의 행갈이로도 많은 점을 암시하고 있다. 특히 마지막 짧은 두 시행은 약자들 저항의 단말마적 좌절을 연상하게 한다. '~네'라는 어조도 자학적 뉘앙스다. 단수임에도 시정과 기교 면에서 많은 함량을 내포하고 있다.

【5】

앞에서 병치은유와 치환은유의 혼합을 통한 이중 노출의 묘미는 작가에게는 작법상 쉬우면서도 독자에게는 울림이 큰 기법이라고 했다. 쉽다고는 하나 작가의 안목이 여기까지 도달하기 위

작품 속 지문指紋 읽기

해서는 무수한 작법 수련이 쌓인 결과다. 익히고 보면 쉬운 작법
도 그 과정은 숱한 시행착오의 경험의 축적이다.

지난 자료를 찾아보니 필자는 2011년에 이광 시인의 첫 시집
『소리가 강을 건넌다』를 읽고 장문의 소감을 보낸 적이 있었다.
핵심 내용은 '사물에 대한 독특한 시선, 자연과 인간에 대한 따
뜻한 애정이 시정(詩情)의 원동력', '특히 서민들과 연관된 작품은
생생한 현장 속에서 함께 부대끼며 피부로 느껴야 우러나는 시
정'이라는 긍정 평가를 했다. 이어 '양복 잘 갖춰 입은 신사들의
모임에 갔다 온 느낌', "이미지의 관념화'에서 오는 다소 밋밋한
맛'이라고 하면서 "'이미지의 관념화'란 묘한 말을 사용했지요?
시는 관념을 이미지화시켜야 하는 양식인데, 이미지가 관념과
결합되어 나타났다는 의미입니다."고 했다. 그리고 이미지 창출
에 도움이 됨직한 모 시조시인의 작품집을 추천한다는 전언(傳
言)이었다.

이번 작품집『바람이 사람 같다』는 지난 8년 동안 그의 장점이
던 시정은 변하지 않으면서 시적 기교는 확연히 다채로워지고
또 숙련되었다. 모든 면에서 그렇지만 특히 제1집의 '이미지의
관념화'를 확연히 극복하여 '관념의 이미지화'에 성공한 작품들
이었다. 삶이든 창작이든 치열한 그의 품성으로 보아 이러한 성
취는 당연한 귀결이라고 생각한다.

문학 창작은 경험 속의 지혜가 더 중요하다. 문인이 문학개론
의 주요 사항은 꼭 알아야 하겠지만, 문학원론은 창작법에 구체
적으로 응용되는 요소는 아니다. 장르별 창작론도 경험이 쌓여
야 적용이 가능하다. 문학 창작의 세밀한 기법들은 오랫동안 문

학 창작에 열중하다 보면 경험법칙의 자생적 획득도 가능하다. 『바람이 사람 같다』는 어느 쪽이든 이광 시인의 시작법 훈련이 얼마나 지속적이며 또 치열했는가를 알 수 있는 시집이었다.

본고에서 논한 비유와 이미지 이외에도 언급을 생략한 많은 특징들이 스며든 좋은 작품들을 읽게 되었다. 그 감동으로 자발적 평설까지 쓸 기회를 얻어 『바람이 사람 같다』의 작가 이광 시인에게 감사의 마음을 전한다.

(《문학도시》, 2018. 9.)

작품 속 지문指紋 읽기

변옥산 문집 『가을 꽃바람』
봄꽃보다 더 붉은 단풍빛 외연 확장

【1】

　작품을 통해 본 변옥산 작가는 객관적 현실에 단단히 발붙이고 있으면서도 현상을 긍정적으로 수용하는 리얼-로멘티스트(Real-romantist)다. 대상을 예사롭지 않게 직관(直觀)하되 따뜻한 눈빛으로 포용하는 이러한 경향은 인생사 오랜 경험의 연륜 덕분도 있겠지만 그보다는 오히려 그가 지닌 두터운 품성(稟性) 때문이 아닌가 한다.

　변옥산 작가가 현재 향유(享有)하고 있는 노익장의 활기찬 『가을 꽃바람』의 아름다운 여정(旅程)은 그가 지닌 세상 인식의 긍정적 서정성에 기인한다. 그런 연유로 작품에 변주된 그의 현재적 삶은 '상엽홍어이월화(霜葉紅於二月花)'이다. '평온하고 보람된 인생 여정길'은 당(唐) 시인 두목(杜牧)이 「산행(山行)」에서 '서리 맞은 단풍이 봄꽃보다 더 붉다.'고 한 시구(詩句)의 외연(外延)이 확

장된 삶의 모습이다. 이것은 변옥산 작가의 삶을 대변하는 다음
작품에서도 확인된다.

　　따뜻한 차 한 잔의 여유를 가지며
　　내가 걸어 온 여정을 뒤돌아본다

　　(중략)

　　이제, 젊음을 다 묻어 버리고 돌아서니
　　어느새 황혼 길목에 서 있는
　　지금의 나
　　어제는 아름다웠고 오늘은 즐거워서
　　평온하고 보람된 인생 여정길이다

　　　　―「나의 여정」 부분

　변옥산 작가는 초등학생 때 부모님을 따라 흥남부두에서 LST
를 타고 거제도로 떠내려온 실향민이다. 1·4 후퇴 난민의 신산
했던 고난을 극복한 온 가족이 숱한 우여곡절을 겪으며 오늘의
행복 계단을 한 칸씩 올랐을 것이다. 삶의 역정을 서사로 펼치면
소설책 수십 권이 될 사연들이겠지만 그는 시든 수필이든 자신
의 역사를 설화로 이야기하지 않는다. 서사(敍事)로 진행되는 개
인사도 서정적 편린(片鱗)으로 직조한다. 따라서 만년(晩年)에 들
어 생애 처음으로 상재하는 작품집의 글들은 동년배의 작품들과

달리 서사로 이어지는 자서전적 내용이 아니다.

　작품집『가을 꽃바람』은 시와 수필로 구성되어 있다. 그는 수필로 등단했지만 서정적 감수성은 순간의 형이상학인 시적 퍼즐을 선호한다. 교술 양식인 수필 작품에서도 그는 자신의 서사적 삶을 서정의 눈으로 포착한다. 그래서 그의 작품집은 전편을 통해서도 그의 삶의 역정을 구체적 퍼즐로 완성할 수 없다. 그것은 그가 그려 내는 서정의 초점이 과거의 특정한 서사적 시점에 머무르지 않고 현재적 상황을 축으로 하여 특정 요소가 각각 독립된 서정의 편린으로 변주되고 있음이다.

　칠순을 넘긴 그는 자신의 여정에서 행복한 일상(日常)의 편편(片片)을 찾아 창작의 제재로 선택하고 있다. 이러한 경향은 매우 의도적인 것 같다. 다사다난한 인생살이에서 막바지에 이른 아름다운 단풍의 계절에 벌레 먹은 잎사귀의 불편한 흔적을 반추하는 것 자체가 부질없다고 생각하는 것 같다. 이는 그가 상당히 구체적으로 서술한 전쟁 이야기 수필에서도 그 일단이 드러난다.

　　전쟁의 쓰라린 고통을 겪어 온 부모님 세대들은 뼈아픈 가난 속에서 하루하루를 살아왔다. 부모님이 전쟁으로 겪은 일들, 또 내가 자라면서 보고 들은 전쟁 이야기를 다시 끄집어내는 것은 남과 북이 서로 용서하고 화합하여 안심하고 살 수 있는 세상이 되기를 바라는 마음에서다. 요즘같이 풍요로운 세상에 왜 전쟁을 해서라도 이기려고 하는지 세상일이 참으로 야속하기도 하다. 다시 생각하기도 싫은 기억들은 다 묻어 버리고 마음 놓고 살 수 있는 세상이 오기를 바란다.

— 「전쟁 실향민」 마지막 부분

많은 사연들을 잊은 것은 결코 아니다. 분단에 대한 그의 현실 인식은 '다시 생각하기도 싫은 기억들은 다 묻어 버리고' 싶은 마음이고, 그의 소망은 전쟁 없이 '마음 놓고 살 수 있는 세상'이다.

『가을 꽃바람』에는 시 56편과 수필 40편이 수록되어 있다. 작품의 특징은 시든 수필이든 문장이 깔끔하여 비문(非文)이 없으며, 구조적으로도 안정성을 유지하고 있다. 내용 전개의 일관성과 통일성이 갖추어져 주제의 완결성도 잘 유지하고 있다. 작문 초보자의 글에서 흔히 발견되는 전개 구조상의 오류가 없는 점은 글의 구성(plot)에 대한 기본 인식 아래 작가가 자신의 글을 시종일관 통어(統御)하고 있다는 증좌다. 시는 대부분 서술 형식을 취하고 있지만 대유(代喩)를 통한 이미지의 이중 노출(Double-Exposure)이 자연스럽게 구사된 점은 특기할 만하다. 수필은 서사적 내용 중심이지만 특히 서두와 말미 부분에 표현의 서정성 확보를 위한 미적 구성 장치를 선호하고 있다.

제1부 〈창밖의 세상〉에는 향수와 회고, 혈육의 정을 담은 시와 수필이 각각 17편, 14편 수록되었고, 제2부 〈정동진과 와이키키〉에는 국내외 기행에서 경험한 시와 수필이 각각 12편, 18편이 수록되었다. 제3부 〈만학도〉에는 그의 취미 활동과 교유(交遊)에 관한 것으로 시 12편, 수필 6편이, 제4부 〈나의 여정〉에

작품 속 지문指紋 읽기

는 순수 서정을 담은 시 18편과 수필 2편이 수록되어 있다. 작품집 앞부분에는 자신의 서예 작품을 싣고 마지막에는 자녀분의 소회를 담은 축하의 글도 두 편 담았다.

본고에서는 각 장의 중심 내용을 대표하는 작품들을 중심으로 앞서 논급한 변옥산 문학 세계의 구체적 특징을 살펴보고자 한다.

【2】

제1부 작품들은 전쟁으로 시작되는 어린 시절의 기억에서부터 현재 시점에 이르기까지의 숱한 사연들이 각각의 비늘 조각으로 흩어지면서 때로는 형상화로, 때로는 직설로 표현된다. 순간적 서정을 토로하는 시편들은 물론이려니와 향수와 회고적 내용을 담은 수필도 서사적 사건들의 서정적 포착이 주조를 이룬다. 피란민의 파란만장했던 과거사에 대한 인식이 서사적 구성의 구체적 전개가 아니라 단편적 제재로 변주된 삶의 편린들로 드러날 뿐이다.

변옥산 작가의 서사적 인식은 과거의 특정 시간에 시선을 고정시키지 않는다. 기억을 박제화로 묶어 두지도 않으며, 사회적, 개인적 의미를 부여하려고도 하지 않는다. 다만 현재적 관점에서 하나의 파편으로 조망하고 있음이다. 직접 경험한 분명한 실상(實相)도 현실적으로 부질없으면 무용(無用)하다는 생각이다. 이

렇게 자신의 지나온 삶을 현재적 시점으로 인식하고 낭만적 서정
으로 표현하는 그의 대표적 경향은 다음 작품에 잘 드러난다.

창 넓은 아파트
발코니 꽃향기 맡으며
멀리 바라보는 밤경치

시시각각 변하는 오색 무지개
마음 바쁜 남항대교 가로등
고층건물 층층이 밝힌 사연

집집마다 기다림의 창문에
사랑과 행복이 오가는
아름다운 눈빛들

용두산 공원탑 조명 너머
깜깜한 앞바다에 불빛 하나
항구로 들어오는 배 한 척

한 생애 먼 바다 풍랑 속
아련히 떠오르는 옛 그림자
얼핏, 유리창에 스쳐간다

―「창밖의 세상」전문

　　　　　　　　　　　작품 속 지문指紋 읽기

한 생애의 퍼즐이 보각보로 아름답게 펼쳐지면서도 그 배경은 밤바다다. 명암(明暗)이 대조되는 화면이지만 작품에 드러난 그의 현실적 인식은 그 서정이 매우 긍정적이다. 반면에 과거에 대한 인식은 마지막 연에서 가볍게 처리되고 있다. 그것도 생생한 그림이 아니라 현재 상황의 안온한 분위기 속에서 어둠 짙게 깔린 바다 위의 실루엣으로 스칠 뿐이다. 유리창을 사이에 둔 특이한 이중 노출(Double-Exposure)이다. 이 점이 변옥산 시인이 인식하는 과거 기억의 특징이다. 그가 이 문집에서 회상하는 여정의 첫 실루엣 조각은 전쟁이었다.

> 혼비백산한 사람들
> 마당에 파놓은 방공호
>
> 그 속으로 뛰어든다
>
> 폭격기들 습격
> 천지를 진동하는 굉음
>
> ―「6·25」부분

전쟁의 구체적 기억은 생생하지만 표현은 단순하다. 그의 인생 여정에서 생사를 가르는 매우 충격적인 경험마저도 과거의 한 지점에서 잠시 멈칫할 뿐이다. 「산속에 숨다」에서는 '동생과 산에서 놀다 비행기 소리 들리면 / 얼른, 나무 / 밑에 숨어 / 불빛이 튀는 총알도 / 겁 없이 바라보았다'고 술회하고, 파편 조각들 여기저기 흩어져 있던 집의 모습을 회상하면서 '용케도 가족들 무사히 살아남아 천만다행'이라고 표현한다. 되돌릴 수 없는 부정적 기억은 굳이 세밀하게 꺼낼 필요가 없다고 생각한다.

작가는 초등학교 2학년 때 온 가족이 LST를 타고 피난길에 합류한다. 한학자이신 아버지와 어머니와 여동생의 네 식구로, 길어야 육 개월, 짧으면 삼 개월이면 고향으로 돌아온다는 소문이었다. 홍남부두를 향했다. 수필 「홍남부두」에서는 생사를 건 피란길의 여정도 사실성(事實性)보다는 서정적 포착이 주조를 이룬다. 첫 문단과 마지막 문단의 구성미를 살려 생생한 사건의 서사적 전달보다 문학 미감 표현에 더 정성을 기울인 작품이다.

추운 겨울밤이었다. 하늘에는 달빛이 유난히도 밝고 맑은데 그 아래 꽁꽁 언 땅 위에는 혼비백산한 사람들의 물결이 소용돌이치고 있었다. 살을 에는 바람 소리에 섞여 가족을 잃어 아우성치는 소리, 아이를 잃어버려 아무개야 찾는 어미의 피맺힌 절규, 부모의 손을 놓친 어린아이의 애절한 울음소리가 넓디넓은 홍남부두를 가득 메우고 있었다. 모든 것을 다 버리고 살아남기 위해 떠나야 했다. 죽느냐 사느냐의 기막힌 현실 상황은 오직 미군 군함 LST의 여유 공간이 운명을 좌우하게 되었다.

— 「흥남부두」 첫 문단

작품 속 지문指紋 읽기

어디를 어떻게 왔는지는 모른다. 다만 우리가 내린 곳은 눈빛으로 하얀 세상이 아니라 한겨울에도 새파란 풀잎이 보이는 따뜻한 곳이었다.

— 「흥남부두」 마지막 문단

첫 문단에서는 한겨울의 맑은 달빛과 생사를 가르는 아비규환의 분위기가 묘한 대조를 이루며 긴장감을 유발한다. '죽느냐 사느냐의 기막힌 현실 상황'은 작가의 현재적 판단이다. 생각해 보면 일제 강점과 분단, 그리고 전쟁에 이어 미군 수송선을 타야 했던 한국 근대사의 현황이 기막힌 노릇이다. 그 현장이 마치 흑백의 무성영화 화면 같다. 기록은 생생한데 피눈물은 튀기지 않는다. 이는 작가의 의도된 절제력이라기보다는 서평의 첫머리에서 말한 그의 성향에 기인한다. 마지막 문단에서 '어디를 어떻게 왔는지는 모른다.'는 표현도 마찬가지다. 자신의 운명에 대한 최소한의 방향 선택도 허용되지 않는 비주체적 삶의 결과였다. 거대한 역사의 소용돌이만 있을 뿐이었다. 그런데 용하게도 '우리가 내린 곳은 눈빛으로 하얀 세상이 아니라 한겨울에도 새파란 풀잎이 보이는 따뜻한 곳이었다.'고 마무리한다. 싫든 좋든 운명적으로 맞이한 삶의 극적인 반전에 대한 긍정적 인식이 담겨 있다. 여기가 곧 '목숨 건 1·4후퇴 / LST 타고 밟은 남한 땅'이었다.

긴 이별의 순간이 평생을 지속하게 된다. 그의 작품에서 비교적 사실적으로 전개한 수필 「전쟁 실향민」에서도 과거의 사실은 몇 개의 퍼즐 조각만 드러낸다.

목적지 시골 마을에 도착하고 보니 잠잘 곳이 정해지지 않아 학교 운동장 노천에서 짚과 가마니를 깔고 덮고 추운 겨울밤을 잔 적도 있었다. 이 마을에서 아버지는 동네 아이들과 어른들에게 천자문을 가르치고 어머니는 삯바느질하며 배급 쌀을 받아 연명했다.

피란민들은 살림 도구도 없어 깡통에다 납작보리와 안남미로 밥을 지었고, 반찬은 소금이 전부였다.

— 「전쟁 실향민」 부분

이후 이어지는 고난의 생활상에 대한 기억은 간편하게 처리하고 아름답고 감사한 화소(話素)들이 등장한다. 주인집 어르신이 큰딸을 시켜 한 대접을 보내신 미나리김치를 지금껏 감동하고, 이웃집 아주머니가 흰 쌀을 큰 바가지로 한가득 주신 고마움도 잊지 않고 산다. 마지막 부분에서는 '다시 생각하기도 싫은 기억들은 다 묻어 버리고 마음 놓고 살 수 있는 세상이 오기를 바란다.'고 마무리한다. 이러한 소망은 분단의 현재 시점에서도 재생이 된다. 아래 작품에서는 남북을 흐르는 강과 새 떼들을 병치시키면서 분단을 극대화한다.

저 멀리 바라보이는 북녘 땅
눈앞에 임진강이 흐르고
남과 북이 갈라진 영토

작품 속 지문指紋 읽기

한 맺힌 평화는 기약이 없다

망배단에 제를 올리며
부모형제 일가친척 안부가 궁금한데
평화통일을 기원하는 새떼들
하늘 가득 메시지로 날아오른다

—「임진각」부분

실향민으로서의 아프고 힘겨운 시절의 이야기가 어찌 없을까
만 작가는 평화 통일을 기원하는 새 떼들의 메시지를 읽는다. 과
거의 지점으로 귀착될 법한 시공간(視空間)인데도 항상 현재적
인식으로 귀결된다. 그래서인지 그의 전쟁에 관한 작품은 의외
로 소략하다. 혈육도 현재의 서정으로 그린다.

어릴 적 밥상에 둘러앉으면 아버지께서 늘 하시던 말씀이 생
각납니다. 사람은 반드시 배워 남을 존경할 줄 아는 바른 사람이
되어야 한다는 말씀을 지금도 기억하고 있습니다. 아버지의 엄
하신 가르침이 교훈과 따뜻한 정을 느끼게 하였습니다.
(중략)
어려운 시절 이름 있는 날, 어쩌다 닭을 삶으면 닭 머리는 어머
니의 몫이었습니다. '고기를 드시지 왜 머리를 드시냐.'고 물으면
제일 맛있다고 하시기에 그런 줄 알고 무심히 지냈습니다. 나이
들고는 아니라는 것을 깨달았을 때는 어머니는 계시지 않은 빈

자리였습니다.

　—「어버이 생각」부분

　　언제 보아도 믿음직한 아들들과 딸
　　항상 엄마를 지켜주는 효심의
　　마음가짐이 늘 고맙다

　—「두 아들과 딸」부분

　그리움의 서정 가운데서도 가장 짙은 사람은 반려자일 것이다.
먼저 떠난 사람에 대한 그리움은 항상 가슴 언저리에 맴돈다.

　　잔뜩 흐린 오후
　　소리 없이 내리는 빗줄기
　　우산 속 오가는 사람들
　　발길은 바쁘기만 한데
　　행여 떠난 사람 안 오시나
　　그리운 마음

　　내가 아끼고 사랑하는 사람
　　지금 어디서 무슨 생각에 잠겨 있을까
　　언제 만날 수 있을지…

　　　　　　　　작품 속 지문指紋 읽기

잊을 수 없는 무정한 사람

야속한 마음
진종일 지친 하늘가엔
먹구름만 떠돈다네

—「그리움」전문

전편에 비와 먹구름의 이미지로 관류하는 서정이다. 먼저 떠나 버린 사람을 생각하는 야속한 마음이다. 먹구름으로 대유된 어두운 자아는 변옥산 작가의 글에서 혼치 않게 드러나는 서정이다.

가게를 열어 한결같이 삼십여 년 긴 세월 장터에서 젊음을 다 보낸 후 아이들의 권유로 가게를 접게 되고 만학도로서 대학의 꿈을 이루었다. 서예도 배우고 문학 공부도 한다. 자신의 삶을 활기차게 누리기 위해 가을 꽃바람 같은 품격 있는 여생을 디자인한다.

사람이 한평생 살아가는 동안에는 굴곡이 있게 마련이다. 세상사 마음대로 될 것 같으면 누구나 오래 살고 부와 복을 누리고 싶지만 뜻대로 되지 않아 고달픔과 슬픔을 때로는 기쁨을 동반하며 인생을 살아가는 것이 주어진 운명이 아닌가 한다. 이제는 나를 뒤돌아보는 시간이 필요하기에 배우면서 마음도 다스리는 다양한 활동으로 긍정적인 삶을 살고자 한다.

— 「내가 그리는 나의 삶」 부분

【3】

변옥산 시인은 여행을 좋아한다. 주마간산식의 유람이 아니라
부지런한 관찰과 기록을 엮으면서 한껏 즐거움을 누리는 모습이
엿보인다. 국내는 물론 해외 장거리 여행도 즐겁게 소화한다. 기
행 시편에서는 생동하는 이미지를 순간 포착의 서정으로 간명하
게 그리는 특징이 있다.

일렁이는 푸른 물결
하얀 포말로 번지고
창공엔
갈매기들의 비행

땅 위엔
오가는 나그네 발길
따뜻한 인연을 만끽한 하루
환한 표정 담아
온갖 포즈로 젊은날을 회상한다

코끝에 스미는 바다 내음
은모래 반짝이는
무수한 사랑 발자국
쉼 없이 다가오는
설레임 가득한 물빛

환상의 동해바다
정동진

―「정동진에서」전문

원근법적 공간 이동과 어울려 감각적 이미지가 많이 동원되었
다. 1-2연에서는 서정적 자아의 시선이 푸른 파도의 바다를 축
으로 하여 창공의 갈매기로, 연이어 땅 위의 나그네로 이동하다
가 3연에서는 모두의 합일을 이루고 마지막에서 환상적 분위기
로 압축한다. 짧은 작품 속에 작가의 서정 전개의 동선이 매우
조직적인 것은 의도적이라기보다는 사물을 직관으로 인식하는
작가의 성향이라고 보겠다. 대부분의 작품이 그렇기 때문이다.
이국적 풍경을 포착하는 눈매도 야물다.

청명한 하늘엔 흰구름 두둥실
끝없이 펼쳐진 에메랄드 물
비단길 열어 놓은 듯
사랑으로 가득한 아름다운 바다

밀려오는 파도에 몸을 적시고
다정한 물결의 속삭임
황홀한 바다의 낭만
눈부신 백사장을 마음에 담는다

—「와이키키 해변」 부분

전반부에서는 시선을 공간 이동시키면서 채색의 이미지로 풍
광을 정적으로 스케치하고, 후반부에서는 그 여행을 즐기는 낭
만적 인파를 동적으로 접속시키고 있다. 그의 시편에서 드러나
는 주요 현상 하나가 전체적 구도를 먼저 파악하고 섬세한 부분
을 엮어 가는 기법이다.

기행의 현장은 낭만만 있는 것이 아니라 역사의 아픈 기록도
발견된다. 다음 시는 일제 강점 이후 한국 근대사의 소용돌이 속
에서 삶을 지탱해 온 가덕도 외양포 주민들의 애환을 담았다.

손발이 다 닳도록
방울땀 흘린 세월
가진 건 부서진 몸뚱이

백년 삶의 터전을
일구고 살았어도
내 집 내 땅 없는 설움

작품 속 지문指紋 읽기

꿈 많던 젊음 사라지고

어느새 백발노년 된

외양포 사람들

　　　　　—「외양포」부분

　태평양 전쟁의 일본군 주둔지였던 고향 땅을 찾아 해방과 더
불어 입주한 외양포 주민들의 삶의 근거지는 아직도 국방부 소
유다. '내 땅 위에 내 집 한 칸 짓고 살고 싶다.'라는 평생소원을
풀지 못해 지금도 그들의 전쟁은 현재 진행형이다. 그 치열한 아
픔에 공감한다.

　기행 수필은 총 18편으로,『가을 꽃바람』전체 수필의 약 절반
에 해당한다. 그의 수필은 기행 현장의 섬세한 기록과 관찰이 돋
보이는 추보식의 전개이면서도 대상에서 느끼는 서정이 잘 어우
러진다. 여행담은 매우 구체적이고 감성적이다. 곳곳마다 상세
한 관찰력과 지식에 입각한 세세한 소감이 삽입되었다. 특히 여
행기에서 동행인들의 동선(動線)은 극히 제한되어 있어 오로지
여행의 목적에만 눈길이 머문다. 특기할 부분은 대부분의 기행
수필 작품이 추보식의 설화적 구성임에 비해 서두와 결미에 구
성적 미감을 위한 정성을 들인 글들이 많다는 점이다. 서정적 분
위기 포착과 섬세한 관찰을 적절한 구성법에 의해 전개한 그의
작품은 기행 수필의 참모습을 잘 보여 준다.

올려다보니 끝없는 계단만 보인다. 무더위가 계속되는 올여름 날씨는 가뭄으로 유난히도 덥다. 바람 한 점 불지 않는 찌는 듯한 날씨에 팥죽 같은 땀이 계속 뚝뚝 떨어져 땀을 닦기에도 팔이 아프다.

이 무더위에 마이산 두 봉 사이 사백 개가 넘는 계단을 힘겹게 오르고 있다. 목이 마르고 숨이 가쁜 순간에 샘물이 보여 시원하게 목을 축이고는 잠시 쉬고, 계단을 오르고, 쉬기를 반복한다. 이 무더위에 무거운 몸을 이끌고도 이렇게 많은 계단을 오르내릴 생각을 했다니, 무모한 도전에 한숨이 절로 나온다.

— 「마이산 여름 계단」 서두 부분

수필의 서정적 구성법 기교는 다른 작품들에도 마찬가지다. '꽃향기 물씬 풍기는 장미의 계절, 빨간 장미만큼이나 화사했던 고등학교 동창들과 어울린 오늘은 날씨처럼 마음결도 화사하다.'로 시작되는 「동창생 봄나들이」를 비롯한 대부분의 수필 작품의 미적 구성법이 다 그렇다. 대상에 대한 관찰도 매우 섬세하다.

고산지대 울창한 나무들이 뿜어내는 자연의 향기는 한여름 생수를 마신 것처럼 내장을 깨끗이 씻어 내려주는 것 같다. 몸속이 시원하니 아름다운 경치는 더 평화롭게 다가온다. 계속 달리다 원주휴게소에 들러 화장실이 어떤지, 궁금해 호기심이 발동하였다. 원주 화장실의 문은 보통문과 달리 전통 한옥 문처럼 아

작품 속 지문指紋 읽기

늑하여 한참을 쳐다보았다. 화장실 문 위에 한국 전통 문살이 있는 창호지 창문 모양에다 칸마다 나래, 큰솔 등 이름이 쓰인 것이 특이하다.

— 「강원도 드라이브」 부분

점심 식사 후 안내한 길을 한참을 달리다 눈앞에 마주치는 바위산이 와닿는다. 검실검실하고 거칠게 생겨 흔히 볼 수 없는 산이다. 울퉁불퉁하게 생기고 높이 솟은 데다 금방이라도 덮칠 듯 무섭게 다가오는 순간 나는 넋을 잃고 쳐다만 볼 뿐이다. 거대한 산들은 웅장하고 위엄이 하늘을 찌를 것만 같다. 저만치 떨어져 있는 산들도 겉은 검게 보이지만 속은 붉은 색으로 군데군데 용암이 흘러내릴 듯이 보인다. 나무 한 그루 없는 산들은 어느 한 순간도 놓칠 수 없는 그림들이 수없이 지나가고 있으니 이게 바로 여행이었다.

— 「라스베가스 장보기」 부분

그의 기행 수필 내용은 현장에서 얻은 홍보물의 나열이나 편집이 아니다. 모두 직접 보고 듣고 느낀 것을 재구성한다. 서두와 말미의 미적 구성 요소에 섬세한 관찰을 덧보태어 전개된다. 짧지 않은 문장 호흡임에도 주술 관계 등에서 비문적(非文的) 요소가 없는 깔끔한 표현은 그의 필력이 뒷받침해 주고 있다.

변옥산 작가는 함께 여행을 해 보면 종종 후미에서 헐레벌떡 바쁘게 모임 시간에 합류한다. 이것은 그의 여행이 유람형이 아니라 관찰형이기 때문이다. 그래서 단체 관광의 빽빽한 일정 소화가 그에겐 힘든 한 부분이 된다. 「북유럽 여행·2」에서는 '참 바쁘기도 하여라. 바쁘게 여러 나라를 돌지 말고 두세 나라를 보더라도 자세히 보는 것이 더욱 효율적이라는 생각을 해 본다.'라고 푸념이다.

【4】

작가는 바쁜 생활들을 접고 여유를 찾을 즈음부터는 다양한 취미 생활을 접한다. 자녀들의 권유로 만학의 길로 접어든다. 한학자이신 아버지 슬하임에도 피란 생활의 여파로 공부를 끝까지 하지 못한 여한도 풀어 간다. 학과에서는 왕언니가 되어 어린 학우들과 어울린다.

왕언니가
등나무꽃 넝쿨 아래서
학우들과
포즈를 취한다

기말고사에
진땀을 빼도

내 안에
너른 바다가 숨 쉬고

가끔 벗들과
수다로 환한 웃음
눈부신 햇살 아래
추억을 쌓는다

욱어 가는 녹음
만학의 우정

—「만학도」전문

　　대학 생활이 즐거운 만큼 시의 행갈이도 경쾌하다. '등나무꽃,
바다, 햇살, 녹음' 등 동원된 시어들도 낭만적으로 풍성하다. '기
말고사'도 표면은 진땀을 빼지만 내면은 긍정적 서정이다. 마지
막 행에서 녹음과 우정의 서정적 병치(並置)가 명랑하다. 복지 관
련 전공이라 외부 실습도 해야 한다.

　　남들이 다 하는 봉사 활동도 직접 해 본 적이 없는 나로서는 이
번 실습을 통해서 조금이나마 알게 되었다. 대부분 어르신들은
외로워하시고 대화를 나눌 사람이 필요하다는 것을 느꼈다. 담
소가 위안이 되는지 실습생들이 자리를 뜨면 좀 더 있자고 하신
다. 누구나 떠날 때는 외롭고 쓸쓸한 길을 한번은 겪어야 할 숙

제가 아닐까 한다.

—「사회복지 실습」부분

최근 문화 콘텐츠의 다양한 제공으로 신중년의 문화생활에 전
례 없는 활력이 형성되었다. 의지만 있으면 각종의 혜택을 받으
며 즐길 수 있는 시스템이다. 다양한 취미 생활로 보폭을 넓혀
서예 부문에서는 상당한 이력을 쌓았다. 서예 교실에서 어울리
는 교유(交遊)가 즐겁다.

　　　간간히 담소談笑 흐르는 글방
　　　서로를 배려하는 따뜻한 격려
　　　주름진 얼굴엔 묵墨 꽃을 피우고

　　　인생을 노래하는 삶이 아름다운
　　　황혼의 꽃과 나비들
　　　행복한 노년의 묵향墨香 그윽하다

　　—「글방 하모니」부분

그래도 몇 년 세월이 흘렀다고 제가 맨 처음 서예 교실에 들어
왔을 때 기억이 새록새록 돋아납니다. 모르는 상태에서 원장님
은 물론이시고 여러 선배 선생님분들의 도움도 많이 받으며 조
금씩 익혀 고마웠습니다. 시간이 흐를수록 더 진보되어야 하는

데 저 자신은 늘 부족한 느낌이 들곤 합니다. 다른 활동을 병행
하다 보니 노력을 다하지 못함을 부끄럽게 여깁니다. 젊을 때 계
속 배워야 하는데 한동안 쉬다 보니 늦게 접한 길이라 갈수록 어
렵습니다. 지금은 마음을 비우고 배운 것을 잊지 않으려고 매달
리고 있습니다.

─ 「동호 서우회」 부분

　　그의 취미 생활에 대한 확장 의지는 매우 적극적이다. 칠순의
나이에 문학에 뜻을 둔다는 것은 쉽지 않음에도 수소문 끝에 문
학 교실을 찾았다. 명작 감상과 습작을 겸하고 각종 문학 행사에
함께 어울린다.

　　문학반 강의실 책꽂이에는 시집과 수필집이 가득하다. 문학반
회원이라면 누구나 가질 수도 볼 수도 있는 문화의 방이다.
　　강의실에는 늘 웃음꽃이 활짝 핀다. 강의는 나비 선생님이시고
강의도 인기 만점이다. 여러 학생들이 꽃처럼 아름다운 젊은 꽃
님, 할미꽃님들이 많다. 나비 님들도 많은 편이다. 모두 강의 시
간이 되면 눈동자가 반짝반짝 빛나는 꽃들과 나비 님들이다. 마
음도 넉넉하고 쉬는 시간이면 차와 간식거리는 늘 준비되어 있
다. 때론 점심 식사도 함께 해결한다.

─ 「강의실 분위기」 부분

수업 중에 더러는 눈물까지 교감하여 마음을 주고받는 문우들을 모두 꽃과 나비에 비유하였다. 드디어는 문단 세계에 이름을 올리면서 다채로운 문학 활동으로 문우들과 어울린다. 그때마다 시나 수필의 사냥도 겸한다. 다음 시는 무의탁 노인 양로원 '소망의 집'에서 벌인 문학 행사의 현장에서 얻은 시정이다.

하늘 맑고 산빛 싱그러운 초여름
유리창에 둘러싸인 〈소망의 집〉 정원에서
시 낭송과 백일장이 열렸다

화사한 꽃과 나무들이
한마음으로 반가이 맞이하고
시원한 바람이 가슴 가득 채운다

초원에 묻힌 정자에 앉아
시상을 떠올리는 회원님들
저마다 색다른 글감을 끌어낸다

유리창 안에 몸이 불편하신 어르신들
호기심에 찬 눈빛으로 창밖을 내다보는
순한 양의 모습 아기천사

아름다운 시상 가득한 이 정원에서
부디 향기 나는 '시'와 더불어 쾌차하시어

작품 속 지문指紋 읽기

유리창 밖으로 나오시길…

— 「유리창」 전문

제목이 매우 상징성이 강한 '유리창'이다. 대조적으로 동원된 시어들과 그 이미지가 예사롭지 않다. 문인들의 바깥 행사 풍경을 아기천사 노인들이 너른 거실에서 넓은 창을 통해 구경하고 있다. '유리창 안에 몸이 불편하신 어르신들'을 바탕에 깔고 전개된 시어들, '하늘 맑고 산빛 싱그러운 초여름', '화사한 꽃과 나무들', '시원한 바람' 등은 평범한 것 같지만 창 안의 상황에 대응하는 다중성(多重性)을 띠고 있다. 유리창으로 상징되는 제목에 상응하는 마지막 연은 시정의 압권이다. 마지막 행의 '유리창 밖으로 나오시길…'은 통로의 장치이면서도 차단의 질감을 지녀 아픔과 애잔함을 동시에 환기한다. 존재의 불행에 대한 연민이 서정을 압도한다. 이러한 서정의 분석과 감상은 정지용의 「유리창」을 연상케 하면서도 사적 서정을 뛰어넘는 가구(佳句)로 다가온다.

【5】

제4부에는 변옥산 시인이 주로 자연에서 느끼는 순수 서정을 담은 시 17편과 문학 활동과 연관된 수필 2편을 고명으로 얹었다. 순행적 시상 전개를 바탕으로 자연에서 느끼는 시청각 이미

지를 그린 시편들이라 시정이 단순하다. 그러면서도 이미지 이중 노출의 중층 구조(中層構造)로 직조하는 그의 몸에 밴 솜씨에 시를 음미하는 섬세한 묘미가 스며 있다.

울긋불긋 곱게 물든 단풍
불타는 잎들의 무도장
바람에 실려 머문 자리마다
수북한 낙홍落紅

꽃보다 아름답고 풍요로운
황혼빛 정취
낙엽 밟는 소리에
무르익어가는 황홀한 가을 숲

마음은 꿈 많은 소녀
희끗한 머리카락
어루만지며
나의 황혼을 어루만지는 노을빛

아련한 추억의 오솔길에
켜켜이 쌓인 아름다운 인연들
한 잎 한 잎 뒤적이며 걷는데
가을 꽃바람이 내 옷자락에 머문다

작품 속 지문指紋 읽기

— 「가을 꽃바람」 전문

가을 이미지와 봄 이미지가 겹겹이 중첩된 시정으로 작품집의 표제 시로 선정한 작품이다. 존재의 마지막 퍼즐인 단풍을 제재로 하면서도 다양한 이미지로 중첩되는 그 의미망은 서정적 자아의 가을 꽃바람을 머금고 있다. 춤사위로 흩어지는 낙홍이었다가 희끗한 머리카락의 황혼빛 소녀로 변주되기도 하고, 생애의 숱한 인연들의 아름다운 추억의 가을 꽃바람으로 서정적 자아와 혼연일체가 되기도 한다. 제1장의 시 「창 밖의 세상」에서 보듯 밤바다를 배경으로 한 생애의 퍼즐이 조각보로 아름답게 펼쳐지는 시상과 흡사하다. 황혼이라는 현실적 시간에서도 삶을 낭만적으로 인식하는 리얼-로맨티스트(Real-romantist)로서의 모습이 잘 드러났다. 만추에 느끼는 긍정적 서정과 달리 그는 특이하게도 늦은 계절보다는 오히려 봄의 서정에서 존재의 소멸을 상대적으로 크게 의식한다.

봄이 오면
너를 마주할 기쁨에
가슴 먼저 설레지

해마다 피는 꽃
아련한 여운에 잠겨
눈 지긋 감은 저녁나절

여린 네 꽃잎에
곱게 물든 그리움
해마다 보고픈 사람

가슴 촉촉이
안개비 내리는데
너는 아무 말이 없네

―「봄꽃」 전문

　생동하는 꽃의 계절에 떠나서는 다시 오지 못하는 사람을 회
상하고 있다. 시간적으로는 저녁나절을 배경으로 안개비 속에
아련히 젖어 드는 그리움이다. 해마다 피는 꽃에서 해마다 그리
운 사람의 아련한 여운을 담은 애틋한 서정이다. 고희를 넘긴 작
가가 낙양(洛陽) 소녀는 아니겠지만 당시(唐詩)「대비백두옹(代悲
白頭翁)」 명구 '연년세세화상사(年年歲歲花相似) 세세연년인부동(歲
歲年年人不同)'과 '낙양여아석안색(洛陽女兒惜顏色) 행봉낙화장탄식
(行逢落花長歎息)'의 시정을 떠올리게 한다. 그의 시에 대한 열정
은 기회가 오면 시의 낚시질을 시도한다.

아득한 초록 벌판
노오란 시심에 젖어들게 하는
유채꽃 여린 몸짓이
산들바람을 불러 모은다

작품 속 지문指紋 읽기

조각구름도 발끝 담그고 앉은 강자락
문학반 야외학습은
유채꽃보다 더 싱그러운 서정으로
한 폭의 수채화를 그리고 있다

　　　―「유채꽃 향기」 부분

　문학 동아리 야외 수업에서 포착한 서정이다. 역시 동원된 이미지가 중의적으로 연결되고 있다. 유채꽃이 노란 시심을 적시며 산들바람을 모으는 구조다. 문우들은 강자락에 발끝을 담근 조각구름으로 치환되고 풍광은 시적 서정으로 대유되고 있다. 이러한 대유는 화단의 향나무를 보면서도 마찬가지다.

함께 뿌리 내린 긴긴 세월
구부러진 무릎
거칠어져 가는 피부에도
변함없는 사랑!

　　　―「우리 집 향나무」 부분

　긴 세월 삶을 영위해 온 연륜 깊은 작가를 향나무의 연륜에 비유하였다. 이러한 시적 대유의 형상화는 수필에서도 마찬가지로 운용된다.

가로수 잎은 떨어져 가지만 나뭇가지는 앙상하게 남아 찬바람에 지친 몸을 이리저리 날리며 제자리를 지키고 있다. 12월 마지막 달은 한 해를 마감하는 달이라서 그런지 허전하다. 일주일이 하루같이 빠르다. 세월만 가면 되는데 나까지 가자고 하니 안 갈수도 없고 외롭지 않게 같이 가기로 한다. 그러다 보니 나이는 저절로 쌓여 짐이 무거워지고 있다.

연말이면 2년마다 한 번씩 받는 건강검진을 받으려 병원을 찾았다. 검진을 받으러 갈 때는 혹시나 하는 걱정이 항상 앞서기도 한다.

─「건강검진」 부분

평범한 일상사인 '건강검진'이라는 테마로 수필의 서두를 이렇게 '세월-12월-앙상한 나뭇가지'의 이미지로 치환하면서 장식할 수 있는 수필가는 흔치 않을 것 같다. 건강검진을 앞두고 '나이는 저절로 쌓여 짐이 무거워지'는 시간이라는 독특한 시적 이미지로 시간을 물질적 중량감으로 변주한다. 그는 「시간」이라는 시에서 '시간은 소리도 소문도 없이 / 누가 부르지 않아도 / 제 맘대로 앞지르기를 합니다'라고 했지만 그 속에서 느끼는 사계절의 변환은 긍정적이다.

가지마다 매달린 하얀 눈꽃
노을 곱게 받아 강물도 은빛으로 빛난다

작품 속 지문指紋 읽기

계절 따라 형형색색 뿜어내는 환상의 무대
노을빛에 어린 강물은 꿈과 희망이어라

—「강물 사계절」부분

앞지르기하는 시간은 언제나 아쉽다. 그래서 가을은 더 애틋한데도 낙엽과 눈꽃 가지를 배경으로 노을 어린 강물은 오히려 꿈과 희망으로 전환되는 강물 사계절의 인생길이다.

변옥산 작가는 그 여정의 막바지에 서 있다. 그러면서도 '아침에 눈을 뜨면 바쁘게 서두른다. 반드시 가야 하기에 나서는 발걸음이 가볍다. 10시부터 시작하는 강의를 듣고 싶었고. 문우님들과의 만남도 분위기가 좋았다.'는 문학 수업을 몇 년 쌓은 후에 드디어 '내 글의 세상 구경'을 기획하게 되었다.

이제는 그동안 한 편 한 편 모아 놓은 글들이 세상 밖으로 나오려고 꿈틀거리고 있다. 조심스럽고 부끄럽지만 올해는 세상 구경을 위해 나의 글들에 시원한 강바람을 쐬게 해야 할 것 같다.

—「내 글의 세상 구경」마지막 부분

【6】

6년 전이었던가. 강서문화원 문학반에 수강을 시작한 변옥산 작가는 남녀 20여 명의 회원 중 만언니 격이었다. 자택과의 거리도 멀어 남들 출근과 맞닿은 시간에 버스를 갈아타면서 1시간 30분이나 소요된다. 그런데도 거의 결석이 없었다. 어떤 해는 일 년 동안 개근을 한 적도 있다. 서리 맞은 단풍이 봄꽃보다 더 붉다는 시구(詩句)의 외연은 대학 입학, 서예, 문학 등 다양하게 확장되면서 자신의 삶을 반추하는 즐거운 여유도 갖게 되었다. 서두에서 인용했던 시, 변옥산 작가의 삶을 대변하는 서정을 다시 확인해 보자.

> 따뜻한 차 한 잔의 여유를 가지며
> 내가 걸어온 여정을 뒤돌아본다
>
> (중략)
>
> 어제는 아름다웠고 오늘은 즐거워서
> 평온하고 보람된 인생 여정길이다
>
> ―「나의 여정」부분

아름다웠고 즐거웠던 인생 여정길에서 아름다운 노년을 향유(享有)하는 그의 서정은 문학 작품의 소성(燒成)으로 차곡차곡 쟁여져 작품집『가을 꽃바람』상재에 이르게 되었다.

변옥산 작가는 지금 소속 서예 단체의 전시회 준비로 무척 바쁜 와중에도 문학 작품 창작에 대한 열의를 숨기지 않고 있다. 그는 수필에서 '지금은 수필이나 시를 틈틈이 쓰는 시간이 재미도 있고 지루한 줄 모른다.'고 밝혔다. 이로 볼 때「나의 여정」에서 읊은 시구처럼 '평온하고 보람된 인생 여정길'은 앞으로도 계속 이어질 것 같다.

그는 이미 다음 작품집을 구상하고 있는 것 같다. 첫 작품집을 상재하고 나면 저도 모르게 문학적 안목이 크게 달라지게 된다. 앞으로는 대유(代喩)를 통한 이미지의 이중 노출(Double-Exposure)이 자연스럽게 구사된 시편을 더욱 많이 창작하고, 또한 깔끔한 문장과 안정적 구성의 산문 속에 이러한 시적 서정의 편린들이 더욱 세련되게 스며든 상큼한 수필 작업도 계속 이어지기를 기대한다.

(2018. 7., 두손컴)

박만순 수필집 『백원역』
자가발전으로 일군 자존감의 윤슬 조각

【1】

　박만순 작가의 『백원역』은 신산(辛酸)한 인생길에서 자가발전
으로 일군 덤불길 인생 행로의 자존감(自尊感)이 잘 드러난 자전
적 수필집이다.

　표제작인 「백원역」은 단순한 시골 역이 아니다. 작가가 엮어
온 긴 행로의 상징적 공간으로, 인간 박만순의 과거와 현재를 연
결해 주던 탯줄이 끊어진 배꼽에 해당되는 지점이다. 이곳은 조
상 대대로 뿌리내린 원형질의 공간이며, 어린 시절의 아프고도
아련한 추억의 공간이며, 청운(靑雲)의 뜻을 품고 고향을 떠나온
의지의 공간이기도 하다.

　　내 고향에는 백원역이 있다. 면 소재지의 많은 사람들이 타지
　로 떠나거나 또는 돌아올 때 백원역에서 열차를 이용했다. 초등

학교 시절 수학여행을 갈 때도 백원역에서 기차를 타고 갔었고, 젊은 사람들이 도시로 돈을 벌기 위해 떠날 때도 백원역에서 기차를 타고 고향을 떠나갔다.

역사 주변과 철로 가에는 코스모스가 군락을 이루고 있는데 시골에서 농번기가 끝날 무렵에는 코스모스꽃이 더욱 만발했다. 명절에 고향을 찾아오는 이들도 백원역에서 하차하여 돌아오면서 '백화수복' 정종을 비롯하여 부모 형제들의 선물을 사 오던 모습들이 아직도 눈에 선하다. 나도 백원역을 떠나 부산 오는 기차에 꿈을 싣고 왔다.

— 「백원역」 부분

『백원역』은 미학적으로 세련된 수필집은 아니다. 코끼리의 거친 등가죽과 예민한 발바닥이 혼재하는 글솜씨다. 어려운 환경 속에서 엮어온 삶의 체취를 문예적 기교나 현학적 허세를 버리고 솔직하고 담백하게 일상의 현장을 스케치한 글이다. 그러나 작가는 구성과 표현 면에서 부족하나마 혼신의 힘을 다해 열정을 쏟았다. 그러기에 이 수필집 역시 작가 박만순의 진실된 소우주를 담고 있었다. 투박한 글솜씨 속에는 원시 동굴의 암각화 같은 정성과 신념을 담은 순수 열정의 메시지가 담겨 있고, 때로는 가을 햇살에 흔들리는 코스모스 꽃잎 같은 여리고 섬세한 서정도 스며 있다. 필자가 『백원역』 44편을 통독과 정독 그리고 반복된 발췌독을 거쳐 톺아 본 3개 부면의 요지는 다음과 같다.

첫째, 내용 면에서 자전적 수필인『백원역』은 크게 두 가닥의 층위로 형성되어 있다. 하나는 존재의 뿌리에 맞닿은 원천으로서의 서정이고, 또 하나는 그 원천에서 흘러나와 독립적 강줄기를 이룩한 작가 삶의 생생한 현실 경험이다.

둘째, 작가의 집필 자세 면에서 자아의 왜곡이나 변형이 없어 심리적으로 솔직 건강하다는 점과 여기에서 연유된 여유로 다소 해학성을 담은 표현이 드러나는 점이다.

셋째, 구성과 표현 면에서『백원역』의 창작성은 세련된 솜씨로 직조되지는 않았지만 작가가 의도한 문학 미감(文學美感)의 요소를 다량 추출할 수 있다는 점이다.

이상 3가지 부면의 유의미한 특징들을 세부적으로 살펴보기에 앞서 첨언할 요소는 작품 배치가 조직적이고도 치밀하다는 점이다. 첫 작품에는 작가의 원형질을 담은「소아무네 손자」를 신고 그 원형질의 핵심적 연결 고리로「백원역」을 수록한 것은 작가 인생 역정의 축소판을 먼저 제시한 것이다. 그런 다음 긴 인생살이에서 엮은 희로애락의 편린들을 엮어 내고 마지막에는 아름답고 우아한 취미생활의 경험담인「난감했던 황금 풀잎 난蘭대전」을 수록했다. 이는 추보적인 진행을 보여 주면서도 인생 여정 속의 자존감을 점층적으로 제시한 구성법이다. 제1-4부까지의 수필집 편집은 각 장마다 11편씩으로 하여 대체로 주제별 분류였다. 제1부는 뿌리와 성장의 개인 역사, 제2부는 일상의 사적 경험들, 제3부는 사회생활 속의 경험 요소, 제4부는 공적 활동에서 경험한 사례를 수록했다.

【2-1】

수필집 내용의 두 층위 중 전자인 뿌리 서정은 가족사를 근간으로 하여 독학(獨學)과 직업 전선의 신산한 삶의 역정을 밟으며 이룩한 자가발전의 원천이다. 양적으로는 독립적 강줄기를 이룩한 작가 삶의 생생한 현실이 당연히 우위를 차지하지만, 작가의 정서적 진폭은 뿌리 서정에 더 비중을 둔다. 이것은 제1부를 형성한 「추억」 속에 집적되어 있는 바 '내 고향은 경북 상주 농촌이다.'로 시작되는 〈저자의 말〉에 이미 표출되고 있다.

그 시기에는 누구 할 것 없이 배고프던 시절이었다. 1972년경 저자의 초등학교 저학년 때 통일벼라는 쌀이 나와 흰쌀밥을 맛볼 수 있었다. 그전에는 완전 꽁보리밥이어서 쌀밥만 먹는다는 것은 부잣집에서도 없었다.

수필집의 첫 번째로 배치된 작품 「소아무네 손자」에서는 어린 시절 가족사로 작가 성장에 관한 저간의 사정을 잘 알 수 있다.

고모부의 부도는 보증을 서 주었던 아버지를 절망하게 하는 큰 사건이었다. 또한 음식 솜씨 최고이던 어머니는 충격으로 정신을 잃게 된 것이다. 아버지는 동네에서 요즘으로 치면 중산층 정도의 논밭을 경작하며 법 없이도 산다고 할 만큼 정직한 사람인데, 속이 얼마나 상하셨는지 각혈을 하였고, 그 후에는 악화된 병환으로 고생만 하시다 할머니와 우리를 버려 두고 너무 일찍

저세상으로 가 버리신 것이다. 우리 집은 정말 모든 것이 한순간에 엉망진창이 되어 버렸다. 아버지가 돌아가시자 온전한 정신이 아니었던 어머니는 넋을 완전히 잃게 되었다. 그러나 할머니는 하늘이 무너지는 슬픔을 참고 어렸던 우리 형제들을 데리고 아버지의 장례를 치렀다.

—「소아무네 손자」 부분

불행한 사건의 연속으로 할아버지와도 일찍 사별하고 또 6·25전쟁으로 큰아버지를 잃으신 할머니가 손자에게 세상의 모든 희망을 건 사실을 기억하고 있다. 이러한 환경의 영향이었는지 어릴 때부터 세상살이에 대한 작가의 가치관은 남달리 정립되어 있었던 것 같다. 결국 미지의 불안한 세상을 찾아 가슴 떨리는 이향(離鄕)을 결행한다.

나는 시골에서 농사일을 하는 것은 미래가 없어 보였다. 마침 바로 밑에 동생은 워낙 공부에 취미가 없어서 동생에게 농사일을 맡기기로 하고 부산으로 돈을 벌기 위하여 무작정 고향 집을 떠났다.
나는 뒷동산을 넘어 넓은 들판을 지나 백원역으로 기차를 타러 가면서 마음이 편치 않았다. 정신이 온전하지 못한 어머니와 동생들을 두고 가는 것이 마음에 걸렸지만 반드시 성공해서 돌아오리라고 다짐을 하며 집을 떠나게 되었다.

―「백원역」 부분

이후 직업 소개소를 찾아 식당 일도 하고, 유흥주점 일을 하면서 '밤에는 일하고 낮에는 검정고시를 치기 위해 전포동에 있는 새마을학교를 다녔다.'고 한다. 주경야독(晝耕夜讀)이었다. 그러나 굶주림으로 인하여 더 이상의 공부를 포기하고 일단은 돈을 벌면서 동생들 학업 뒷바라지도 하였다. 당대 한국 현실의 눈물겨운 꿈의 한 장면이다.

적극적인 구애로 미장원에서 일을 하던 처녀와 가정을 이루고 새집도 장만하고 사회적 활동에도 눈을 돌렸다. 사회 활동에는 학력이 필요함을 절감하고 「또 다른 시작」으로 고입검정고시를 거쳐 스펙(specification)을 쌓아 간다.

(방송통신고등학교) 수석 졸업을 하면서 영광의 '한국교육개발원장' 상을 받게 되었고, 바로 4년제 대학은 가기 힘들어 가게와 가까운 B전문대학교에 입학하여 경영전문학사 학위를 받고, S대학교에 경영학전공으로 편입을 하여 경영학사 학위와 사회복지사 2급과 보육교사 2급 자격증을 같이 취득하였다. 그리고는 B전문대학교 경영대학원에 원장으로 있는 고향 친구의 권유로 그 대학의 대학원에 국제통상물류학과를 입학하여 해운항만관리를 전공하여 경영학 석사 학위도 취득하는 성과를 얻었다.

―「또 다른 시작」 부분

적수공원(赤手空拳)이라는 말이 실감 나는 인생 역정이었다.
우물에서 흘러나와 독립적 강줄기를 이룩한 작가 삶의 생생한
자수성가의 현실이다. 작품 속에는 세계와의 관계에서 발현된
내용 면의 전개로 사회적 역할에 일익을 담당하면서 이룩한 자
존감이 은근히 드러나지만 그 이면에는 작가의 치열한 생활 전
선의 희로애락이 서려 있다.

아내도 생활비를 번다고 요양 병원에서 조리실 배식원으로 일
을 하고 있다. 작가는 손해보험대리점을 하고 있었는데 경기가
좋지 않아 아파트 경비 준비로 경비 교육을 받고 면접을 본다.
또한 호텔 '하우스 맨' 구인 광고를 보고 면접도 본다. 이러한 과
정들을 거치면서도 사회생활의 범위를 다양하게 넓혀 간다. 그
리하여 지역 사회의 중추적 인물로 위상이 정립된다.

연제구가 분구가 되기 전으로 동래구 지부였는데, 그 후에 연
제구가 분구되면서 연제구지부 초대 청년회장을 하게 되었다.
이어서 부산시 청년회장을 거쳐 중앙청년회 총무국장까지 하고
문화관광부장관 표창과 대통령 표창을 받게 되었다. 부산시 청
년회장을 하면서 '자유민주연합당'의 부산시지부 청년부장을 겸
하게 되면서 정치에 발을 디디게 되었다.

  ―「또 다른 시작」 부분

작품 속 지문指紋 읽기

아울러 지역 사회의 봉사 활동에도 참여하고 여러 조직의 회장을 역임한다. 정치적 역할도 확대되어 국회의원도, 광역시장 당선에도 지대한 역할을 한다. 이러한 사회 활동을 경험하면서 행사 자체에 대한 시각도 폭이 넓어진다.

부산 연산동 고분군 국가지정문화재 축하 연제한마당이 열렸다.
(중략)
무대 앞쪽에는 식전 공연 중인데도 불구하고 내빈석이랍시고 텅텅 비워 놓고 있었다. 나도 그곳에 지정석이 있다고 안내를 받았지만 텅 빈 자리에 미리 가서 앉아 있기가 민망하여 뒤쪽으로 갔다.
(중략)
문화재 행사라면 당연히 문화원이 주관을 해야 하고 인사말도 문화원장이 해야 되는 것이 옳은 것인데도 불구하고 문화원장은 꾸어다 놓은 보릿자루 모양이고 지방자치단체장이 모두 생색을 내고 있었다.
또한 축제라면 당연히 참석한 사람들이 모두 주인공이 되어 즐기는 것이지 몇몇 사람의 공적을 선전하는 행사는 축제가 아니라 전시행정 행사일 뿐인 것이다.

　―「축제의 뒷모습」 부분

관주도의 전시적 행사를 지적하는 서민적 문화 의식이 드러난다. 문화 행사의 많은 경험들로 하여 축제의 제반 문제점을 한눈에 파악하리만치 안목이 달라진다. 새옹지마 인생살이에 어찌 시련이 빠질 리가 있겠는가.

사람이 살다 보면 좋은 인연도 있지만 나쁜 인연도 있다. 과거에 자영업을 할 때 부산의 A건설 회사의 현장소장으로 근무를 하던 사람과 거래를 한 적이 있었다.

(중략)

신용이 좋아서도 그랬지만 다른 직원들을 많이 소개를 해 주었기 때문에 특별하게 대우를 해 주다 보니 거래 잔금이 커지게 되었고 나중에는 다른 사람들 거래 잔고까지 그 사람이 관여를 해 마지막에는 거래 잔고 모두를 정리해 주지 않고 사라져 버렸다.

그 당시로는 상당히 큰 금액을 떼이게 된 것이다. 사라진 사람을 찾아서 백방으로 수소문을 해 봤지만 도대체 알 수가 없어 포기하고 말았다.

―「원수는 외나무다리에서」 부분

이런 시련도 거치면서도 고상한 취미 단체인 난 행사 주요 담당 역임하여 여유도 누린다. 활동 영역도 다양해서 대학교 평생교육원에서 민간조사 PIA 탐정 최고위 과정을 이수하고 탐정 사무실도 차린다.

나의 탐정 사무실 명칭은 오현일 탐정이다, '오'는 오래도록의 첫 자이고 '현'은 현장에서 첫 자이며 '일'은 일을 한다의 첫 자이

다. 고로 오래도록 현장에서 탐정 일을 하고 싶다. 는 뜻이다. 독
자 여러분들은 공과 사에 힘들고 어려운 일이 있으면 언제든지
명탐정 오현일 탐정을 찾아서 도움을 받기 바란다.

—「명탐정이 되는 길」부분

탐정이 되겠다는 생각은 참으로 특이하다. 어린 시절 청운의
뜻을 펼치기 위해 고향을 등지겠다는 단호한 각오를 실천한 박
만순 작가는 생래적으로 적극적인 품성이며 역시 다채로운 활동
을 할 수밖에 없는 사람인 것 같다.

【2-3】

조동일 교수의 지론에 맞춰 문학을 자아와 세계의 관계로 파
악해 보면 수필은 자아의 세계화 과정이다. 이는 곧 자아의 내
외적 인식을 세계의 가치관에 상응시키는 작업이 된다. 그러므
로 작가는 자기의 개성적 가치관일지라도 보편성과 항구성에 편
입시킬 줄 알아야 한다. 여기에서 자아의 갈등이 형성된다. 인간
의 정신 구조 안에서 원형을 찾았던 융(Carl Gustav Jung)에 의하면
인간이 타고난 정신의 세 가지 구성 요소는 그림자(shadow), 영혼
(soul), 탈(persona)이다. 그림자는 무의식적 자아의 어두운 측면,
영혼은 인간의 내적 인격, 탈은 인간의 외적 인격과 연관된 자아

의 한 측면이다. 이런 연유로 작가는 내부적 갈등을 거치면서 그림자와 탈과 영혼 사이에 충돌하는 가치 조절을 도모한다. 문학에서는 이 조절이 왜곡 변형되어 자기 치유도 이룩하고 외부적으로 표출되면서 고도한 미학을 형성시키기도 한다. 그런데 박만순 작가의 집필 경향은 자아의 왜곡이나 변형이 없어 심리적으로 솔직 담백하다.

> 뭐가 이런 상식 없는 인간이 있나 싶었지만 나는 점잖게 괜찮다고 하며 여유롭게 받아 주었다. 살다가 호텔 하우스 맨 실습 멋지게 한번 해 봤다. 그런데 열을 살짝 받는 것은 왜 그런지 모르겠다.

> ―「하우스맨」 부분

매우 황당하고 화가 났을 상황에서 보통은 이를 승화시키는 것이 보편적인 화법이지만 작가는 '그런데 열을 살짝 받는 것은 왜 그런지 모르겠다.'고 솔직한 표현을 한다. 그리고 '살짝'이라는 어휘 한 개가 여유로운 익살을 보탠다. 아기를 업고 서 있는 아주머니에게 자리를 양보한 이야기를 보자.

> 자리를 양보하고 서서 업고 있는 아기를 보고 나는 깜짝 놀라고 말았다. 그것은 아기가 아니라 개를 업고 있었던 것이다. 나는 아기를 업고 있는 아주머니가 얼마나 힘들까 싶어서 자리를 양보했는데, 순간 나는 화가 치밀어 올라 '아줌마 일어나세요!'

작품 속 지문指紋 읽기

하고 고함을 치고 말았다.

— 「개엄마」 부분

제목이 다소 희화적(戲畵的)이다. 마지막 문장에서 작가의 성품을 충분히 알 수 있다. 이 부분에서도 변죽을 울리거나 미화시키는 의도가 전연 보이지 않는다. 다음 내용도 그렇다.

그녀는 그동안 아무런 걱정 없이 생활을 해 오다가 남편을 잃은 후부터는 광야에 버려진 고아가 된 처지라고 말했다. 앞으로 살아가면서 의지하고 믿을 사람이 필요하다는 것이 절실하게 느껴진다며 자신의 속마음을 털어놓았다. 나는 솔직한 표현을 해준 그녀에게 서로 위로해 주고 힘들 때 도와주는 친구처럼 앞으로 지내자고 했더니 아주 좋아했다.
그런데 건강을 위해 함께 걷고 넘어지면 부축해 주는 관계로 지내자는 것으로 주고받은 이야기에 인생을 함께 걸어가는 동반자가 된 기분은 왜 드는지 모르겠다.

— 「걷기만 하자」 부분

'인생을 함께 걸어가는 동반자가 된 기분은 왜 드는지 모르겠다.'니! 매우 위험할 수도 있는 심리 상태를 여과 없이 드러낸다. 이 작품의 제목도 익살이 담겼다. 딴마음 먹지 말라는 뜻이다. 그런데 여기에서 오히려 진솔한 품성의 신뢰감이 쌓인다. 작가의 이러한 솔직성은 인격적 성숙과 삶의 여유에서 기인한다. 이 여유는 해학성의 밑거름이 된다.

내 인생의 중년에는 물질적인 여유가 없다. 그러나 날마다 사색하며 글을 자유로이 쓸 수 있는 행복한 마음이 정신적인 풍요가 아니고 무엇이겠는가, 대구뽈찜에는 대구 살이 없다. 대구 대가리와 뼈다귀만 있을 뿐이다. 나는 뼈대 있는 가문의 후손으로서 품위를 지켜야 한다.

— 「대구 대가리와 뼈다귀」 부분

대구뽈찜을 먹으면서 가문을 생각한다. 어린 시절 청운의 뜻을 품고 '백원역'을 떠나던 생생한 기억이 언제나 마음 깊숙하게 자리 잡고 있는 것 같다. 지금은 어느 정도 성취한 입지에서 이런 해학적 여유를 누릴 수 있는 것이다.

【2-4】

전체적으로 거친 표현과 정제되지 못한 구성법이지만 섬세한 기교도 엿보인다. 먼저 미학적으로 매우 고도화된 작품을 살펴보자.

작품 속 지문指紋 읽기

여름밤이 깊어지면 창문을 비집고 들어오는 흡혈귀가 있다. 때로는 혼자 오기도 하고 여럿이 떼를 지어 오기도 한다.

(중략)

요즘 흡혈귀들은 마늘이나 십자가로는 당해 낼 수가 없는데, 그것은 공기가 오염되고 물에 화학 성분이 섞여지면서 면역력이 생겼기 때문일 것이라고 짐작이 되었다.

(중략)

선량한 사람들의 피를 빨아먹는 흡혈귀들은 물가에 많이 있는데, 특히 섬마을을 좋아해서 한양에 가면 여의도라고 하는 섬에 괴수 흡혈귀들이 많이 죽치고 있다고 한다. 물론 철면피는 물불을 안 가리고 좋아하니 전국적으로 아지트가 많이 있다.

— 「여름밤의 불청객」 부분

우의적(寓意的)인 기법으로 해학과 풍자가 교직되고 있다. 모기에서 비롯한 연상이 드라큘라와 환경 오염으로 전이되면서 종국에는 정치꾼들의 신랄한 풍자로 귀결되고 있다.

수필도 언어 예술이기에 문학적 미감이 최우선이다. 『백원역』은 전체적으로는 매우 투박한 가운데서도 작가의 의도적 장치로 빚어진 몇 가지 특징을 엿볼 수 있다. 주로 구성법에 연관된 것으로, 가장 돋보이는 것은 위 작품 「여름밤의 불청객」에서 보듯한 작품 전편을 관류하는 동일 이미지 구성이다. 그리고 연상 작용, 다양한 문단 구성법, 작품의 마무리에 드러나는 미적 장치도

있다. 아울러 제목 선정에 매우 의도적인 확장성을 담은 세련미
가 있었다.

「여름밤의 불청객」과 같이 「비 오는 월하의 밤」도 수필에서는
드물게 단일 이미지로 작품의 내면을 통일성 있게 관류(貫流)하
는 치밀한 구성법이다. 작품의 서두와 마무리 부분을 살펴보면
'비'의 이미지 연속성이 확연히 드러난다.

⑴ 오늘은 나라를 위해 먼저 가신 분들을 추모하는 현충일이
다. 아침 일찍 서둘러 처갓집으로 갔다. 고인이 되신 경주이씨
익재공파 후손이신 장인의 기일이기 때문이다. 오늘은 양력으로
6월 6일이고 음력으로는 5월 12일이다 보니 현충일과 겹치는 날
이다.

농촌에서는 봄 가뭄이 심해 밭이 타들어 가고, 저수지의 물이
말라 바닥을 드러내고 있어서 농부들의 한숨에 땅이 꺼질 것 같
다고 한다. 사상에 있는 서부시외버스터미널에서 아내와 함께
강진 가는 직행버스를 타고 가는 중에 전남 순천을 지나면서부
터 비가 내리기 시작했다. 순국선열과 호국 영령들의 눈물인지
장인어른의 눈물인지 모르겠지만, 애타게 기다리던 단비가 때를
맞춰 내리고 있다.

⑵ 나는 쉽게 잠들지 못하고 천장을 응시하는데 갑자기 슬픈
생각이 들었다. 이제는 부모님도 돌아가시고 장인어른도 돌아가
시고 안 계시는데 장모님마저 돌아가신다면 어찌할 것인가. 장

작품 속 지문指紋 읽기

모님이라도 오래 사셔서 우리에게 의지할 수 있는 버팀목이 되어 주면 좋겠지만 흐르는 세월을 막지 못할 것이다.

오늘 밤 월하마을에 내리는 빗줄기 소리를 들으며 가슴속으로 빗물이 스며드는 것을 막지 못하고 돌아누워 넘치게 하였다.

ㅡ「비 오는 월하의 밤」, 부분

메마른 대지의 단비로 내리기 시작한 현충일의 비 이미지는 곧 눈물의 대유(代喩)다. (1)의 서두에서 등장한 비의 이미지가 전편을 애틋하게 관류하면서 (2)의 마무리에서는 작가의 눈물로 전이된다. 매우 치밀하고 공교한 작법이다. 작가는 이런 정도의 고도한 기교미를 구현할 수 있는 잠재적 역량을 갖춘 것으로 보인다. 다만 수필 창작의 기본기를 통해 그 빛나는 원석을 잘 다듬는 훈련을 거치지 못한 것 같다.

『백원역』에는 화소(話素, motif)의 전개 면에서 다양한 인식의 자유로운 서술이 많다. 제재에서 발아(發芽)하는 다채로운 사연들의 연상 작용 기법에 기인한 것이다. 이는 의도적인 것이라기보다 작가의 세계 인식 성향인 듯하다. 즉, 세상사에 대한 관심과 사회에 대한 생각이 많아 다양한 인식의 자유로운 서술로 드러난 것 같다. 작품 「된장」의 서두, 중간, 마무리 부분을 통해 연상법의 묘미를 살펴보자.

⑴ "여보 오늘 저기 있는 된장을 교대 집 냉장고에 가져다 넣어

놔요"

나에게 갑자기 아내가 명령을 한다. 요즘 우리 가족은 두 집 살림을 하고 있다.

(2) 지금 창밖에는 봄비가 촉촉하게 내리고 있다. 된장을 가지고 버스를 타고 오는 동안에 잠시 지나온 과거를 뒤돌아보니, 그동안 아내에게 크고 작은 심부름만 시켰었지 내가 아내의 심부름을 한 적이 과연 몇 번이나 있었을까 싶다.

(3) 어릴 적 어머니가 끓여 주던 된장찌개는 멸치 몇 마리를 넣고 잘게 썬 무와 파가 전부인데도 온 집안에 구수한 맛이 넘쳐났었다. 꾸미지 않는 진솔한 맛이 된장 맛인 것처럼 이제부터는 묵은 된장과 같이 모든 것에 겸손하고 배려하는 낮은 자세로 된장 맛을 내며 살아가야겠다. 사람들에게 변함없이 오래도록 사랑받는 우리 몸에 좋은 된장 같은 사람이 되기 위하여 된장을 한 번 외쳐 본다.

　―「된장」부분

아내의 된장 심부름에서 발아한 서정들이 딸, 사회 활동, 선거 운동 등의 다양한 사연들을 거쳐 종국에는 어머니의 된장 맛에 결부된 자신의 인격 문제로까지 전이되고 있다. 긴 글을 써 보면 통일성이나 일관성을 벗어나는 경우가 허다하다. 쉬운 것 같아도 하나의 중심 제재를 작품 전편을 통해 시종일관 같은 호흡으

　작품 속 지문指紋 읽기

로 진행한다는 점은 작법상 중심을 흩트리지 않고 다양한 사연을 엮어 나가는 힘이 있음이다. 그러나 연상 기법 사용에서 유의할 것은 제재에서 발아하는 다채로운 사연들의 전개로 문예문의 기교를 보일 수도 있지만 자칫하면 화소의 단순 나열이 되어 산만해지기 쉽다. 다시 말해 한 편의 수필에서 화소의 양은 가급적 적을수록 좋다는 의미다. 특히 신변 수필에서 사실적(事實的) 화소의 양이 많아졌다는 것은 정서적 요소나 사색적 깊이가 상대적으로 결여될 수 있다는 점을 생각해야 한다.

내용 구성 면에서 볼 때 작가는 현재적 사실에서 연상된 과거사의 전개 양식에 익숙하다. 일반적으로 신변 수필은 화소를 나열하는 설화적 구성의 추보식이다. 그러나 작가는 2단, 3단, 4단 구성 등의 다양한 기법으로 전개하고 있다. 그중 3단 구성은 일반적으로도 가장 보편적인 양식이다. 아래 작품도 화소들의 연상 작용으로 연결시킨 4단 구성으로 되어 기승전결의 해당 단락을 발췌해 본다.

⑴ 오늘은 날씨 변덕이 심한 오후다. 조금 전까지 햇볕이 쨍쨍하더니 갑자기 흐려져 비가 부슬부슬 내리고 있다. 은행에 볼일이 있어서 갔다가 올 때는 비를 맞고 오게 되었다.

큰비는 아니라 개의치 않고 오는데 중년의 부부가 용달차에서 복숭아를 팔고 있었다. 지나쳐 오다가 어릴 적에 비 오는 날 복숭아를 서리해 먹던 생각이 나 한 바구니를 샀다.

(중략)

(2) 저녁에 아내가 잠시 내가 있는 집에 들렀다. 복숭아를 하나 먹어 보라고 주었더니 미련스럽게 깎아 먹는 것이다. 나는 복숭아는 껍질째 먹어야 맛이 있다고 하면서 큰 것을 하나 골라서 시범적으로 우걱우걱 씹어 먹었다.

　(중략)

(3) 비가 오는 날이면 어릴 때 어머니가 가마솥에 쪄서 만들어 주시던 개떡 생각이 난다. 밀가루 반죽에 소다와 사카린을 물에 타서 넣고 양대콩을 첨가하여 쪄 주던 개떡은 우리 어머니의 전매특허다.

　"복숭아하고 옥수수빵을 같이 먹으면 환상적인 궁합인데 사 올까?"

　"사 오든지 말든지 알아서 하소."

　옥수수빵은 기분이 상해 없던 것으로 해야겠다. 복숭아는 복숭아만 먹어야 제맛이 난다. 마누라는 우리 어머니 개떡 맛을 알리가 만무하니 개떡소리를 진짜 개떡 같은 소리로 알아들었다.

(4) 가끔 지하철을 타러 가다 보면 입구에서 그때 그 개떡 같은 빵을 파는 아주머니를 본다. 나는 한 개도 아니고 두 개를 사 하나는 즉석에서 먹고 하나는 집으로 가져와 아내를 주면 아내는 먹지 않고 남겨 둔다. 그러면 그때 다시 내가 먹는다. 개떡은 따뜻할 때 먹어야 맛이 있지만 식어서 먹어도 제맛이 난다.

— 「복숭아의 추억」 부분

복숭아에서 옥수수 개떡에 이르기까지 현재와 과거가 혼재하면서 연상 작용이 전개된다. 특히 윗글에서 '개떡'을 매개재로 연결한 (3)단과 (4)단의 연쇄법 접속은 매우 정교한 기교다. 전체적으로 '마누라는 우리 어머니 개떡 맛을 알 리가 만무하니 개떡소리를 진짜 개떡 같은 소리로 알아들었다.'는 앞문장의 개떡을 다음 문단에서 '가끔 지하철을 타러 가다보면 입구에서 그때 그 개떡 같은 빵을 파는 아주머니를 본다'고 이어받기를 한다. 그리고 '개떡소리를 진짜 개떡 같은 소리'에서는 개떡의 의미가 실물 개떡에서 상징적 의미로 전이되고 있다.

2단 구성법으로는 현재의 사실에서 과거의 사연 전개로 된 다음 작품을 볼 수 있다. 첫머리와 마무리 부분을 인용한다.

⑴ 앞집 담벼락 옆에는 감나무 한 그루가 있다. 이층집인데 주인은 살지 않고 세입자들만 살아서 감나무를 관리를 하지 않아 감이 익기도 전에 땅바닥으로 수북하게 떨어졌다.

(중략)

오늘은 우편함에 우편물을 수거하려고 나갔다가 보니, 떨어진 감들이 이제는 제법 크고 홍시가 되어 있는 것이다. 떨어진 감들 중에 먹을 만한 것을 하나 주워 맛을 보았더니 제법 달달했다. 감나무 위를 쳐다보니 아직도 감들이 제법 많이 달려 있었다. 감나무의 감들을 보다가 문득 고향 생각이 났다.

⑵ 고향을 떠나온 지 오래여서 지금은 존재가 불확실하지만 그 감나무들은 어린 시절 우리 고향 사람들에게 홍시라는 달콤한 추억을 제공한 것으로 오래도록 남아 있다. 겨울철에 고방 항아리 깊숙한 곳에 넣어 두었던 홍시를 꺼내 시루떡과 함께 찍어 먹으면 천하에 그런 일미가 다시는 없다.

곶감하면 할머니와 호랑이가 생각나고 홍시하면 어머니가 생각나는 것은 곶감은 오래 저장이 되었고 홍시는 오래 저장하기가 힘들어 그랬던 것 같다. 홍시는 항상 베풀어 주던 어머니의 자식 사랑에 대한 지극한 마음같이 부드럽고 달콤한 추억이다.

— 「홍시의 추억」 부분

위의 작품처럼 구성법에서 특히 마무리에 미적 기교를 사용함으로써 문학적 향기의 여운을 고려한 작품이 더러 보인다. 다음 작품 「오월 어느 날」은 지인의 모친상 문상을 하던 날 작가의 집 앞에 만개한 오월의 장미를 보면서 어머니의 모습을 연상하고, 「광주 방문」에서는 지명 빛고을의 내포적 의미를 심화시켜 그 수혜 범위의 외연을 확장시키는 언어유희(言語遊戱)도 사용했다.

오월의 막바지에 있는 오늘은 장미의 계절답게 따뜻한 기운이 최고조이며 하늘은 푸르고 날씨는 돌아가신 어머니 마음처럼 햇볕이 따사롭기만 하다.

— 「오월 어느 날」 부분

빛의 고을 광주는 큰 인물들에게만 빛을 비추지 말고 정말 약하고 힘든 노인 우리 장모님 같은 사람들에게도 희망의 빛을 비춰 주기를 기대하면서 광주 방문을 마치고 부산으로 돌아왔다.

—「광주 방문」부분

문학은 언어 예술이라는 말은 곧 언어를 미적으로 사용한 창작물이라는 뜻이다. 언어미의 최고조는 시적 형상화이다. 설명과 형상화 사이에는 비유, 상징 등의 질감에 따른 수많은 층위의 다양한 수사적 구현이 있다. 성공해서 돌아오리라고 다짐을 하며 집을 떠나는 백원역 풍경 묘사가 압권이다. 아래 작품에서 어머니와 홍시, 아버지와 벌의 대유는 매우 치밀한 시적 구현이다.

볏단을 쌓아 놓은 언덕배기 밭에 까치밥으로 남겨 놓은 홍시가 겨울바람에 떨고 있는 것을 보았다. 세찬 겨울바람에 눈가를 떨면서 기차를 타기 위해 기다리던 중에 저 멀리 우리 집 뒷산을 바라보니, 마치 어머니가 바람을 맞고 서서 손을 흔들며 울고 계시는 것 같았다.
그중에 잊지 못할 것은 아버지가 살아 있을 때 부산 형님 집으로 쌀을 부치러 가기 위해 백원역에 갔던 일이다. 소달구지에 쌀을 싣고 기차역으로 가는 길옆에는 따스한 늦가을 햇볕을 받아 코스모스가 활짝 피어 있었다. 꽃잎에 꿀을 따기 위해 날아드는

벌들을 바라보시던 아버지의 모습은 고추잠자리가 하늘을 나는 것처럼 평화로웠다.

길 양쪽으로 미루나무가 듬성듬성 있는데, 가을바람에 잎사귀를 떠는 소리가 소달구지의 찰그랑찰그랑하는 방울 소리와 장단이 잘 맞았다.

— 「백원역」 부분

보기 드물게 서정적인 정취를 담은 묘사다. 까치밥은 한국인의 가슴에 아련히 각인되는 애틋한 서정을 담고 있는 객관적 상관물이다. 인고의 세월을 견딘 후 자연으로 돌아가는 최후의 자기희생이기도 하다. 감나무의 아득한 꼭대기에 붙어 겨울바람에 떨고 있는 까치밥의 형상은 곧 어머니 이미지로 전이된다. 이 소재들이 모여 이별의 애틋함을 증폭시키는 데 기여하고 있다. 그러다 다음 단락은 분위기가 반전된다. 작가 존재의 원형적 배꼽에 해당되는 백원역이다. 소달구지, 가을 햇볕, 코스모스, 꿀벌, 고추잠자리, 가을바람, 방울 소리 등 동원된 소재들이 한결같이 '평화'라는 어구에 집약되도록 구사하고 있다. 그리하여 방울 소리의 청각적 이미지도 가을바람처럼 상큼하다.

이 수필집에서 또 하나 의미 있는 기교는 제목 선택이다. 제목 선정은 다양한 방법이 있겠지만 좋은 제목이란 구체적 재료를 사용하면서도 동시에 주제를 암시하고 또 그 의미를 심화 확장할 수 있는 것이 좋다. 이런 점에서 '백원역, 된장, 홍시의 추억, 돈가스, 대구 대가리와 뼈다귀, 동태찌개 앞에서, 비 오는 월하의 밤, 경로(輕怒)잔치' 등은 좋은 예가 된다. 일례로 「비 오는 월하의 밤」은 장인의 기일을 맞은 처가 행로에서 지독한 가뭄과 현충일의 눈물 같은 단비, 장모의 유언 등 애틋한 서정을 제목이 다 담고 있다.

【3】

『백원역』은 박만순 작가의 원형적 배꼽에 해당되는 '실존의 백원역'을 중심축으로 한 자전적 수필집이다. 시공을 초월해서 들락거리는 이 상징적 공간은 항상 작가의 가슴 속에 머무른다. 배꼽 무대의 안으로 진입하면 존재의 원천으로 닿고, 밖으로 향하면 삶의 역정이 전개된다.

수필의 용도나 가치는 다양하다. 문학론적 관점으로는 언어 예술로서의 기치 아래 편입되는 것이 당연하다. 그러나 현실적으로는 개인의 역사가 될 수도 있고, 이것이 모여 한 시대사의 편린(片鱗)이 될 수도 있다. 또한 글을 쓴다는 그 자체만으로도 치유의 과정이 될 수도 있다.

지극히 사적 경험들로 서술된 『백원역』은 자료적 가치를 더 지닌다. 그럼에도 불구하고 본문에서 살펴본 바 문학 미감의 특징적 요소들이 투박한 언술 속에서 발견되는 것은 작가가 언어 예술로서의 미감에 대한 기본적 인식을 유지하고 있음이다.

부분적으로나마 아름다운 서정적 표현 기교를 구현한 점이 놀랍다. 상당한 미감의 기교를 지녔음에도 전체 구성과 문장 진술에서 세련미가 부족하여 빛을 발하지 못한 것 같다. 이것은 작가가 수필 작법의 기본기를 익히지 않았기 때문일 것이다. 작가는 훌륭한 수필 창작의 촉감을 지닌 사람임은 분명한 것 같다.

서평의 모두(冒頭)에서 『백원역』은 미학적으로 세련된 수필집은 아니지만 코끼리의 거친 등가죽과 예민한 발바닥이 혼재하는 글솜씨로 진단하였다. 원시 동굴의 암각화 같은 정성과 신념을 담은 순수 열정, 가을 햇살에 흔들리는 코스모스 꽃잎 같은 여리고 섬세한 서정이 구성법과 어울려 올바른 문장으로 표현된다면 아주 좋은 수필이 될 것이다.

창작에는 누구나 안고수비(眼高手卑)다. 평자는 자신의 기준 잣대도 중요하지만 작가의 눈높이로 그 솜씨를 살펴야 글쓴이의 속마음을 읽어 낸다는 생각으로 전편을 살펴보았다. 박만순 작가의 수필집 발간을 축하드리며 이 서평에서 언급한 장점들을 신장시켜 더욱 빛나는 문운이 함께하기를 기대한다.

(2018., 일광)

작품 속 지문指紋 읽기

김영순 향토 시집 『낙동강은 흐른다』

강마을 추억의 생생한 현장 서정

현대에 이르러 시 문학이 맞닥뜨린 위기의 논의가 심각하다. 원시 종교, 모방 본능, 유희 본능, 흡인 본능, 자기표현 본능, 발생학적 기원, 원시 종합 예술 등은 한결같이 삶의 일상에서 발원된 문학의 기원이다. 유사 이래 진화를 거듭한 문학도 이젠 그 기원에서 너무 멀리 도망 와 버린 까닭인지도 모르겠다. 삶의 일상이 문학의 연원이라면 대중성과 소통성이 중요한 맥점이 될 것이다. 한국의 경우만 하더라도 2000년대 들어 '미래파' 파동을 겪었지만 기본적으로 난해성 문제에 봉착하면서 세인의 뇌리에서 잊혀지게 된 것이다.

시 문학이 맞닥뜨린 위기의 원인도 실용적 목적의 문학 기원을 망각한 데서 접근해 볼 수 있을 것 같다. 오랜 기간 본격문학의 기치 아래 문학 표현의 미적 가치 고양에 지나치게 집중한 결과는 아닐까. 그리하여 실생활과 너무 동떨어져 버린 내용에 소통까지 막혀 버린 문학을 대중이 외면해 버린 것은 아닐까. 물론 본격 문학이 인간의 영혼 성숙에 꼭 필요한 자양분을 지녔다는 점에서 중요한 역할을 해 왔다는 것도 기억해야 하겠지만 대중은 소통성이 용이한 작품을 선호한다.

특히 현대는 지방화 시대를 맞아 향토 문학의 위상이 달라지고 있다. 향토 문학은 각 지방 특유의 풍물·전통·생활·감정·사상 등을 소재로 향토의 특색을 강하게 표현하는 것으로 분권주의 및 리얼리즘의 문학 계열에 근접하는 정신이다. 향토 문학은 19세기 말 독일에서 일어난 운동이 시초이며 동양에서는 1930년대 향토의 긴밀한 결합을 추구한 대만 문단의 문예대중화론에서 비롯되었다. 한국은 비슷한 시기의 농촌 계몽 문학 운동으로 계승되었다.

향토 문학은 민간과 농어촌의 삶의 현장에서 경험한 일상적 행위와 세시풍속 등 전통 사회가 간직하고 있던 서정을 재현한다. 문화예술이 곧 관광 상품인 시대를 맞아 각 지역마다 향토 문학이 조명을 받는다. 문인이 자신의 고향을 소재로 한 작품을 많이 창작해야 하는 이유는 향토 조직과의 유기적 문학 공유를 통해서 개인 창작의 지속적 활동도 각광받을 수 있기 때문이다. 또한 격변하는 시대 속에서 전통적 향토 유산을 문학 기록으로 남김으로써 후대인의 정서 함양에 기여하는 기능도 중요하다.

향토 문학은 주로 소설이나 수필 등 산문 중심으로 형성되지만 서사성 모티프를 활용한 시 작품도 수용이 가능하다. 그 대표적인 예가 김영순의 향토 시편들이다.

수필로 등단한 김영순 작가는 수필과 시 묶음의 첫 작품집 『바

작품 속 지문指紋 읽기

람이 불면 물결 반짝이더라』에서 향토 서정을 이미 선보인 경험이 있다. 이번 시집 『낙동강은 흐른다』는 그 연장 선상의 시편이라 할 수 있다. 150편 내외의 시편들은 그가 태어난 고향에서 성장하고 결혼하고 아이들을 키우면서 생활한 60년 평생의 단편적 기록들로 향토사의 생생한 현장 서정들이다. 자연스레 강마을의 애환들이 주조를 이루면서 일상에서 경험한 서사적 사연들이 대부분이다. 이미 전설 같은 옛이야기로 흔적이 사라진 사연도 있고, 옛 경험의 당사자들이 생생하게 느끼고 있는 현재의 사연도 있다. 이러한 세세한 사연들은 어디에서도 그 기록을 찾을 수 없는 것으로 김영순의 작품은 그 사연 직접 경험자의 마지막 증언이 될 것이다.

그의 시적 특징은 '급박한 서사적 서정과 무기교의 재치'라 할 수 있겠다. 서사적 특징은 진행이 매우 빨라 과감한 생략으로 전개된다. 「인생수업·1」에서는 한 작품에서도 뱃속 태아가 금세 조개잡이 소녀로 자라 '산골소녀 어느새 늙은 여우꼬리 감춘다'면서 성년을 지나 노인이 된다. 어떤 시는 생략된 부분을 내밀히 상상하지 않으면 서사의 이해가 어렵기까지도 하다. 재치도 대단하다. 「강서구 여인들」에서 '청순녀가 엽기녀로 쟁기를 들고 / 토마토 밭고랑에 급행열차 나가신다'는 살아 있는 표현이나, 「강물은 묵언 중」에 '털어도 먼지 한 방울 없는 강물'이라는 시구처럼 강과 더불어 평생을 산 시인도 감히 흉내를 낼 수 없는 역발상도 지녔다. 그는 시골 사람들의 전통적 일상 어구를 많이 사용하는데, 이런 용어는 현대 독자들에겐 생소한 표현으로의 문맥 이해가 어려울 것이다. 예를 들면 '세상 어미 살아 있다 이마에

붙이고'에서 '세상'의 맥락은 대략 '이 세상에 그 무엇보다 강인
한'의 의미이다.

본고는 발문의 형식을 취한 글이므로 자모순으로 배열한 작품
에서 몇 편만 선택적으로 살펴보겠다.

가리야기 소녀머리를 길러 여자답고 싶었던 시절
아버지는 오만상에 눈물 글썽이는 나를 앞세운다
'김상요, 야를 가리야기로 올리끼요?'
윗동네 옥니쟁이 이발사 아저씨
가위를 찰칵거리며 위협한다
'오늘은 귀 위로 더 바짝 올리소'
아버지의 말에 긴 가죽 들고 면도기 쓱싹쓱싹 갈더니
비누거품 북적북적 발라 쓰윽쓱 긁어 올라간다
'이 머리 어디가 가리야기고? 백구로 쳐 놓고'
큰 거울 속에서 아이는 선머서마 되어 울고 있다
여자애를 백구로 만든 아버지는 흐뭇하게 헛기침하며 앞장섰다
몽당치마 계집아이는 누가 볼까 전봇대 뒤로 숨었다
헤어스타일도 모르는 짠돌이 아버지 때문에
그 소녀 추억의 전봇대 뒤에서 아직도 부끄럽다

　　ー「가리야기 소녀」 전문

사연은 작가의 개인사 속에 담긴 당대의 보편적 문화 양상이
다. 가리야기는 일본말 가리아게(かり-あげ)를 이른 말이다. 머

　　　　　　　　　　　작품 속 지문指紋 읽기

리카락을 짧게 잘라 위로 올린 단발머리 스타일이다. '가리야기 몽당치마'는 당시 시골 소녀들의 표준 맵시였다. 문제는 이발 횟수를 줄여 돈을 아끼려고 앞머리를 이마 위에, 뒷머리를 뒤통수까지 쳐올리는 데 있었다. 게다가 머리 자른 뒤통수에 면도를 해버린다. 마치 머리 위에 바가지를 덮어씌운 모습이었다. 사춘기소녀들이 몹시도 속상해했던 극초단발머리다. 서사(敍事)를 긴축시켜 재미있게 전개하는 그의 시적 재치는 마지막 시구에서잘 드러난다. '그 소녀 추억의 전봇대 뒤에서 아직도 부끄럽다'는표현이다. 김영순 씨는 작중 현실을 당대의 화석으로 국한한 박제화(剝製化) 회상을 피하고 이를 현재화시킨다. 그래서 사연이연극처럼 살아 있다. 그의 작품 대부분이 이런 유형이다.

내 자리 앉던 자리 잔디에 누워
순정만화 보따리 풀어놓고 사후세계 젖었을 때
강나루 두견새 우는 소리 임 부르는 소리인 줄
별들이 고운 밤하늘에 쌍쌍이 짝을 이루고
면경같이 곱던 희야는 동네총각 눈이 맞아
밤낮 강둑을 들락거릴 때 내 알아봤지
총총한 밤하늘 아래서 초야를 치렀던지
불러오는 배를 감추지 못하고
지 오빠께 들켜 그날 저녁 대문 밖으로 쫓겨났네
그이와 어떻게 살았는지 기척 없는 것이
지금쯤 회초리 들고 자식들 길들이고 있겠다

만화 일독 삼매경을 사후 세계에 젖었다는 표현이 재미있다. 처녀, 총각들 낭만에 강둑만한 운치가 또 있을까. 이래저래 낙동강 긴 강둑은 개인의 추억, 마을의 애환, 시대의 역사 등 참으로 많은 사연을 간직하고 있을 것이다. 향토에서 자란 이들은 서로를 미주알고주알 잘 알고 있다. 더러는 흉흉한 소문이 되어 아픔으로 새겨져 있겠지만 긴 세월 속에 묵고 삭은 이런 사연들이 오히려 정분을 담고 있기도 한다.

그때를 아시나요 모르시나요
눈물 없이 볼 수 없는 영화가 지금 여러분께 인사 올립니다
자~ 이수일과 심순애가 여러분을 찾아왔습니다
남자 보는 눈도 없는 심순애가 왔다고 골목이 시끄럽다
기대하시고 고대하시라 여러분의 합동영화사가 왔습니다
오빠가 오면 좋고 언니가 오면 더욱 좋고
언니 오빠 손 잡고 오늘 저녁 오십시오
못 보면 평생 후회하는 울어라 열풍아
지루한 시간 오랫동안 기다렸습니다
잠시 후 본 영화가 시작되겠습니다
대한 늬우스가 시작되겠습니다
가설극장 천막이 들썩들썩
도둑고양이들 바쁘게 기어들어간다

지금 생각해도 가슴 설레는 가설극장 풍경이다. 스피커 소리
가 신작로에 울리면 소문은 꼬리를 물고 스피커 소리보다 먼저
온 강마을에 술렁거렸다. 처녀, 총각들은 부모님 몰래 곡식 퍼
내느라고, 꼬맹이 소년, 소녀들은 언니 오빠 몰래 뒷구멍으로
들어가려고 초고단수의 눈치작전이 몇 날 며칠 불붙었다. 흑백
무성 영화가 태반이었고 화면에 비 오듯 한 낡은 필름이 상영
중에 느닷없이 끊어지기도 했다. 그래도 즐거웠던 시절이다. 꼬
맹이들은 천막을 들추고 엉덩이를 슬그머니 디밀면서 몰래 들
어갔다. 들키는 일이 다반사였지만 그래도 밖에서 음향만 들으
며 끈질기게 기다리다 보면 영화가 끝날 무렵 천막을 걷어서 모
두에게 화면을 선사해 주는 경비 아저씨의 너그러움도 맛보았
던 추억이다.

> 열 길 물속 안다는 건 오늘날 수수께끼
> 낙동강 맑은 물은 무슨 일 났나 묻지도 않는다
> 무명천 치마폭에 날개가 추락하고
> 아내 잃은 철이 아부지 어젯밤 술독에서 건져 왔다
> 그대 영혼들 아직도 어두운 밤인가 봐
> 앞집에는 엄마 잃고 뒷집에는 남편 잃고
> 천 길 물속 배 띄워 줄게 몸을 풀고 일어나라
> 외아들 울음소리 듣지 못하고 자꾸만 사라지네
> 아직도 질긴 인연 강둑에서 엎드려 웁니다

동동주 띄워놓고 손가락 저으며 아내 모습 보일까
젖었던 작은 눈시울 속절없이 잘 커서 손녀 손 꼭 잡았다

— 「덕두 나룻배 이야기 2」 전문

　낙동강 하류 강마을의 한 서린 사건을 담았다. 1950년대의 나
룻배 전복 사고와 80년대 고깃배 전복 사고로 50명 가까운 인명
이 희생된 참담한 사건이다. 대부분 이웃 마을 사람들이었다. 강
마을에 살면서 일 년에 두어 번 겪는 홍수에다 크고 작은 희생도
잦겠지만 이렇게 큰 사고는 없었다. 세월이 약이라고, 아픈 기억
도 강물 따라 흐른다지만 졸지에 가족을 잃은 상처야 어찌 잊혀
지랴. 그래도 산 사람은 남아서 아직도 이 비탄의 마을에서 대를
잇고 살아간다.

　저 강이 내 것인 줄
　양식이 철철 넘쳐 배불렀던 백성
　낚아 먹고 건져 올리고 따서 먹던 일급수 푸른 강
　토종 재첩 머리 이고 와 재첩국 솥에 불을 지폈다
　골목마다 잘그락잘그락 재첩 씻는 소리
　뽀얀 국물 벌컥벌컥 한 국자만 더 내장까지 시원해
　수건 하나 목에 걸고 강물에 멱을 감던 사람들
　젖은 옷 탈탈 털어 바위 위에 널어놓고
　발등을 간지럽히던 송사리가 안 보인다
　후미진 내 마음 제 자리 세워 놓고 살펴보니

　　　　　　　　　　　　　작품 속 지문指紋 읽기

갈대밭 물들이던 갈게도 사라졌다
통통배도 힘없이 닻이 내려갔네
갈대밭 사이 흘러나온 오빠들 기타 소리도 그쳤다
사방팔방 모로 걷고 카메라 찰칵 새 물결이 넘실넘실
지하철을 안고 낙동강을 날아다닌다
일손 놓은 어부들 어디선가 메뚜기처럼 살고 있겠지

─「추억의 강둑」전문

　재첩에서부터 송사리, 갈게, 통통배, 오빠들의 기타 소리들은
사라진 지 오래다. 이제는 강물 위로 지하철이 날아다니고 선남
선녀들이 사진 남기기에 바쁜 세월, 그때 그 사람들은 모두 어디
에서 무얼 하며 바쁘게 살고 있을까. 「조개잡이」에서 '징검돌 폴
짝 뛰던 희야 미끄러질 때 / 내가 얼른 건져 살았다'던 그 동무는
지금도 멀지 않은 곳에 잘 살고 있다. 이제는 낙동강 강변에는
벚꽃으로 시작해서 온갖 꽃들의 축제가 가을까지 이어지고 있
고, 생태 공원이 사람들을 불러 모으는 새로운 공간으로 탈바꿈
했다. 흐르는 물길 따라 세월도 바뀌고 환경도 달라졌다.

　지금의 강서 지역에는 개발의 회오리바람이 이 지역을 휩쓸었
던 태풍과 홍수보다 더 강력하게 소용돌이치는 지역이다. 전통
적 삶의 뿌리는 흔적 없이 멸실되고, 토착민들은 새로운 시설들
에 밀려 고층의 아파트 단지나 이웃 도시로 주거를 옮기고 있다.
향토의 오랜 사연들을 간직한 사람들은 이제 나이가 들어 인적

자원도 급격히 줄어들고 있다.

향토 시집『낙동강은 흐른다』는 저자 김영순이 직접 체험한 상전벽해 강서 향토의 생생한 증언이다. 앞으로 대상 지역을 확대하고 동시에 숨은 이야기들을 계속 발굴하여 이러한 향토 사연을 담은 작품이 샅샅이 이어지기를 기대한다.

(2019., 두손컴)

작품 속 지문指紋 읽기

노정숙 시집 『낙동강 숨결』
세상과 삶의 그림자(shadow)에 대한 긍정성

【1】

문인은 언어 디자이너다. 문학의 변별력은 언어의 미적 구현에 좌우되기 때문이다. 언어 표현 방식에 따라 서사, 서정, 극, 교술 갈래로 문학 양식도 달라지거니와, 같은 장르라도 문학 미감이 달라진다. 원고를 받아들고 먼저 궁금했던 것은 '노정숙 시인은 어떤 디자인으로 언어를 구현하고 있을까.' 하는 점이었다. 문학도 시대사의 반응적 소산이기에 문학 활동 기간이 길어짐에 따라 문인의 세계관은 변하기 마련이다. 그 변화의 방향성과 심도는 천차만별일 것이다. 노정숙 시인은 공교롭게도 등단 이후 매 3년마다 시집을 상재하고 있다. 제3 시집 서평을 준비하면서 시력 10년으로 접어든 노정숙 시인의 시정은 어떤 변화가 있을까도 궁금했다. 노정숙 시인의 세계관과 언어 디자인의 변화를 탐색하기 위해 먼저 시인의 제1 시집과 제2 시집부터 살펴보았다.

제1 시집 『비꽃』은 시적 긴장감이 매우 팽팽한 서정이다. '먼 하늘가에 뿌리를 내린 / 비꽃이 뽀얗게 번지고 있다'고 읊은 표제 시처럼 비가 오기 직전의 굵은 빗방울이 후두둑 듣는 탄력이 스며 있다. 시정의 비약을 통한 언어의 절제, 이미지 환기를 통한 낯설게 하기와 이미지 전환의 속도감, 문장에서도 정상적 의미망을 뛰어넘으면서 짧게 끊어 내는 스타카토(staccato)의 행갈이 등이 어우러졌다. 아울러 표층적 의미보다 심층적 의미가 깊이 뿌리박혀 시적 다의성 맛보기의 재미도 선사한다.

제2 시집 『수정 계단』은 평균적으로 제1 시집보다 이완된 표현이다. 시적 긴장감이 팽팽한 여운이 남은 작품들이 혼재되어 있긴 하지만 시정 비약이나 이미지 전환도 상대적으로 느슨하고 표층과 심층의 의미가 균등한 무게로 담겨 있다. 시 창작적 긴장보다 시 작업의 여유를 드러내는 편안한 서정도 표출되고 있다. 시상의 문맥적 의미망을 중시하여 어구 중심으로 행갈이를 하여 시행은 여전히 짧게 끊었었어도 스타카토의 박진감은 사라졌다. 표제 작품은 없으나 몇몇 시편에 사용된 용어 '수정 계단'의 의미망으로 보아 시인의 시적 영혼(soul)이 새로운 이상향을 모색하고 있음을 은유한 서정들이다.

제3 시집 『낙동강 숨결』의 특징은 두 가지다. 먼저 눈에 띄는 것은 시적 대상에서 낙동강을 중심으로 한 향토성이라는 새로운 제재에 집중하고 있다는 점이다. 또 하나는 제1 시집의 시적 긴장감이 제2 시집에서 과도기를 거치더니 제3 시집에서는 시 창작의 여유와 편안함이 스민 서정이 대부분이다. 제1, 2, 3 시집에 공통적으로 드러나는 시적 인식의 특징 하나를 언급한다면

　　　　　　　　　　　　　　　　작품 속 지문指紋 읽기

시인이 포착하는 세상과 삶의 그림자(shadow)를 긍정적으로 포용한다는 점이다.

【2】

『낙동강 숨결』은 80편으로 5부 구성이지만 시상은 세 측면으로 분류할 수 있다. 제1부, 제2부의 〈낙동강 숨결〉 40편은 모두 향토적 서정이다. 낙동강을 배경으로 역사, 자연, 생태, 사람들의 삶, 시인의 추억을 담고 있다. 제3부 〈소망의 뜰〉과 제5부 〈혼돈 속으로〉 40편은 즉물적 대상, 회고, 자아 내면, 불교적 신심 등 일상에서 느끼는 다양한 서정이다. 제4부 〈아리랑〉 20편은 사회적, 시사적 내용 중심으로 엮었다.

시력 10년에 접어든 노정숙 시인의 시정 변화의 대표적 특이 사항은 낙동강 서정을 중심으로 한 향토 문학 시선이다. 향토 문학은 흔히 소재주의로 치부하여 폄하하는 경향이 있으나 이는 시 창작의 구체성이 결여된 관념적 오해일 뿐이다. 향토 제재도 외연 확장에 따라, 또는 소재의 내포 강화에 따라 다양한 층위의 다채로운 시 작업이 가능한 테마다. 외연은 지리, 역사 그리고 이를 기반으로 한 민중의 삶까지 담을 수 있다. 낙동강의 지류 지천은 물론 강의 이미지를 확장한다면 세상 어느 곳의 어느 강이든 시 작업의 제재로 그 외연은 열려 있다. 그리고 특정 테마를 지속적으로 천착하는 시인은 이런 소재들을 즉물적 시선의 소재주의로 함몰시키지는 않는다. 향토적인 소재로 일차원적인 즉물성이나 서사성에서 출발하여 제재의 특징적 이미지를 천착한 상징과 원형의 탐색에 이르기까지 진폭이 큰 작업도 얼마든지 가능하다. 그러한 예를 노정숙의 낙동강 서정시에서도 맛볼 수 있다.

노정숙 시인의 낙동강 서정시 40편의 주제별 분류를 해 보면 작가 삶의 지리적 현장, 향토의 역사성, 강변 민중의 삶, 자연 생태, 내면 서정 등이 다채롭게 어우러져 있다.

우주라는 크나큰 어항 속에
물은 속 깊은 내면을 간직한 채
길게 이어져 왔다
갈대밭 개개비 둥지를 틀고
알을 품고 있다
세월이 모래톱을 높이고
강변에서 자식을 낳고 키운
속까지 여문 사람들
밭을 일구고 씨앗을 뿌려
대를 이어 강을 지켰다
농부의 어깨 위에
강 그림자 지고 가는
구름 사이로 빛이 눈부시다

—「하구언- 낙동강 숨결 1」전문

작품 속 지문指紋 읽기

강을 배경으로 살아가는 개개비와 인간의 이미지가 이중 노출(Double-Exposure)로 구현되고 있다. 낙동강 하구는 시인이 실제 거주하고 있는 현장이다. 천삼백 리 도도한 굽잇길의 낙동강 하구는 갈대에서부터 개개비에 이르기까지 온갖 생명체들과 조화를 이루어 살아가는 강마을 민중의 삶의 터전이다. 위 시의 핵심 서정은 '속 깊은', '속 여문' 연륜이다. 실제 하류의 강은 유속이 유유하고, 사람들 심성은 온화하다. 그가 「낙동강 하모니- 낙동강 숨결 6」에서 읊은 것처럼 '강물 손잡고 바다로' 가기 직전에 어우러지는 기수역(汽水域) 특유의 생명성과 융화하는 삶의 모습들이다. 강을 닮은 사람들이 강변 생명들과 어울려, 반짝이는 윤슬처럼 빛 부시게 살아가는 낙동강 하류의 현장을 흐르는 물길처럼 자연스럽게 잘 포착하였다.

경호강에서 만난
반야봉 산그늘 품에 안고
큰 강이 손 내밀면
거침없이 몸 섞는다
만남을 두려워하지 않는 강
진주 촉석루에 들러
논개와 정담 나누고
을숙도 하구에 와서
마침 여정 찍는다

―「옹달샘- 낙동강 숨결 20」 부분

경호강에서, 남강에서 을숙도의 마침표를 상상하는 사람이 얼마나 될까. 낙동강의 범위가 어디까지 확장될 수 있는가를 잘 보여 주는 작품이다. 낙동강을 잘 아는 사람들도 낙동강의 범위에 대해서는 잘 모른다. 진주 사람들도 남강이 낙동강의 지류라는 사실을 별로 인식하고 있지 않는 것 같다. 경호강이 남강의 지류이므로 자연적으로 낙동강의 지류가 된다. 노 시인의 작품에는 지리산 뱀사골도 등장하고 대천천도 등장한다. 먼 상류에서 강의 최하단 기수역의 마지막 섬 을숙도를 상상할 수 있다면 그는 시인이거나 지리에 조예가 깊은 사람이다. 산에서든 강에서든 지리적 상상은 긴긴 인생의 시종(始終)에 대한 철학적 인식을 견인하는 주요 매재(媒材)가 될 수 있음을 보여주는 시다. 향토성에서 외연과 더불어 또 하나 중요한 사실은 주변의 수많은 역사적 사연이 풍부한 문학 소재가 된다는 점이다.

포진지를 스케치하여
집으로 돌아온 밤
신열이 오르고
뼈를 깎는 아픔이
들물 되어 밀려온다
백십여 년, 긴 세월 동안
외양포를 떠나지 못하는
한 맺힌 넋들의 잔치에
초대된 것을 안다
아픈 역사 속에는

작품 속 지문指紋 읽기

민초들의 피맺힌

절규가 녹아 있다

— 「외양포 포진지- 낙동강 숨결 37」 부분

강서구는 바다를 두르고 있어 일본과 연관된 역사의 흔적이
많다. 외양포는 100여 년 전 대한해협의 군사 거점 확보를 위한
일본군 연합사령부 포대 진지가 설치되어 있던 곳으로 지금도
역사의 흔적들이 생생히 남아 있다. 당시 강제 퇴거당했던 토착
민과 그 후손들은 땅과 주택과 생존 문제로 100년 아픔이 현재
도 진행 중이다. 못난 국가가 국민을 지켜 주지 못한 역사의 현
장이 지금은 관광지로 변신하고 있어 민중의 아픔과 더욱 대조
되는 모습이다. 과거만이 아니다. 강서구는 지역 개발로 말미암
아 현재와 미래가 공존하는 현장 진행형이다. 타의에 의한 토착
민 삶의 변화는 곳곳에서 발생하고 있다.

파밭 한복판 테니스장에서

게임을 하고 있을 때

모래밭에 북을 돋우는 손 여사

은빛 밭고랑에 여린 파 모종을

포트에서 뽑아 옮겨 심고 있네

인 아웃으로 실랑이가 벌어져

목청이 높아지자

파들이 초록 웃음 지우고

눈살 찌푸리며 혀를 차네

— 「명지대파- 낙동강 숨결 24」 부분

　파밭 한복판 테니스장이라는 낯선 부조화가 곧 강서구 개발 현장의 한 단면이다. 근대까지만 해도 염전 마을이었던 명지는 파밭으로 변모하였고 이제는 파 대신 아파트가 자라나는 신도시로 변모하고 있다. 이러한 지형, 직업의 변천 과정에서 개발로 인한 민중들의 애환은 많은 서사를 남겼다. 낙동강이 '낙똥강'으로 불리듯 하류의 재첩이 사라지고 어업 현장이 무너지는 (「신포 나루- 낙동강 숨결 25」) 서정도 있고 '비손이 길이라 믿는 / 흙 물든 손톱'의 어머니들 한숨이 파밭 당산에 파꽃 향기로 번지는(「솟대- 낙동강 숨결 6」) 민중의 소망과 현실도 포착되고 있다.

　서두에서 향토적인 제재의 특징적 이미지를 깊이 천착하면 상징과 원형의 탐색에 이르기까지 진폭이 클 수 있다고 했던 바, 이런 유형을 대표하는 작품도 선보이고 있다. 소재주의를 뛰어넘어 제재의 내포가 강화된 서정이다. 「꽃 피는 밥상- 낙동강 숨결 4」에서는 대저생태공원을 배경으로 문상 장면의 엄숙하고 어두운 분위기를 맑고 밝게 꽃의 이미지로 '발효'시킨다. '햇살이 다소곳이 걸어와 밥상에 앉았다. 마지막 떠나는 모습이 꽃송이다.'는 시정은 밥의 원형적 이미지를 확장시키고 있다. 생활 근거지가 낙동강 하류라서 그렇기도 하겠지만 노 시인은 사멸(死滅)의 서정에 관심이 많은 편이다. 이러한 서정이 더욱 무르익어 먼 길 떠나는 망자의 영혼을 배웅하는 다음 시편은 강을 공간적

　　　　　　　　　　　　작품 속 지문指紋 읽기

배경, 황혼을 시간적 배경으로 하면서 '벼-쌀밥-사잣밥'의 확장을 통해 별리(別離)의 서정을 심도 있게 그려 내고 있다.

밥을 떠올리면 펼쳐지는 들녘
어머니가 차려 준 밥상에
익은 벼가 빼곡히 고개 숙여
햇살을 손질하고 있다

밥알 속에는 비바람을 건너온
한 사람 생애가 고스란히 담겨
강을 건너가기 위해 나루터에 서면
이제 저물 녘이다

하늘길 나서는 입속에
쌀 한 숟가락 떠 넣으며 하는 말
한 섬이요, 두 섬이요, 석 섬이요
먼 길 가면서 배곯지 말라고 넣어 준다

다 먹지 못한 밥을 지고
서산을 넘어가는 태양 빛이
강물에 붉은 넋을 뿌린다
밥이 노잣돈이다

— 「밥을 위하여- 낙동강 숨결 31」 전문

강을 경계선으로 한 이승과 저승의 이미지가 다채롭게 그려졌다. '강서 들판-벼농사-어머니의 밥-인간의 생애-별리'의 연상적 이미지가 명징하게 채색되고 있다. 작품 전편을 관류하는 색상 이미지는 시퍼런 강물을 경계로 익은 벼, 햇살, 황혼 등의 붉은 색상으로 조응한다. 제2연 '밥알 속에는 비바람을 건너온~이제 저물 녘이다'의 비약적 압축은 전통 상례를 이해하고, 농사를 알고, 강의 하류를 경험한 사람만이 포착할 수 있는 서정의 깊이다.

삶의 깊이 있는 사색과 시정이 넘치는 낙동강 하류의 현장에서 꾸려 가는 노정숙 시인의 문학적 삶의 자존감은 대단하다.

숭어가 뛰어노는 하구언
햇살도 덩달아 뛰어논다
갈대밭 사이길 털게 무리지어
하늘을 향해 탱고를 춘다
바람의 언어는 노래가 되고
무심히 경계를 지우는 윤슬
강이 나였다가 내가 강이었다가
서로 역할 바꾸기를 한다
아이들 웃음소리 꽃피는
명지에 뿌리를 내린 일은
내 생에 마지막 축복이다

—「물 끝 명지- 낙동강 숨결 17」전문

작품 속 지문指紋 읽기

동적(動的) 이미지다. '숭어, 햇살, 털게, 바람, 웃음' 등의 시어들이 은빛 금빛 찰랑대는 윤슬과 어우러져 삶의 생동감을 증폭시키고 있다. 다양한 생명들의 다채로운 삶과 함께할 수 있는 낙동강 기수역은 여느 지역보다도 더 많은 철학이 쟁여져 흐르고, 풍요로운 시정이 넘치는 향토 현장임을 노정숙 시인은 감사하고 있다.

지금까지 살펴본 소수의 낙동강 서정 시편만 하더라도 노정숙 시인은 이미 낙동강 생명성의 한 부분으로 편입된 강마을 시인임을 확인할 수 있다. 이 외에도 낙동강변에 어우러지는 자연 생태를 그리기도 하고(「봄기운- 낙동강 숨결 22」), '시는 상처가 남긴 씨앗'이라며 '물 끝 명지 동네'에서 '시퍼런 작두 위 칼춤을 추는 무녀'의 심정으로 시 작업을 하는 서정(「무녀의 춤사위- 낙동강 숨결 14」)을 읊기도 하는 등 사적 서정을 깊이 있게 융합시킨 향토 시편들이 많이 있지만 지면상 생략한다.

제3부 〈소망의 뜰〉과 제5부 〈혼돈 속으로〉에서는 여느 시인들과 같이 일상에서 다양하게 접하는 보편적 서정들을 묶었다. 시정이 대체로 엄숙하면서도 긍정적 서정이다. 제재 내포의 심도 있는 천착을 견인하되 표현 미감의 방향성은 앞서 시집에 비해 압축보다는 서술적 이미지로 혼용되고 있다. 제2 시집에서 두어 편 선보였던 산문적 리듬이 제3 시집에서는 다수 등장한다. 아래 시는 물 흐르듯 풀어 내리는 리듬이 어우러지면서 의자의 실체적 이미지가 깊이 있게 형상화된 작품이다.

나뭇가지 바람이 쉬어간 자리에 흔적이 남았다 눈보라가 앉아 한없이 울분을 토해 내고 간 의자마다 얼룩이 깊다 사람들만 의자가 필요한 줄 알았다 궂은일을 두려워하지 않는 그대 스쳐 간 장소에 봄꽃이 핀다 환한 얼굴에 핀 꽃이 햇살을 닮았다 은은한 꽃향기가 난다 한숨 소리 기대고 간 틈 사이 옹이를 달래는 손길, 숱한 인연들이 남기고 간 시간을 정성을 다해 씻어 준다 잘 정돈된 의자 위로 빛이 머물고 있다

　　―「목욕재계」 전문

만유(萬有)에 인간적 생명성을 불어넣었다. 시간 배경은 이른 봄, 공간 배경은 숲이 있는 어느 한적한 길목이다. 겨우내 바람과 눈보라와 낙엽이 잠깐 앉아 옹이 박힌 마음을 다스리고 떠난 흔적을 발견한다. '울분, 얼룩, 한숨 소리, 옹이' 등의 시어로 점철된 흔적이지만 꽃향기가 나고, 빛이 머무는 안온한 시선 처리에서 시인의 인간적 감성을 느끼게 된다. 나무 의자의 얼룩을 지우는 단순한 작업 과정을 통해 사람뿐 아니라 모든 존재가 지닌 근원적 고달픔을 발견하는 눈이 제목만큼이나 깊고 경건하다. 그리고 따뜻하다.

　노정숙 시인의 시정에는 심층적 자아 인식의 서정들이 많이 등장한다. 융(Carl Gustav Jung)의 원형(原型, archetype) 이론에 언급된 인간 정신 구성의 3요소는 그림자(shadow), 영혼(soul), 탈(persona)이다. 그림자는 무의식적 자아의 어두운 측면, 영혼은 인간의 내적 인격, 탈은 인간의 외적 인격과 연관된 자아의 한

측면이다. 노정숙 시에서는 이 3자가 심각한 내면적 갈등을 겪는 것은 아니지만 시인은 매우 의도적으로 자아 인식을 자아올린다. 이는 사물을 통해 자기를 반추하는 무의식적인 반응으로 노정숙 시인의 무던한 듯, 무심한 듯한 일상적 모습과는 사뭇 다른 느낌이다. 그는 내면의 눈으로 타자보다는 자기를 먼저, 그리고 깊이 인식하고 있다. 그의 탈(persona)은 세상이든 자아든 어둠으로 포착하면서도 본질적 자아 인식의 궁극은 언제나 긍정적 인식을 담고 있는 영혼(soul)을 드러내고 있다. 작품 「페르소나」에서 '내가 나인 적 한 번도 없다'고 하면서도 '내 안에 거울 속엔 복사꽃이 수시로 피고 진다'는 데서 보는 것과 같다. 아래 작품도 마찬가지다.

고치에 갇혀 있던 애벌레가
나비 되어 첫 비행을 하듯
부추기는 바람을 따라
꽃비 내리는 산길에서
능파처럼 출렁인다

구부러진 산등성이 걷는 일은
두려움을 숨기고 살아온 외길
해와 달이 이울어도
산사랑은 이울지 않기를
마주치는 바위에 새겨 본다

거미줄에 매달린 산벚꽃잎

그네를 타는 앞에 서서

오랫동안 바라보며

목마름으로 흔들리는 내 길이

깊이를 알 수 없는 동굴 속

신선한 어둠으로 채워진다

—「동굴 속으로」전문

　기이하게도 산등성이를 걸으면서도 동굴을 생각한다. '고치에 갇힌 애벌레, 두려운 외길, 거미줄, 목마름' 등으로 환유되는 자아의 원형, 그림자의 모습이 동굴 이미지로 생성되고 있다. '흔들리는 그네, 거미줄에 매달린 산벚꽃잎'의 모습으로 '첫 비행'을 하는 '두려움' 등 동원된 핵심 이미지들이 불안하다. 그러나 그림자를 벗어던지고 영혼의 날개를 펼치는 페르소나는 우화하는 번데기의 이미지로 환태한다. 궁극은 어둠으로 충만한 자아 내면을 '신선한'이라는 시각으로 긍정하고 있다. '신선한 어둠으로 채워지는 동굴'은 시인이 인식하는 치열한 삶의 가치다. 이 긍정은 시의 앞부분에 이미 바람이 불기는 하지만 꽃비로 출렁이는 배경을 제시하면서 복선을 확실하게 깔고 출발한다. 이러한 긍정은 노정숙의 대부분 시에도 마찬가지다.

　정월 대보름

　정토사 대웅전에 앉아

　　　　　　　　　　　작품 속 지문指紋 읽기

천수경을 염송한다

섬돌에 벗어둔 내 신
새 주인 만나 떠나고
빛바랜 신발 한 켤레
출가를 꿈꾼다

산을 신고 걷는데
노스님 연꽃 향기 건네며
액운을 다 가져갔으니
좋은 일만 있을 거란다

불경에 기댄 목탁소리
찬바람 속에 꽃을 피워
새길 따라 나선다

— 「낡은 신발」 전문

　제3 시집에는 불교적 서정이 곳곳에 담겨 있다. 위 시는 청정
심 충만의 안온한 서정이면서도 시상 전개 속도가 매우 빠르다.
신은 스스로 발견하는 자아의 족적(足跡)이다. 신으로 대유되는
두 개의 자아가 결별을 하는 장면이다. 대웅전에서 비롯한 신심
이 금세 출가의 산행을 결행하는 것은 새로운 삶의 수행에 대한
갈망이다. 그가 구하는 새길은 꽃이 피는 찬바람 속의 행로다.

앞의 시 「동굴 속으로」에서 토로한 '신선한 어둠의 동굴'과 병행하는 이미지다. 현실적 자아(persona)는 빛바랜 신(shadow)를 버리고, 목탁 소리와 더불어 꽃(soul)을 피운다. 그가 인식하는 그림자는 시 창작의 작업에도 어김없이 드러난다.

> 시는 혼돈의 언어로 된 집
> 활자에 가두고 나면
> 책 속에 수감되고 말지
>
> 매화마을 여행에서 햇살 같은
> 언어를 만나 말에 숨은
> 꽃을 꺾어 도피를 시도했지
>
> 벌도 나비도 아닌 숨결 찾아
> 먼 사막을 떠도느라고
> 누군가 송곳으로 찌를 때마다
>
> 변명 대신 장미꽃 한 송이
> 머리에 꽂고 나에 전부를
> 완행열차에 실어 보내지
>
> 내 그림자를 스케치한 바람
> 속도를 줄이고 능청스럽게
> 되돌아갈 길을 지워 버리지

작품 속 지문指紋 읽기

—「기차 여행」 전문

'혼돈, 수감, 숨은 꽃, 사막, 지움' 등의 이미지로 시어가 환기하는 본질적 특성을 포착한 경험적 시선이 생뚱맞도록 참신하다. 키츠(John Keats)는 시인의 자질로 '사실과 이치를 성급히 포착하려 들지 말고 그냥 반쯤 인식할 정도로 만족해서 물러나 앉아 불확실과 신비와 의심 가운데 머무는 것'이라고 했다. 노정숙 시인의 '활자로 재단(裁斷)되어 책 속에 수감되는 것'이라는 시적 인식도 마찬가지다. 매화마을에서 벌도 나비도 아닌 새롭고 참신한 시상을 갈구하지만 길을 지워 버리는 바람 같은 시정을 아쉬워하고 있다. '누군가 송곳으로 찌를 때마다 // 변명 대신 장미꽃 한 송이' 피우는 서정은 「무녀의 춤사위- 낙동강 숨결 14」에서 '시는 상처가 남긴 씨앗'이라고 읊은 것과 일맥상통한다. 앞서 말한 대로 노 시인의 서정은 대체로 엄숙하지만, 경쾌한 반전의 여유도 가끔은 즐기며 시를 쓴다.

머문 자리마다
향기가 나지
나 없는 세상은
상상만 해도
끔찍할 거야

—「걸레」 부분

'걸레는 빨아도 걸레라고 하지만' 이 걸레로 말미암아 재탄생하는 새로운 모습에 경탄하는 인식의 반전이다. 이러한 반전은 '암탉이 울어야 / 날이 풀리고 / 길이 트인다고 한다'(「섣달그믐」)는 표현에서도 볼 수 있다.

제4부 〈아리랑〉은 사회적, 시사적 내용 중심으로 엮었다. 시인의 시대사적 인식이나 사회 참여 의식은 거대한 담론이 아니라 민중의 파동치는 숨결을 읽어 내는 섬세한 안목이다. 그 관점은 개인에 따라 극명하게 달라질 수도 있기에 문학의 궁극이 진실의 발견임에도 불구하고 문학 속에서도 흔히 갈등이 표출되는 경우가 흔하다. 그런데 노정숙 시인의 시대사적 서정은 참으로 따뜻하다. 찬반 선택이 극명한 선거를 두고도 그렇다.

엄마 얼굴빛이 밝으면
그늘도 환해지고
지구 전체가 밝아진다

엄마가 행복한 세상을
만들겠다는 사람이 준
선거 명함 받는다

지키기 힘든
약속인 것을 알면서도
왠지 가슴이 따뜻해진다

작품 속 지문指紋 읽기

자식들 입으로 밥숟가락
들어가는 것만 보고 있어도
흐뭇해하는 어머니

예전에는 미처 느낀 적 없는
햇살이 걸어간 흔적이
고스란히 남아 있는 기억 저편

팽팽한 저울 위에서
단 1프로 밝은 무게를
내 쪽으로 옮겨 본다

따뜻한 세상이
펼쳐질 거라고 또 믿으며
투표일을 기대해 본다

— 「미래 예보」 전문

　선거 운동에 어머니를 접합시킨 그의 안온한 서정이 놀랍다.
엄마 행복의 출발이 자식이라면 그 궁극은 지구라는 인식이다.
엄마가 받아 든 출마자의 명함 한 장에서 1%로 좌우되는 세상의
팽팽한 저울을 가늠하고 엄마가 행복한 미래를 기대한다. 짧은
한 편의 시에다 선거의 진정한 의의를 매우 구체적이면서도 함

축적으로 담았다. 정치가들이 세상의 어머니를 생각한다면 이념
과 정책과 현실적 증오까지 다 드러내는 갈등은 극복하리라. 이
러한 따뜻한 시정은 남북 분단에 대한 인식에서도 그대로 드러
난다.

갖고 싶은 하늘
활짝 핀 웃음꽃
다 누리고 살았는데

꼭 이루고 싶은
마지막 소망 하나

휴전선 걷어내고
백두산에 올라
곡차 한잔 마시고 싶다

—「벽을 넘어서」 전문

백두산에서 차 한잔 마시는 것이 마지막 소망이란다. 따뜻하
면서도 단호하다. 하늘과 웃음꽃으로 대유적 접맥을 구사하였
다. 그리하여 첨예하게 대립하고 있는 시사적 대상의 구구절절
한 필설(筆舌)은 모두 생략해 버렸다. 중국을 경유하고 압록강이
나 두만강을 건너는 발길이 아니라 휴전선을 걷어 내고 직진하
는 단순 명쾌한 길목을 소망한다. 벽으로 버텨 선 시대사적 현실

작품 속 지문指紋 읽기

앞에서 백두산의 장엄함과 냉혹함을 곡차 한잔으로 다 녹이고
있다. 이러한 따뜻한 시선은 독도와 팽목항까지 오가면서 어둠
을 걷어낸 꽃자리를 소망하고 있다.

【3】

필자는 노정숙 제3 시집 해설에서 시정 구현의 특징을 '세상과
삶의 그림자(shadow)에 대한 긍정성'으로 정리했다. 아래에서는
이러한 관점을 입증하는 시편들을 찾아 그림자와 긍정성이 동시
에 드러난 대표적 시편들을 묶어 보았다.

마지막 떠나는 모습이 꽃송이다 -「꽃 피는 밥상」
산다화 꽃 그림자를 / 내 그림자에 묶어두리라 -「그림자 역」
농부의 어깨 위에 / 강 그림자 지고 가는 / 구름 사이로 빛이
눈부시다 -「하구언」
바다는 지친 강물 / 오래도록 끌어안고 / 하늘만큼 안아준다 -
「을숙도 연가」
지천으로 핀 유채꽃밭에 앉아 / 멍울진 가슴을 씻어낸다 -「탑
돌이」
나는 그의 얼굴에서 / 빛 같은 눈망울과 주름을 읽는다 -「섣달
그믐」
한숨소리 기대고 간 틈 사이 옹이를 달래는 손길~잘 정돈된 의

자 위로 빛이 머물고 있다 -「목욕재계」

　어둠을 걷어낸 자리마다 / 국화꽃이 피었으면 좋겠다 -「가면 속에서」

　고향 가는 길목 대숲도 생기를 잃고 죽을상이다~계절이 바뀌고 대숲은 푸른빛을 찾아 더 무성해졌다 -「이천십구 년」

　찬바람 속에 꽃을 피워 / 새길 따라나선다 -「낡은 신발」

　내 안에 거울 속엔 / 복사꽃이 수시로 피고 진다 -「페르소나」

　깊이를 알 수 없는 동굴 속 / 신선한 어둠으로 채워진다 -「동굴 속으로」

　노정숙의 이러한 시적 특성은 시인의 이성적 의지와는 무관한 심층적 발현이다. 이런 요소를 테마로 하면 노 시인의 시 세계에 대한 독자성을 더욱 깊이 있게 탐색할 수 있을 것이다. 그러나 본고는 서평이 목적이므로 전체 작품에 대한 보편적 특징만을 추출한 바, 노정숙 시에 드러난 그림자(shadow), 영혼(soul), 탈(persona)의 양상에 대한 심층적 특징은 화두로 남겨 두고자 한다.

(2020., 두손컴)

손옥자 시집 『상사화』
개성적 액자 속에 담은 참신한 문학 미감

【1】

> 흐드러지게 피어서
> 잔가지마다 퍼질러 대는
> 샛노란 꽃잎들
> 아무리 세상이
> 천지개벽이라 해도
> 저렇게
> 버릇없는 것 봤나
>
> ―「개나리」부분

    손옥자의 시정은 발칙하리만큼 기발한 서정을 개성적 액자 속에 담아 놓았다. 인용한 「개나리」에서 '버릇없는 철부지'를 샛노란 개나리에 비유한 귀여운 풍자도 그렇다. 개나리꽃을 '삿대질 하는 철부지'로 치환한 인식은 화려하고 아름다운 꽃보다 소박 하고 은은한 자태를 더 사랑했던 우리 민족의 꽃 문화를 연상시 킨다. 특히 개나리꽃은 민간 설화에서 개똥으로 비견할 만큼 배 척한 꽃이다. 개나리꽃의 특성을 함축하여 '예쁘기는 하다만 / 전통 예절 배우고 난 뒤 보자꾸나'에 담긴 시인의 품격이 우아하 면서도 상큼 발랄하다.

손옥자 시인의 첫 시집『상사화』100여 편의 일차 정독은 위 와 같은 뜻밖의 시적 미감(美感)에 무릎걸음으로 다가앉아 감탄 하면서도 이따금 아쉬운 미소가 교차하는 소감이었다. 손옥자 시의 특징은 다채롭다. 시정 포착의 예리한 눈매, 참신한 비유적 감각, 재치 있는 시어 연결, 선시(禪詩) 느낌의 함축적 마무리, 의 미망의 야무진 논리 구조를 구현하면서도 비시적(非詩的) 진술이 꿈틀거리는 미숙한 맛을 동시에 느끼게 한다.

시인이 '봄, 여름, 가을, 겨울, 그리고 사랑'으로 분류한 편집 의도는 자신의 시정을 각 계절의 보편적 이미지와 결합시킨 것 같다. 본고에서는 각 장에서 특정한 시편을 골라 앞에서 언급한 시적 특징들을 소략하게나마 톺아 보고자 한다.

【2】

제1부 〈봄〉은 그리움, 정념 등을 봄의 보편적 서정과 결합하

여 안온하게 버무렸다. 전반적으로 시정들이 따뜻하다. '문밖으로 / 아이 울음이 크다고 // 망보는 딱따구리'(-「딱따구리」)에 드러난 부부 금실 같은 화목한 서정이다. 손 시인의 시에서 발현되는 문학 미감의 특징은 무엇보다 낯설게 하기가 생뚱맞다고 느낄 만큼 참신한 서정들이다.

온 세상천지 무더기
내 마음속 분홍빛 연정
햇살에 담겨 수다로 며칠
잘난 체하다

누구의 입살에
치마 끝 하나 거머쥐지 못한
헐거워진 고쟁이 끈
삐쭉삐쭉 내미는

푸른 잎사귀에 쫓겨나는
꼴 좀 보소
포르르 포르르 내 입술에 앉아
조곤조곤 하소연하다

진작 알았더라면 고쟁이에
고무줄 하나
꿰서 둘 걸 그랬나

— 「벚꽃이 안녕을 고하다」전문

분홍빛 연정에 비유된 벚꽃 이미지는 식상하다. 그러나 곧 제 잘난 수다쟁이로 은유하여 시정을 고조시키더니 급기야는 고쟁이로 치환한다. 벚꽃 낙화에 고쟁이라니! 쉽게 속곳을 풀어헤치는 헤픈 여인의 낙화 이미지가 너무나도 생뚱맞아 소름 끼치는 쾌감을 자아낸다. 꽃잎과 입술의 연결도 상큼하다. 시편 곳곳에 운용되는 이러한 기발한 시정 포착은 손 시인 시의 빛나는 미감이다. 「홍매화」도 그렇다. 홍매화가 '봄햇살, 발정난 수캉아지, 여인의 젖멍울'로 전이되면서 붉은 색조의 관능적 이미저리 (imagery)를 형성하기도 한다.

세월 속 연륜을 느끼게 되는 시인의 현실과 외로움도 봄의 생동하는 이미지 속에 반성적으로 구현된다. 「삶이란 것이」에서는 중년을 바라보는 시인에게 꽃들이 지닌 꿈의 향기를 불러와 '눈물이 마르면 감성은 부서지는 낙엽'의 현실을 극복하기도 한다. 그리하여 「남은 생의 먼 그리움」에서 '봄꽃 피는 세월에 / 그리움 채우며 사네'라고 읊는다. 시인이 경험하는 삶의 편린들에서 전이된 시정들이 적극적이고 긍정적이다.

제2부 〈여름〉은 뜨거운 계절의 이미지다. 치열한 삶의 현장을 시화하는 과정에서 범속한 시상이라면 여름의 열기 이미지를 직선적으로 접맥시킬 것이다. 그러나 손 시인은 상식적인 여름 이미지에 반기를 든다. 불에 대응하는 물의 이미지를 소환하여 치

열한 삶의 깊이를 꿰뚫는다. 그가 동원한 비는 열기를 식히는 매체다. 그런데 특이한 점은 비가 동동거리는 삶의 현장을 식히는 매체로만 기능하는 것이 아니라 오히려 재충전의 요소로 기능하게 만든다. 비의 기능을 이중적으로 전환시킨 것이다.

> 출근길에
> 동동거리는
> 차바퀴 소리에
>
> 햇살이 늦게 동동
> 거리며
> 일어난다.
> 우산 안 든 내가 좋아서
>
> 말끔히 씻긴 풀잎이 좋아서
> 앞서가는 강아지도
> 동동거린다
> 나의 입술은 불어 터져
>
> 소나무 등뼈도
> 불어 터져
> 물먹은 흔적에
> 옹이가 붉거졌다.

—「비 오고 난 후」전문

삶의 열정을 비 오고 난 뒤의 상황에서 더욱 극명하게 조명시키고 있다. 자동차 바퀴, 햇살을 동원하고 강아지까지 불러들이면서 경쾌한 일상을 연출한다. 그러나 우산이 필요 없는 그 일상은 오히려 입술이 부르트는 치열함이다. 역시 마지막 연에서 예사롭지 않은 비유적 상관물을 동원한다. 등골이 드러난 소나무의 옹이는 신산(辛酸)한 삶의 흔적이다. 그런데 퉁퉁 불어 터질 만큼 물을 먹었다는 의미는 단순히 빗물만을 느끼게 하지 않는, 매우 다의적인 의미망을 구축하고 있다. 여름 이미지에 반기를 든 치열한 일상 서정은 「바다」도 마찬가지다. 등허리가 휘어지도록 파도를 타는 노동은 밀물과 썰물처럼 무한 반복되는 삶의 현장이다.

그렇게 시간은 계절 따라
밀물과 썰물 같은
인생사

때마침
찾아드는 숭어 떼같이
등허리 휘어짐에 푸른 파도 탄다.

—「바다」부분

제3부 〈가을〉은 결실과 수확을 느끼면서도 스며드는 쓸쓸한 서정을 승화시킨다. 시력 10년에 첫 시집을 상재하는 경력이라 손 시인이 지닌 매서운 시의 눈매는 어디서 오는지는 알 수 없지만, 그의 시편들에 보편적으로 드러난 장단점을 고려해 볼 때 창작의 연륜이라기보다는 타고난 감성인 것 같다. 그리고 시적 마무리의 비약적 묘미 구사는 그가 경험으로 익힌 작법 능력일 것이다.

　　낙엽 한 잎의
　　벌레의 구멍이
　　예쁘다

　　제 몸을 내준
　　한 생명 먹여 살리는 것이
　　별도 보고 달이 뜬다

　　그 우주의 눈빛 하나에
　　누운 자세가
　　예쁘다

　　파란 바지 인위적 구멍
　　관절 움직임도 예쁘다

　　　―「낙엽 한 잎과 파란 한 잎」 전문

벌레 먹은 낙엽 한 잎에서 포착하는 시정의 폭과 깊이가 놀랍다. 우선 쉽게 눈에 띄는 어휘가 '예쁘다'의 반복이다. 이는 세상을 응시하는 시인의 따뜻한 정감의 표출이다. 사소한 존재인 낙엽 한 잎에서 역시 미물인 벌레의 생명성을 착상시키고, 나아가 우주의 섭리에까지 사색의 폭과 깊이를 확장 심화한다. 더욱 놀라운 포착은 여기에서 연상되는 찢어진 청바지를 입은 젊은 생명성의 견인이다. 조락에서부터 완성에 이르기까지 가을이 주는 다양한 이미지를 다층적으로 이끌어 내어 종국에는 인간 존재의 활동성에 귀결시키는 시적 구성에 찬탄을 금할 수 없다. 생명성의 작은 낙엽 구멍과 미적 감각을 위한 청바지의 인위적 구멍 대응도 놀랍다. 인간, 특히 젊은이들에게는 미적 감성이 생명만큼이나 소중한 가치관까지 결합되어 있는 현상을 볼 때 더욱 그렇다. 시구 '낙엽 한 잎의 / 벌레의 구멍'에서 사용된 조사 '의' 사용의 어색함을 제외하고는 표현에 군더더기도 없이 깔끔하다.

    파도야 어쩌란 말인가?
    그때 파랑 나비가 날고
    그때 그 자리에 애달픈
    길잃은 노랑나비 한 마리

    ─ 「노랑나비와 파랑나비」 부분

푸른 파도와 해변을 나는 노랑나비에서 유추한 청마의 사랑을 연상시키는 작품이다. 인간이 가야 할 당위적 행로와 가서는 안

될 운명적 사랑 사이에서 번민하던 당사자들을 준열하게, 그러나 따뜻한 마음으로 소환한다. 마지막 행 '노랑 노랑 날아간다'는 시구가 사랑놀음만큼 감미롭다.

제4부 〈겨울〉에서는 동장(冬藏)의 이미지에 맞게 휴식의 여유와 향수 어린 사색의 내용들이 수록되어 있다. 어머니를 중심으로 한 혈육, 사랑, 불교적 명상 등이 주요 제재다. 어릴 적 사랑방이나 곁방에 오순도순 모여 도란거리던 옛 정담이 느껴지는 분위기를 자아내기도 하고, 바쁜 일상들에서 잠시 벗어나 혼자 사색에 젖어 들기도 한다.

벽난로에 불을 지피고
찬 기운 달아나면
잠시 쉬려는 거야

하루에 한 번씩 불탑 같은
불길에 휩싸인 욕망을
불살라 먹고 잠시 쉬려는 거야

아침 여명 하루해가
가장 아름다울 때처럼
나의 생도 아름답다는 것을

저녁나절

석양이 질 때처럼

황홀함의 발그레한 지친 얼굴이

잠시 쉬려는 거야

　　　—「석양이 질 무렵」 전문

　차가운 겨울의 백색(白色) 이미지를 기반으로 하면서 시정은
온통 진홍(眞紅)으로 채색된 서정이다. '벽난로, 불길, 여명, 해,
석양'으로 응집된 적색 심상이 전편을 압도하면서 '욕망, 아름다
움, 황홀함' 등의 동일 색상으로 상승적으로 견인하고, 이 모든
것들이 '황홀함의 발그레한 지친 얼굴'이라는 정점을 향해 초점
을 맞추고 있다. 상승 이미지가 분위기를 압도하지만 주제는 휴
식의 하강 곡선을 지향하고 있어 언밸런스(unbalance) 속의 평안
을 느끼게 한다. 치열한 삶 속에서 맛보는 휴식이다. '아침 여명'
의 중복, '황홀함의 발그레한 지친 얼굴'의 비문 등 세련되지 못
한 표현이 있지만 색상과 냉온 감각을 복합적으로 용해한 미적
기교는 시인이 갖춘 개성적 감각을 잘 보여 주고 있다. 이와 같
은 복합적 심상의 토로는 손 시인의 내면에 얽혀 있는 다양한 자
아 인식의 발현으로 유추할 수 있는데, 그런 서정이 노골적으로
표출된 작품도 보인다.

야밤중 올곧게도

지켜보는 눈빛

허우대 멀쩡한 것이 내 안에서

흔들린다.

　　　　ー「가로등」부분

　　자아의 영혼을 탐색하는 사념 깊은 시다. 한밤중 적막한 허공을 지켜 선 가로등의 올곧은 몸짓에서 오히려 '사시나무 같이 흔들린다'는 동류 의식의 서정을 느낀다. 이러한 시정들은 「늙은 호박」에서도 드러나듯 무언가를 기다리고 또 찾아 나서는 인간의 '골 깊은 공허'에 본질적 맥락이 닿은 것으로 손 시인이 지닌 내면 갈등의 한 모습이기도 하다.

　　제5부 〈그리고 사랑은〉에서는 사랑, 그리움, 삶에 대한 사유 등 일상에서 접하는 다양한 서정이 묶였다. 시인은 개인적 삶의 과정 수용은 매우 긍정적이다. 이러한 긍정은 아래 작품에서 보이듯 '쉴 새 없이 뛰어야 산다', 그리고 '쉴 새 없이 달려야 산다'는 그의 적극적 생활관에 기반하고 있다. 그러한 삶을 참치에 등치(等値)시킨다.

　　　　유유자적으로 살아가는 듯
　　　　하지만
　　　　부레 없는 크나큰 비애
　　　　뜬눈으로 평생을 달려야
　　　　하는 참치와 같다.

― 「운명」 부분

'유유자적'과 '뜬눈'에서 시인이 사회적으로 엮어 가는 실체적
역할을 충분히 엿볼 수 있다. 이 양면성은 치열한 삶의 긍정적
수용이다. 이와 같이 시인이 스스로 긍정하는 삶도 근원은 결핍
을 느끼고 또 그 빈 공간을 채우는 과정에서 형성된다. 그래서
시의 본질적 서정은 그 대상이 무엇이든 결핍에서 연유한다. 다
만 이러한 응전과 극복은 독자적, 혹은 주체적 행위의 결실이기
에 대상과 호응해야 하는 상대적 경우는 상황이 달라진다. 그 정
점에 사랑이 있다. 사랑은 마주 보는 상대와의 교감이기 때문이
다. 그런데 시인이 채택한 제재 상사화는 생래적(生來的)으로 상
대의 부재 상황이다.

붉은 치맛자락 같은
꽃은 지는데
서풍에 부는 바람의 편지
님은 더디게 온다 하네

강 너머 멀고 아득한
흰 구름 두둥실 밀려오는데
수양버들 손짓이 마중길 서서
인생사

얼굴 한번 뵌 적 없는 애달픈

삭막한 세월만 보냈으니
어디선가
봄의 풀피리 소리 들리니
걸맞은 곳에 걸터앉아

마음 달래는 애틋한 사랑
어쩌다
밤비에 새잎 돋아나는 태동
하찮은 인연 말고
적적할수록

곁에 인연 되게 해 주오

— 「상사화」 전문

　표제 시 「상사화」 두 편 중의 첫 번째 작품이다. 치맛자락이 진
다는 것은 여성성 상실의 상징적 표현이다. 마지막 순간까지도
임이 부재(不在)하는 애틋한 인연을 형상화한 시정이다. 흰 구름
과 수양버들의 이미지도 대조적이다. 이동이 자유스러운 구름
과 이에 조응하는 버드나무는 붙박이 존재이다. 구름은 실체가
없고, 수양버들은 애틋한 몸짓 이미지다. 시인이 상사화에서 인
식한 사랑의 완성은 오롯이 구름의 의지에 달렸을 뿐 진정 수양
버들에게는 결정권이 없다는 점이다. 그래서 '곁에 인연 되게 해
주오'라는 서정은 소극적인 사랑 인식으로, 현실적으로 손 시인

이 지닌 여성성의 한계 인식이며 그 극복은 미완의 서정이다. 전통적 한국 서정을 그도 벗어나긴 어려운 가치관 때문일 것이다.

【3】

　서두에서 손옥자 시의 특징으로 시정 포착의 예리한 눈매, 참신한 비유적 감각, 재치 있는 시어 연결, 선시 느낌의 함축적 마무리, 의미망의 야무진 논리 구조 등으로 정리했다. 아울러 비시적 진술이 꿈틀거리는 미숙한 부분도 있음을 지적하였다.

　시가 언어 예술의 정점에 위치하므로 비시적 진술은 사소하면서도 중요한 문제점이기에 예를 몇 개만 들겠다. 「사랑은 외로움의 안식처」에서 달빛 흐르는 강물 이미지에 사랑을 실어 '강물 사잇길에 앉은 / 외로운 낚시꾼 머리 위에 / 능수버들 한 잎 내려 앉는다'는 재치를 담으면서도 제목은 평범한 주제 설명의 문구로 만들었다. 「깨금발」에서 '들판 속의 고개 숙인 벼~농부의 마음이 자루마다 깨금발이다'에서 조사 '의' 사용이 어색한데 이런 문제점은 여러 시편에서 남용되고 있다. 이러한 비시적 표현은 신인의 일반적 특성이기도 하기에 더 많은 장점을 지닌 손옥자 시인에게는 역설적으로 발전의 가능성을 확인할 수 있는 요소이기도 하다. 풍부한 시적 감성을 지닌 손 시인은 이를 금세 보완할 것이다. 손 시인에게는 자신이 지닌 독특한 개성을 지속적으로 승화, 발전시키는 긍정적 자아 인식이 엿보이기 때문이다.

내 눈의

푸른 액자 살아 있는 것

나만 가지고 다닌다

―「창문 밖의 액자」 부분

　손옥자 시인의 첫 시집 『상사화』는 창문 밖 자연 풍경을 내다
보며 '내 눈의 푸른 액자'를 발견하는 자존적 눈매가 돋보이는 시
편들이 많았다. 기발한 시정 탐색과 참신한 비유적 감각은 그가
그리는 푸른 액자 속에 독특한 개성과 세련된 서정으로 더욱 빛
날 것이라 기대한다.

(2020., 해암)

정국심 시집『꿈꾸는 섬』
파노라마로 교직한 구원과 승화의 스펙트럼

【1】

문학 작품은 세계에 대한 작가의 반응이다. 이 반응은 대상과 작가, 혹은 작가 내면의 관계 형성으로 야기되는 심층적 응전이다. 그것이 억압(repression)이나 감정 분리(emotional isolation) 같은 신경증적 방어 기제로 드러나기도 하지만 승화(sublimation), 유머(humor) 같은 건강한 방어 기제로도 전이된다. 후자의 경우는 인격(人格)이 되어 시적 서정 형성의 원천이 된다. 조동일 교수가 갈래론에서 시를 정의한 '세계의 자아화'라는 관점도 같은 맥락이다. 시인이 외부 세계를 자기의 독특한 가치관에 입각해서 자의적(恣意的)으로 수용하기 때문이다.

한 권의 시집은 세계를 인식하는 시인의 정신적 DNA가 다채로운 결합을 통해 축적된 유기적 구조물이다. 동원된 시어가 세포요, 한 편의 시는 시인의 신체 부분들이다. 이런 점에서 시를 피로 쓰든 땀으로 쓰든 붓끝으로 쓰든, 모든 작품은 작가의 문학적 분신이 된다. 거기에는 시인의 영혼이 스며 있고 시인의 미감(美感)이 얽혀 있기 때문이다.

정국심 시인의 『꿈꾸는 섬』에 대한 서평 청탁 원고를 펼치며 한 가지가 궁금했다. 정국심 시인의 소우주는 어떤 모습일까. 이 시집에는 정국심 시인의 무엇이 어떻게 담겨 있을까. 이러한 관점에서 대표적 작품 몇 편만 독립적으로 파악하기보다는, 수록된 100편의 작품을 내용과 형식을 아우르면서 전편을 관류하는 시인의 인생관과 문학 미감을 총체적으로 파악하고자 했다. 결론부터 말한다면 주제별 총 6부로 묶은 이 시집에서 시인의 영혼은 종교를 통한 구원과 시심을 통한 승화로 귀결되고, 구현된 시적 미감은 대상의 파노라마적 시각으로 교직한 다채로운 스펙트럼으로 드러난다. 전자의 시정은 작품 전편에 스며 있어 쉽게 파악되며 후자의 기교는 다음 작품에서도 구체적으로 살펴볼 수 있다.

공작새 불빛의 프리즘 위로
푸른 물감을 풀었다
줄지어 선 고층 빌딩들이 물구나무를 섰다
바다를 이탈한 고래가 강줄기를 타고
다리 위로 날아오른다
영화의 전당 벤치에 숱한 꿈의 파편들이
모여 앉아 굴절된 스펙트럼을 펼친다
(중략)

명상에 잠겨 강의 뿌리를 더듬으면
나도 모르게 육각수를 만들고 바다로 흘러간다

　—「도시의 강변」 부분

　원근의 이동 시선으로 대상을 포착하는 과정에 '바람, 강, 버들
가지, 산책로, 물새, 숭어 떼, 황새'가 다양한 풍광으로 등장하고,
급기야 자아의 서정이 생명수로 치환된 육각수로 승화되는 시정
이다. 동원된 시어들을 자연 그대로 수용하면 맛을 느낄 수 없는
구조다. 병치은유 열거 후 마지막 시행이 매우 생뚱맞은 이러한
구조는 사유의 진폭이 커서 시적 미감을 더욱 깊게 만든다. 이러
한 시편들은 명징한 이미지 포착이든 서술적 운용이든 비유를
통한 이중 노출(Double-Exposure)의 구조 속에 다의적(多義的) 의미
가 스며 있기 때문이다.

【2】

　제1부 〈꿈의 시편〉에서는 바다, 강, 섬 등 물과 연관된 시편들
이 많다. 물의 원형적 상징(原型的象徵)은 생명력, 탄생, 죽음, 소
생, 정화와 속죄 등이다. 특히 문학에서는 종교적 상상력을 바탕
으로 창조력과 영속적인 생명력 및 풍요의 원리, 청정한 정화력
등으로 전이된다.

햇빛 알갱이들이 바스러지는 나른한 오후

짓눌린 바람의 시간과 손을 잡는다

눈알 틈 사이로 밀려온 바닷물이 하품을 하고

발가락 끝 실핏줄이 허공에 흔들린다

떼 지어 나는 물새들이

벼랑 끝에 선 꽃을 할퀴자

바다는 검은 그림자로 떠돈다

몇 척의 거룻배가 드물게 헤엄을 친다

구름 사이로 햇살이 반짝이며

해풍 따라 숨 쉬는 은빛 물결이

우울의 껍질을 벗긴다

시간의 조각들이 모여 날마다 출렁인다

눈물은 하얀 거품으로 부서져 강줄기를 타고

흘러들어 와 청람빛 도성을 이룬다

옹이로 박혀 뿌리 내린 상흔의 부럼들을

홀홀 털어 버린다

자맥질에 익숙한 섬이

일상에 지친 나를 넉넉한 마음으로 품는다

─「꿈꾸는 섬」 전문

현실에서 인식한 애환들을 생동하는 이미지로 승화시킨 작품
이다. 시인이 포착하는 대상에는 긍정적, 부정적 인식의 각 요소

가 충돌을 일으키는데 이 갈등을 왜곡하거나 억압하기보다 즉
각적으로 화해를 이룬다. 이러한 심리 표출은 신경증적 방어 기
제인 억압(repression)과 달리 억제(suppression)의 긍정적 방어 기제
다. 세계에 대한 긍정적 수용은 그림자(shadow)를 극복하는 자아
의 영혼(soul)이 건강하다는 증거다.

'짓눌린 바람, 벼랑 끝, 검은 그림자, 우울의 껍질, 눈물, 거품,
옹이, 상흔, 일상에 지친 나' 등 부정적으로 포획된 시어들은 '햇
빛 알갱이'를 기저로 하면서 손을 잡아 우울의 껍질을 벗기고 청
람빛 도성을 이루어 종국에는 '일상에 지친 나를 넉넉한 마음으
로 품는다'는 의미론적 결말을 견인한다. 소재에서 포획한 이미
지의 다양한 파편들이 '햇빛 알갱이, 은빛 물결'로 출렁이면서 흘
러들어 와 '청람빛 도성'을 이룬다. 시에 스며든 서정적 미감이
매우 선명한 이미저리(imagery)로 관류하고 있다. 특히 '옹이로
박혀 뿌리 내린 상흔의 부럼'에서 각인되는 이미지는 '옹이=부
럼'의 형상적 동일성을 불러내어 매우 상큼하다. 전체적으로 물
의 원형성에서 자맥질에 익숙한 섬과 병치은유로 결합되어 시
적 미감을 증폭시키는 고급 서정이다. 이러한 기교미가 발현됨
으로써 사족 같은 마지막 시행 '일상에 지친 나를 넉넉한 마음으
로 품는다'는 평범한 진술도 훌륭한 시적 미감으로 수용될 수 있
음이다.

제2부 〈꽃의 시편〉에서는 꽃의 이미지에 여성적 섬세함으로
투영된 아름다운 서정들이 묶였다. 대상의 즉물적 이미지 중심
으로 묘사하기도 하고 대상에 투영시킨 순수한 인생론적 의미

를 조응하기도 한다. 정국심 시인의 시작 습관은 시상 포착에서 정적, 미시적 관점보다는 원근의 물상들을 복층적으로 포착하듯 동적, 거시적 시선이 몸에 밴 것 같다. 꽃이라는 정물적 대상을 스케치하면서도 서두에서 말한 것처럼 소재를 파노라마적 시각으로 포착하고 있다. 그러한 복층 운용은 아래 작품도 마찬가지다.

마당에 뿌린 꽃씨들이 자라나
새순을 틔운다
초록이 피어나고 초록 향기가 난다
잿빛 세상을 초록으로 물들이는
초록 변방에 앉아 있는 나는
초록 시인이 된다
산 밑 텃밭 쪽에서
뻐꾸기 우는 소리가
콩밭 매는 아낙의 이마에
송송 맺힌 땀방울을 씻어 준다
잡초가 무성한 마당에
백합 코스모스 봉선화 여러 종류의
들꽃들이 마당 한가득
색색가지 꽃을 피우며 향기에 젖어
음미하는 아름다운 정원
꿈의 마당을 가꾸는 나는
꽃의 시인이 된다

—「꿈의 마당」전문

　'초록'이라는 시어의 운율적 반복으로 시편 전체 이미지가 초록빛 덩어리로 치환되고 있다. 이러한 섬세한 감각으로 '꿈의 마당을 가꾸는 꽃의 시인'이 탄생한다. 초록빛 시각에 뻐꾸기 울음의 청각이 더해지고, 땀방울이 송송 맺히는 냉온 감각이 젖어 들고, 꽃향기까지 스며드는 공감각적 운용이다. 복잡다단한 인생론적 사유를 배제하는 매우 감각적 제재인 꽃을 음미하는 이 한 편을 통해서도 정국심 시인의 관점을 짐작할 수 있다. 그는 세상을 단편적으로 파악하는 것이 아니라 다층적, 입체적 시선을 지녀 낭만적 서정 그 저변에 합리적 성정을 함께 지닌, 잠자리 같은 겹눈의 시인이라는 생각이 든다.

　제3부 〈사계 사랑의 시편〉에서는 흐르는 시간 속의 계절 감각과 연계되어 인식되는 자아 발견의 서정들을 묶었다. 삶의 현실에서 상처받아 자아의 내면에 자리 잡고 있는 그림자 원형(shadow archetype)을 승화시킨 이미지들이 자연적 상관물을 통해 인생의 관조와 긍정의 생동하는 이미지로 투영되고 있다. 주로 봄-가을-겨울로 펼쳐진 시정이다.

　저렇게 / 봄빛 물결로 풋풋했어(중략) / 푸른 숲 우거진 오솔길 따라 / 가고 있는 나(「청춘」부분)
　가을 하늘은 아프다 / 유난히 깊고 푸른 상처다(중략) / 금목서

　　　　　　　　　　　　　작품 속 지문指紋 읽기

꽃향기 폭죽 터트릴 / 축제의 무도회가 열린다(「상처」 부분)

　햇살 쏟아지는 금빛 유리의 성에 / 태양이 포물선을 그리며 뛰어내린다 (중략) /

　시간의 골목길을 누비며 / 흔적을 남기고 말없이 사라진다(「겨울 무지개」 부분)

　청춘에서 관조의 눈으로 응시하던 자아가 가을에는 깊은 상처도 하늘을 닮아 세월의 무게로 승화시킨다. 동원된 금목서의 향기 짙은 축제는 시각과 후각의 공감각이다. 겨울에는 햇살 쏟아지는 금빛 유리의 성에 흔적을 남기고 말없이 사라짐으로써 소멸의 섭리에 순응한다. 시편 전개와 배치가 매우 논리적이다. 그런데 제3부에서 무엇보다 독특하게 시선을 당기는 시는 아래 작품이다.

　흙으로 빚어진 생명의 도가니
　영혼을 담고 있는 거룩한 성역이다
　피와 동거하는 붉은 섬
　뼈를 감싸 안은 부드러운 가죽이다
　성난 비바람도 수용하는 강인한 벽
　육각수를 이루며 파동이는 잔잔한 물결이다
　메마른 들판을 덮어 버리는
　순백의 눈꽃이다
　햇빛 세포들이 쏟아 내리는 빛줄기
　파도가 발자국의 흔적을 지워 버리는

바다의 모래톱이다
공중을 날아다니며 길을 여는
새들의 놀이터
가끔씩 꿈꾸던 하늘이다
남자와 여자의 침묵 살과의 전쟁이다
바람의 입김에
도미노 블록 놀이를 하는 풀
풀들의 함성이다

—「살에 대한 명상」 전문

흙의 원형성에서 발현되어 '성역의 도가니'로 치환된 살이 다채롭게 전이되는 이미지는 서두에서 말했듯이 파노라마적 스펙트럼의 진수를 보여 주고 있다. 흙으로 빚어진 살이 전이를 일으킨 시어들은 정말 다양하다. 맹목적 전이가 아니라 각각 살의 내포를 강화한 외연 확장의 이미지들이다. 그중에서 '생명의 도가니, 거룩한 성역, 붉은 섬, 꿈꾸던 하늘, 남녀 침묵, 풀들의 함성' 등은 추상화된 이미지, '부드러운 가죽, 강인한 벽, 잔잔한 물결, 순백의 눈꽃, 빛줄기, 바다의 모래톱' 등은 구상화된 이미지다. 비유된 시어는 다의성을 지녔기에 양면을 모두 아우르는 수용성도 지녔다. '잔잔한 물결, 순백의 눈꽃, 빛줄기, 바다의 모래톱' 등에서 환기되는 살결의 이미지 형성도 압권으로 인간 존재의 거룩한 생명성을 독보적으로 그려 내고 있다.

작품 속 지문指紋 읽기

제4부 〈삶 일상의 시편〉은 '삶이란 흑암 속에서도 / 한 줄기 빛살을 고대하며 / 살아온 날들이 기적이었듯이 / 살아갈 날도 이같이 되기를 / 하늘에 기대어 본다'(「내 오랜 기다림은」 부분)처럼 일상에서 접하는 이웃, 개별적 존재들에서 포착되는 곤고한 삶의 극복 서정을 담았다. 시인의 영혼이 구원과 시심을 통한 승화로 귀결되는 그 정점에서는 식물에까지도 동적 생명성을 부여하고 있다.

> 그대 있는 자리가
> 희망이라
> 우주를 품고
> 걸어 다니는 나무
> 그대가
> 찬란한 태양이라
>
> —「희망」 전문

반전(反轉)의 시다. 나뭇가지의 에너지를 포착하여 뿌리내린 그 자리가 희망이라는 인식이다. 하늘을 향해 뻗는 지향은 우주의 중심인 태양의 이미지로 중첩되어 나무에 대한 경외감을 드러내고 있는데, 그러한 인식의 근저에는 종교적 심상이 체화(體化)된 연유인 것 같다.

제5부 〈꽃동네 시리즈 시편〉은 텃밭을 기점으로 하여 동심 같

은 시정에 이어 혈육의 소회를 담았다. 사적(私的) 삶의 현장을
꽃동네의 울타리 속에 담아 놓고 자신의 이야기에서 아들을 소
환하고 아버지와 어머니의 서정으로 시편을 엮었다. 그리고 마
무리로 특이하게도 재선충을 포획한다.

산에 가면 안다
온몸이 토막으로 잘려 있다
풀벌레가 절절하게 대성통곡을 한다
나는 침묵으로 곡을 하며 가슴을 친다
물기를 빼고 살을 파먹는다
몸과 피와 가슴이 말라가며
쏟아내는 처절한 신음이다
가해자들이 토해낸 오물들이
피해자를 불치병으로 몰아넣었다
생명을 주는 너를 잔인한 짐승들이
무참히 짓밟았다
시간이 흐를수록
죽음의 늪으로 깊이 빠져든다
푸르름을 지키는 그대의 왼손이 마비가 된다
나는 산소통이다
무심코 뱉어 버린 노폐물들을
후손들이 마시기 전에 태워 버린다
엠뷸런스에 실려 간 너는 영원한 삶이다

작품 속 지문指紋 읽기

— 「재선충」 전문

이 작품을 독립적으로 읽어 보면 소나무 재선충의 피해상을 제재로 한 것으로 파악할 수 있지만 문제는 '나는 산소통이다'라는 낯선 시구의 개입이다. 이 작품은 작가가 주제별로 묶은 '꽃동네 시리즈 시편'의 마지막 탑재라는 의도성을 결합시켜 볼 때 가족사의 유기적 연관성에서 파악함으로써 작가의 의도를 더 정밀하게 이해할 수 있을 것 같다. 즉, 텃밭을 기점으로 한 사적 삶의 서정을 읊은 시편들에서 「재선충」 이해의 단초를 잡을 수 있다. '가해자들이 토해 낸 오물들이 / 피해자를 불치병으로 몰아넣었'지만 '무심코 뱉어 버린 노폐물들을 / 후손들이 마시기 전에 태워 버리고자 한다. 종국에는 '나의 산소통'으로 '엠불런스에 실려 간 너의 영원한 삶'의 창출로 승화시킨 것이다. 한 집단의 중추적 존재로서 산소의 역할을 통한 정화와 구원의 희생정신이 특화된 서정이다. '거친 세상의 천상의 축복'으로 치환한 「하얀 혁명」 연작 3편의 심층적 서정도 신산한 사적 삶의 현장에서 자신이 짊어진 필연적 역할을 이렇게 복잡하고 우회적인 상징 수법으로 토로한 것이 아닌가 하는 조심스러운 평설도 담아 본다. 이는 세상은 물론 지근거리의 대응에서도 시인의 사려 깊은 정신력이 억제(suppression)와 승화(sublimation)의 성숙한 방어 기제로 표출된 것 같기 때문이다.

서두에서 정국심 시인의 영혼을 지탱하는 두 기둥은 종교를 통한 구원과 시심을 통한 승화로 귀결된다고 포착했는데 이런 시정은 제6부 〈믿음의 시편〉에서 매우 직설적으로 표현되었다. 삶의 현장은 언제나 미완이다. 이러한 결핍 인식은 역설적이게도 삶의 활력이 되고 종교의 존재 이유가 되고 시의 동력이 된다. 제6부에서 시인은 기도적 화법으로 신심을 토로하되 시의 형식은 최소한으로 개입시키고 있다. 시심을 통한 미학적 승화보다는 종교를 통한 현실 극복 서정이 강렬하게 표출되는 이유는 꽃이 피려면 황사가 일어야 한다는 공고한 신앙심 때문인 것 같다.

꽃이 피려면
황사가 일어야 해요
(중략)
먼 후일
영광의 면류관 받아 쓰려면
믿음으로 모든 고난 이겨야 해요

― 「황사」 부분

【3】

정국심 시집 『꿈꾸는 섬』에 베인 미학적 특징으로, 영혼은 종교를 통한 구원과 시심을 통한 승화로 귀결되고, 구현된 시적 미감은 대상의 파노라마적 시각으로 포착한 스펙트럼으로 드러난다고 했다. 필자가 추출한 이런 특징은 한 편의 시 같은 〈시인의 말〉에 이미 그대로 드러나 있었다.

시詩를 쓴다는 것은
하늘에다 꽃 편지를
보내는 것이다
계절마다 찾아오는
반가운 손님
신비함과 속삭이는 것이다
때로는 내 안에서
강물 따라 흐르는 고요와
요동치는 물결을
바다로 떠내려 보내는 것이다
존재의 자아를 성찰하며
처음 있던 곳으로
돌아가는 것이다.

〈시인의 말〉에서 시작(詩作) 행위를 '편지 보내기, 속삭임, 떠나보냄, 돌아감' 등으로 변이시키는 동적 시선, 그리고 '하늘, 꽃, 신비, 고요, 요동, 성찰' 등의 어휘 동원으로 본연의 자세로 회귀하는 구원과 승화는 그의 시편에 구현된 미학적 특징과 같은 맥락이다. 펴내는 말의 이런 표현은 파노라마적 스펙트럼의 미적 구사가 체화되었음의 방증이다.

그의 시편들 중에는 비시적 진술의 평이한 작품이 섞여 있다. 이는 시적 시선의 정교함에 비해 표현의 테크닉을 소홀히 했기 때문이다. 평이한 진술일 경우, 시의 미감 증폭을 위해서는 최소한의 미적 고명이 필요하다. 이 기능적 기교는 어려워서가 아니라 정 시인이 잠깐 놓쳐 버린 요소이므로 이 점을 보완하면 감상과 음미의 재미에 더 생생한 탄력을 지니게 될 것이다.

세상에 나쁜 시는 없다. 좋은 시와 덜 좋은 시가 있을 뿐이다. 어떤 시든 작가는 가장 효과적인 미감을 가미하려고 노력한다. 혹자는 피로 시를 써야 한다고 하지만 시에는 눈물이든 땀이든, 작가의 체취가 배어 있기 마련이다. 이런 점에서 모든 작품은 작가의 분신이다. 한 권의 시집에는 다양한 시편들이 각양각색의 스펙트럼을 형성하면서 작가의 영혼이 투영된 문학 미감을 발산하게 된다.

'진실한 사람은 결코 상처 주지 않는다 / 상처받을 뿐이다 / 그래도 진실하라'(「진실」)는 인간적 메시지를 함께 전하고 있는 시집 『꿈꾸는 섬』은 종교적 구원의 길목에 선 정국심 시인의 억제되고 승화된 영혼과 파노라마적 시각의 다채로운 스펙트럼으로 포착한 시적 미감을 교직한 분신(分身)의 확인이었다.

(2021., 해암)

작품 속 지문指紋 읽기

김옥선 이야기 시집 『우리 시대의 전설 '시집살이'』

물결무늬로 승화시킨 강바닥의 앙금

【1】

노인은 인생사 기록의 보물 창고다. 이들은 농경 시대에 태어나 산업화를 이루고 정보화 시대를 거쳐 창조화 시대를 살아가는 사람들이다. 인류 역사상 당대에 이렇게도 다양한 사회 변화를 경험한 세대는 없었다. 이분들의 이야기 창고에 축적된 농경 시대 경험은 이미 우리 시대의 전설이 되어 버렸다.

긴 세월, 시간과 공간을 묵히며 곰삭은 사람들은 마음 밑바닥 이야기는 잘 꺼내지 않는다. 그러다가도 주름진 속살 보여도 되는 때와 장소를 만나 실마리를 끄집어 당기면 눈물 콧물 찍어 바르며 허망한 웃음 섞은 긴 밤이 짧아진다. 그 시작의 시공간이 문학 공부 인연이었다. 자의 반, 타의 반으로 동년배의 남녀가 어울린 문화원 문학체험반 수업은 이들의 주름진 다랑논에 도랑을 치고 물꼬 틔워 주기를 반복했다. 갈라지고 메마른 논에 물고이게 하는 일에는 많은 시간이 걸렸다. 가끔은 시나 수필을 쓰도록 숙제를 내어 주기도 했다. 처음으로 내밀던 수줍은 글은 첫사랑 맞손 잡는 사건만큼이나 마음 설레는 순간이었으리라. 때로는 작품의 속사정을 공유하면서 함께 웃고 눈물 흘리는 세월이 흘렀다.

문학은 삶의 정화(精華, catharsis)! 처음에는 평범한 일상의 눈에 보이는 사연만 글로 적던 이들도 문학을 알고 시와 수필의 맛을 느끼기 시작하면서 유유한 물길 밑바닥에 단단히 다져져 있던 앙금 같은 사연들을 일깨워 다시 맑은 물무늬로 그려 내려는 자신감이 생기기 시작했다.

필자는 문학 수업 중 서사가 담긴 기성 작가의 시편들, 특히 서정주의 『질마재 신화』를 예로 삼아 꽃노년들의 이야기 쓰기를 본격적으로 시도했다. 켜켜이 쟁여 있는 이 사연들을 끄집어내는 작업은 이야기 시로 초점을 맞추었다. 이분들에게는 이야기 시는 쓰기가 오히려 수월하다. 감동 전달도 직설적이다. 마른 논에 물꼬가 터지자 오래전에 상처가 아물어 흉터로 남아 있던 앙금들을 물무늬로 승화(昇華)시키고자 꽃노년들이 몽당연필을 다 잡기 시작했다.

석전(昔田) 김옥선 여사가 그 선두에 섰다. 그녀는 이미 서사적 서정으로 수필과 시를 묶어 『그대 숨결은 강물 되어 흐르고』(2014)를 펴낸 경험이 있는 작가다. 석전의 직업은 50년 경력의 농부다. 벼만 아니라 배추, 대파, 고추 등 종목도 제법 다양하다. 농업 노동 사이로 텃밭에 수박 몇 포기 심듯 처음 외출을 한 것

작품 속 지문指紋 읽기

이 서예(書藝)였다. 이미 농업과 서예는 전문가다. 여기에 또 개인적 인연으로 문학이 끼어들어 수필로 등단을 하고 시를 함께 포함한 문집도 묶은 이력이 있다.

이야기 시집 『우리 시대의 전설 '시집살이'』는 석전 시집살이의 자전적 기록이지만 동시대의 많은 여성들이 경험한 사연이다. '시어머니 시집살이'가 '며느리 시집살이'로 회화화되는 세상. 불과 한 시대를 살면서도 '부모 봉양'과 '요양원 임종'의 지극히 먼 거리를 경험하는 세대의 전설 같은 이야기다. 작가가 70여 년 삶의 역정에서 제한된 사연만을 추출한 사연으로, 동시대의 많은 여인네들이 공통적으로 겪었던 가정사를 두고 유별난 자기 수고의 부질없는 자랑이 될까 봐 지극히 조심스럽게 드러낸 빙산의 일각이다.

필자와 함께하는 문학 그룹은 향토성에 많은 초점을 맞추고 있다. 삶의 내밀한 편린을 드러내는 것을 어려워하는 석전에게 '시집살이 이야기는 이제 전설로 남게 되었으니 한 시대의 특정한 사회상을 기록으로 남겨 두는 것도 향토 문학인의 소명'이라고 설명했다. 사실 이것이 이 시집의 사회적 목적이기도 하다. 그래서 표제도 『우리 시대의 전설 '시집살이'』다.

필자가 독자에게 당부하고자 하는 것은 이 시집의 내용이 '시골 아낙네 김옥선'의 삶에서 매우 고달팠던 한 부분이기는 하지만 그녀의 행복과 불행을 가늠하는 요소가 아니라는 점이다. 즉, 시집살이에서 관념적으로 인식하는 고된 며느리의 참상으로 접근하지 말라는 의미다. 지금도 그녀는 심신은 고달팠지만 그때나 지금이나 마땅히 해야 할 일을 했을 뿐이라고 생각한다. 행복이나 불행의 가치 개입 없이 배우고 익힌 그녀의 품성대로 최선을 다한 것이다.

그 단적인 근거로 그녀의 집은 지금도 숱한 지인들이 모여 어울리는 장소로 활용되고 있다. 전통 사회에서 사랑채에 식객이 많음은 그 집안의 품격이었다. 그녀는 지역 유지 역할을 담당했던 친정 부모님에게서 보고 배운 대로, 시아버지의 인자함과 호탕한 남편의 마당발 품성에 맞추어 평생을 살아왔다. 그리하여 시부모님 병 수발 중에도 친인척 대소 간의 따뜻한 인정 교류는 물론이려니와 이웃과 지인(知人) 사회의 사랑방에 대한 역할은 며느리요 아내인 그녀의 몫이었다.

지금은 어느덧 석전도 지역 문화 예술계의 마당발이 되어 있다. 그녀의 집은 서예, 문학 등의 문화 예술인들은 물론 지역 사회의 유수한 인사들의 발길이 머무르는 사랑채 역할이 계속되고 있다. 그녀가 평생 살고 있는 강변마을은 지역 개발로 언제 떠나게 될지 모르는 개발 예정지다. 그런데도 최근 자녀들이 뜻을 모아 낡은 집을 입식(立式) 리모델링으로 대대적 수리를 한 것은 나이 든 어머니의 편리한 생활에 더하여 아마 동년배들의 잦은 모임을 고려한 것이 아닌가 싶다. 석전은 전설 같은 고된 삶을 살아온 순종적 촌부(村婦)이지만, 그녀는 과거도 지금도 주체적 활동을 영위하는 사람이다.

【2】

시집『우리 시대의 전설 '시집살이'』의 구성은 이 시대의 한 여인이 경험할 수 있는 며느리 3대, '친정어머니-자신-며느리'의 사연을 진솔하게 그리고 있다. 작가를 중심축으로 하면서 친정 부모님과 시댁 부모님의 이야기에 남편의 사연도 곁들이고 며느리의 사연도 포함하고 있다. 남자들의 세계를 삽입한 것은 한 가족의 삶이 며느리만의 독립적 인과로 엮이는 것은 아니기 때문이다. 시집의 세부적 구성은 '본인의 시집살이, 친정어머니, 친정아버지, 남편, 며느리'를 망라하는 총 5부로 하면서 작가 삶의 개요를 담은 〈프롤로그〉와 경제생활 내력을 담은 〈에필로그〉를 수록했다.

제1부 〈여자 팔자 뒤웅박 팔자〉는 이 시집의 핵심 부분으로, 김옥선 작가의 직접적 시집살이 사연들이 수록돼 있다. 혼사의 중매에서 시작하여 시집 생활 속의 시부모 병구완의 내력을 일부 담고 있는 사연이다. 맨 처음 수록한「여자 팔자 뒤웅박 팔자」는 시인의 유년과 시집살이의 삶을 압축적으로 제시하고 있다. '여자 팔자 뒤웅박 팔자'라는 속담은 뒤웅박의 끈을 누가 쥐고 있느냐, 어디로 누구에게 시집을 가느냐의 결과에 종속된 여인네 삶의 전형적 표상이다. 석전 자신도 그 운명에 귀속되고 있음을 잘 보여 준다.

형님 형님 사촌형님 시집살이 어떻데까
이애 이애 말도 마라 시집살이 개집살이

엄마는 이런 노래로 하소연도 할 수 없는 신세였다. 부잣집 맏딸로 태어났지만 까막눈이던 우리 엄마. 천하에 별난 시어머니 우리 할매였다. 맏손녀로 태어나 할매의 젖가슴과 할매 밥상의 쌀밥과 고기반찬을 독차지한 내 어린 눈에도 엄마는 우리 집의 상머슴이었다.

농촌 부자, 일 부자. 시골 유지로 출입이 잦은 아버지는 농사일은 어정뜨기였다. 산골 대농가 맏며느리인 엄마를 보면서 나는 농촌으로는 시집 안 갈 거라고 굳게 마음먹었다. 아버지 출입 수발에 머슴들과 들판을 헤매다가 집에 와서 밥 짓고 설거지하고 빨래하면서, 청개구리 6남매 억척스럽게 건사하는 우리 엄마처럼 살지 않으리라 다짐했지만….

누가 알았으랴, 막내며느리가 다 찌그러진 초가집에서 시부모님 병 수발로 세월 삭힐 줄은.

여자 팔자 뒤웅박 팔자.

—「여자 팔자 뒤웅박 팔자」 전문

작품 서두에 인용한 구전 민요 '시집살이노래' 원문의 전체 내용에는 봉건적 가족 관계 속에서 겪는 며느리의 고난이 구구절절 압축되어 있다. 그러나 석전의 시집살이는 원문의 '남편 하나 미련 새요, 자식 하난 우는 새요, 나 하나만 썩는 샐세' 정도의 동질성이 있을 뿐 대부분의 생활 양상은 주체적이고 긍정적이었

작품 속 지문指紋 읽기

다. 따라서 '시집살이 개집살이'라는 이 과장된 인용은 다만 시집살이에 대한 전통적, 보편적 서정을 드러내기 위한 장치일 뿐이다. 석전 이야기 시의 전편을 살펴보면 시어머니 시집살이를 제외하고는 시집살이의 공동 주역인 시아주버니, 시누이, 동서, 첩 등과의 갈등 양상이 전혀 없다. 오히려 시어머니 외 다른 가족, 일가친척, 이웃으로부터 그녀의 헌신적 봉양을 존중받고 있다. 다만 구전 민요에서 갓 시집온 며느리의 발언권이 억압된 현실에서 주체적 삶과 행복한 생활을 소망했던 여성 의식이 담겨 있음은 같다. 석전을 정신적으로도 힘들게 한 시어머니의 시집살이는 아래 작품을 통해 전형적 유형으로 드러나고 있다.

> 시집온 지 사나흘, 들판에 나가 늦가을 김장 배추 작업하라신다.
> (중략)
> 남은 배추까지 다 뽑아내 쟁여 놓고 깜깜한 밤중에 들어와 보니 내 밥그릇이 안 보인다. 솥 안에는 농사꾼 어정뜨기 신랑 밥한 그릇뿐. 혹시 아랫목에 있나 이불 밑을 발로 찾아봐도 없다.
> "어무이예, 제 밥은 예?"
> 하고 물어보니 강바람 쎄하게 몰아친다.
> "거기, 살강에 안 있나!"
> 찌그러진 대나무 선반 위의 노란 양푼에 담긴 식은 보리밥.
>
> ─「며느리밥풀꽃」 부분

전설에서 며느리밥풀꽃은 부엌에서 몰래 밥풀때기를 뜯어 먹어야 했던 배고픈 며느리의 원한이 서린 대유물이다. 이 외에 시누이 등교 시간이나 일가친척 인사법 등에서도 시어머니의 습관적 억압은 수시로 등장한다. 이해가 안 가겠지만 이것이 현실이었고 또 이런 사연을 세상 누구에게도 말을 하지 않는 것이 며느리의 지혜였다. 순종적이었던 작가도 군말 없는 고난의 병 수발끝에 눈을 감으신 시어머니에 대한 섭섭함을 세월이 흐른 후에는 조금 드러낸다.

> 몸이 편찮으셔도 며느리 혼쭐내는 성품은 그대로였다. 성품 깐깐한 어머님께서도 이런저런 짜증으로 얼마나 힘드셨을까만….
>
> (중략)
>
> 야속하게도 며느리에게는 아무런 말씀도 남기지 않으셨다.

—「시어머님 돌아가시다」부분

이 땅의 시어머니들은 왜 그렇게 못됐는지는 이 시집의 관심사가 아니다. 다만 고생의 대명사 같은 '시집살이'가 500년 인습을 넘어 현대까지 이어진 것에 대한 초보적 이해는 필요할 것 같다. 시집살이는 성리학적 봉건 사회의 부산물로써 남존여비와 효도 지상의 유교 윤리, 그리고 가난과 조혼 풍습 등 사회적 병폐 속에서 생겨났다고 본다. 그러나 관점을 달리해 보면 시집살이의 당사자는 대부분 여인들의 영역이다. 대가족 사회에서 여인들의 고유 영역인 집안 살림살이에 새로운 가족 구성원을 맞이하여 겪는 인간관계의 갈등이 관습적으로 노정되는 통과 의례

작품 속 지문指紋 읽기

적 요소로 볼 수 있다는 점이다. 특히 고부 간 갈등은 아들을 사이에 둔 애정 줄다리기의 변태라고도 할 수 있다. 이런 점에서 대부분의 고부 갈등은 특별한 목적의식 없이 당연히 그럴 수 있다는 체념적 관념의 고착 현상이 아닌가 싶다.

이 고정 관념은 수용 여부에 따라 가정마다, 개인마다 그 차이가 극심했다. 동시대를 살아온 필자의 어릴 적 경험도 그렇다. 며느리들에게 평생 큰 목소리 내는 일 없는 시어머니도 보았고, 말끝마다 '년' 자를 붙이거나 빗자루로 후려치는 시어머니도 보았다. 그럼에도 대부분 며느리의 역할은 당연하게 가사에 충실한 주부로서의 삶을 이어 온 것이라 본다. 석전도 마찬가지다. 석전이 얼마나 성실하고 긍정적인지를 잘 보여 주는 글은 "편찮으신 시아버님 홀로 남으셔도 무서운 시어머니보다 어진 시아버님 모시는 게 다행이라고. 나는 엉뚱한 철부지 며느리가 되어 있었다."(「철부지 며느리」) 하며 토로하는 부분이다. 석전은 시아버지는 물론 시누이들과의 관계도 매우 우호적이다.

날씨가 더워지는 여름이다. 자리 보존하고 계셔도 땀은 흘려 이틀에 한 번은 목욕을 해야 한다. 이제는 안 해 드리면 내가 더 찝찝해서 못 견딘다. 마루청에 발가벗겨 누이고 고추만 수건으로 가려 놓고 머리부터 내려가 발바닥까지 씻고 마지막에 사타구니 수건을 벗긴다.

때마침 우르르 병문안 오신 일가친척들. 큰아버지, 사촌 시누이 내외는 얼른 눈을 돌린다. "언니야, 오빠보고 좀 하라고 하지!" "느거 오빠 못한다. 거들지도 못하고 어쩔 줄도 모른다 아이가."

(중략)

"언니야, 올케형님들은 안 거드나. 아이고, 우리 큰아버지를 우짜노."

"우짜긴 우째. 이왕지사 젖은 몸. 늘 하는 사람이 해야지. 매일 하다 보면 익숙해진다."

— 「이왕지사 젖은 몸」 전문

참으로 전설 같지도 않은 이런 어처구니없는 병 수발 상황도 당시로는 가끔 있는 일이었다. 온 동네가 이해하고 수긍하는 봉양 풍속이다. 이웃도 동병상련이다.

하루에도 시도 때도 없이 볼일 보시는 어른. 논에 농약 치고 바쁘게 들어오니 아래채 사는 여수댁 아지매가 흥분한 얼굴로 마당에 얼쩡거린다. 아무도 없는 시간 큰일 크게 보시고는 며늘아기 부르는 소리에 달려가서 치워 드렸단다. 오늘 할배 고추도 만져 봤다며 호들갑을 떤다.

너무나 고맙다. 없는 집에는 아이들이 많아 언제나 부족한 살림. 이날은 저녁밥 넉넉히 지어 커다란 양푼에 수북이 담아 여수댁 큰 노고에 작은 보답을 했다.

— 「이웃 아지매」 부분

작품 속 지문指紋 읽기

이웃까지 동참하는 이러한 상황은 당시로써는 충분히 이해되는 문화였다. 그리고 그 중심에는 며느리 석전의 봉양 효심이 온 이웃에 당연한 사연으로 수용되었기 때문이다. 이런 며느리였기에 맞닥뜨린 시아버지 운명에 홀가분함보다 아쉬움이 앞선다. 그래서 "잘해 드린 건 하나 없고 잘 드실 때 맛있는 것 못해 드리고. 짜증 내고 원망한 못된 마음 후회해도 소용없는 일들. / 아버님 죄송합니다. 그리고 고맙습니다."(「시아버님 운명하시다」) 하고 자책한다. 석전의 시아버지에 대한 이러한 애틋함은 돌아가신 후에도 남아 있다. 「새집을 지으면서」에서는 "시아버님 생각이 간절했다. 아픈 정으로 한나절 같은 10년 세월. 넓은 거실 아버님 방도 드릴 수 있는데. 한 이 년만 더 계셨어도 하는 아쉬움이 쌓인다."고 토로한다. 이 모든 것은 처음으로 사돈 문병을 와서 시부모님 병구완 수발에 목불인견이 된 딸의 참상을 두 눈으로 확인하고도 단단히 당부를 하는 친정아버지의 가르침도 한몫했다.

"너가 비록 막내며느리이긴 하지만 부모는 맏이든 막내든 낳고 키울 때 똑같이 힘들었다. 일단 너가 모시는 네 집에서 병이 났으니 사부인에게 수발했듯이 끝까지 잘 모셔야 된다. 만약 이후 병든 어른 모시면서 안 좋은 소리 들리면 너가 아주 불측해서 그런 줄 알고 다시는 너를 안 볼 테니 힘들어도 끝까지 잘 모시거라."

—「친정아버지 뒷모습」 부분

이러한 엄명을 해 놓고도 집으로 돌아가 식음을 전폐하면서 몇 날 며칠을 앓으면서 사랑채에서 두문불출했다는 아버지의 소문을 석전은 후일에 듣는다. 이 시의 마지막 부분 "제 팔자소관인 것을요. 아버지 원망 않고 잘 살겠습니다."는 어버지에 대한 맏딸의 다짐은 동시에 자신에게도 향하고 있는 것이다.

제2부 〈친정엄마는 상머슴〉과 제3부 〈깔롱쟁이 친정아버지〉는 유년과 성장 시절 친정 부모님을 중심으로 한 이야기다. 작가의 눈에 비친 어머니는 상머슴, 아버지는 깔롱쟁이, 할머니는 만능 여장부였다. 친정의 고부 관계도 만만찮았다.

전통 사회에서 형성된 며느리와 관련되는 전래 속담도 많다. 대대로 이어지는 시집살이 유습의 대표적 속담은 '며느리 늙어 시어미 된다'이다. 같은 여성이면서도 차별적 인식으로는 며느리 시앗과 자기 시앗, 며느리 산통과 딸 산통 등의 차별 속담이 있다. 가정 경제와 관련된 속담도 있다. 「친정엄마는 상머슴」에서 "일 잘하는 며느리 보면 '빈집에 소 들어왔다.'고 했는데, 우리 엄마를 두고 하는 말이다."에서 알 수 있듯이 당시 농가의 주요 수공업은 피륙 생산이었고 생산자는 여인들이었다. 당연히 베 잘 짜는 며느리는 가정 경제 부흥의 디딤돌이었다. 매파는 처녀 베 짜는 소리를 듣고 좋은 며느리감으로 판단 기준을 삼기도 했다. 작품을 통해서 당대 여인들의 보편적 생활상을 엿볼 수 있는 부분들을 추출해 보면 다음과 같다.

작품 속 지문指紋 읽기

우리 할매 베 매고 베 짜는 선수셨다.

(중략)

　방 한 켠에 언제나 베틀이 놓여 있었다. 낮에는 밭일하고 밤이며 베 짜고 아기 낳은 산모 사흘도 못 쉬고 베틀에 앉아 베 짜는 우리 엄마.

　시어머님 일하시는데 누워 있을 수 없으셨던 며느리, 우리 엄마.

　—「주경야경」

　떡도 가마니로 하고 조청도 고아서 강정도 쌀 콩 수수 깨 등등 몇 말이다.

　말 떼기 두부도 집에서 맷돌에 갈고 끓이고 정월 한 달 내내 손님 수발. 아침에 술 걸러 놓고 떡 데우고 콩나물 삶아 오는 손님마다 떡국 끓이고….

　—「명절 준비」

명절이 되면 우리 집에는 빔 옷이 열두 벌이다.
추석빔 열두 벌, 겨울 방학 지나며 설빔 열두 벌을 장만한다.

　—「빔 옷 열두 벌」

동지섣달이 되면 온 동네가 다듬어 조리고 밤늦도록 똑딱똑딱 악기 소리가 요란했다.

할머니 명주 치마저고리, 아버지 바지저고리, 덧저고리까지 한 땀 한땀 바느질에 아랫방 무명이불 호청, 속통까지 쇠죽솥에 삶아 씻고 풀 먹이고 밟고 두드리고, 이불 꿰매고 머슴 옷도 해 입히고.

— 「설맞이 준비」

그믐밤이면 우리 사랑채에 설 쇠려 이웃 동네 손님으로 방 두 개가 비좁다.

밤새 참참이 술상 차리고 설 음식도 중간중간 드시면서 밤샘을 한다. 물도 그릇으로 떠다 나르는 게 감당이 안 되어 물동이에 물그릇 하나 띄워 갖다 놓았다. 날이 밝아오는 첫 새벽 떡국 한 솥 끓여 요즘같이 큰 상도 아니고 겸상으로 열 개도 넘은 상 들고 가고 오고 설거지도 작은 일이 아니었다.

— 「사랑채 손님들」

그런데 작가의 할머니는 며느리에 대한 인간적 구박은 없었던 모양이다. 할머니는 바깥에서는 엄마 편이었나 보다. 「할매의 며느리 사랑」에서는 "울 할매 잘하시는 것도 있다. / 밖에 나가시면 시어머니들 모여서 남들 며느리 흉을 봐도 절대 당신 며

작품 속 지문指紋 읽기

느리 흉은 안 하신단다."고 토로한다. 이뿐 아니라 엄마가 새벽부터 머슴들 데리고 일하러 가면 식사 담당은 할머다. 저녁에 돌아오면 며느리 밥상을 차려주신다. 상전의 밥상 차림이다. 그리고 밥상 앞에 보초를 서고 밥을 남기기라도 하면 시애미 해 준 밥이라 야단을 친다. 물론 설거지도 할머니 담당이다. 야무지게 일 잘하는 며느리를 편들고 보살피는 특별한 시어머니는 아들에 대한 자존감도 대단하다.

우리 학교 무대는 우리 할매 독차지다. 아들이 육성회 회장이라 학교 행사가 있는 아침부터 더 바쁘시다.

(중략)

점심시간 바구니 터뜨리기 시합에도, 학부모 손잡고 달리기에도 힘도 부치는 할매가 나선다.

아무것도 못 하는 우리 엄마.

—「운동회」부분

작가의 아버지는 시골 전형적인 중산층 유지다. 살림도 갖춘 집안에서 서당을 다녔지만 신식으로 몸을 가꿀 줄 아는 남자다. 중요한 농삿일은 함께 힘을 모으는 농부이면서도 학교 육성회장, 농협조합장을 장기간 역임할 만큼 신망도 깊다. 이렇게 시골의 중류층 남편들은 바깥출입으로 교유를 하고 농삿일에는 어정뜨기 농사꾼이 되기 일쑤였다. 석전의 친정아버지도, 남편도 그런 경향이 짙었다. 그런데 여인들은 또 이런 남정네를 자랑스럽게 생각했다.

촌에 농사짓고 사신다면 아무도 안 믿었지. 외출하실 때는 깔
롱이 장난이 아니셨다.

설 명절 물무늬가 나도록 다듬어 진한 명주 바지저고리, 금단
추를 단 마고자에 기지 두루마기, 중절모자, 선글라스까지 쓰고
나가시면 영국 신사 저리 비켜라신다. 양복도 색깔별로 맞춰 놓
으시고 구두도 가지가지 세팅도 잘하셨다. 헌 속옷만 입으시던
우리 엄마 그래도 인물 좋은 신사 신랑이 좋으셨나 봐. 둘째 며
느리 보는 식장에 진자주색 양복에 빨간 무늬 넥타이 은은한 색
안경까지 쓰셨다. 색바랜 사진 속에 나란히 앉은 혼주석 현모양
처 옛날 할매 우리 엄마와 멋쟁이 신사 우리 아버지.

— 「깔롱쟁이 친정아버지」 전문

바깥출입이 잦은 남정네들은 가끔 외도로 말썽을 피운다. 「아
버지의 연애편지」를 보면 외도 문제로 '아버지와 부부 싸움이 났
다. 처음엔 조근조근하시다 육탄전까지 벌어졌다.'고 하니 작가
의 친정어머니도 돌아서서 시앗 눈물만 흘리던 당시로서는 예사
로운 아내 성품은 아닌 듯하다. 소위 '잘난 남자'의 외도가 공공
연히 용인되는 시대였다. 이런 남정네를 두고 시댁 식구들은 당
연히 남자들의 위상이라고 생각한다. 그런데 이 시에서는 시어
머니의 노골적 편들기지만 시누이인 고모는 할머니와 오빠를 나
무라며 올케 편을 드는 특별한 관계가 형성되고 있다. 며느리의

위상이 예사롭지 않다.

소문이 나고, 급기야 부산에 사시는 작은 고모가 이 산골까지
오셨다. 여동생이라면 꼼짝 못 하시는 그 오라비. 고모 오시자마
자 할매부터 야단치신다. "오빠는 행이가 별난 엄마 땜에 고생하
고 머슴같이 일하는 것 불쌍하지 않냐."며 올케 편이다.
"행이야, 우짜노." 하며 운다. 우리 엄마 시누이 손잡고 둘이
한참 울고는 냉전이 서서히 풀어진 것 같았다.

— 「시어머니의 편들기」 전문

이런 아버지도 자식들 연애라면 길길이 뛰는 사고방식에서
벗어나지 못했나 보다. 집안 망하는 짓이라며 작은딸 연애결혼
을 결코 반대하던 아버지가 결혼식날 행방불명이 되어 온 집안
을 발칵 뒤집어 놓았다. 그런데 아이러니한 것은 둘째, 셋째, 막
내아들 다 연애결혼 한다고 며느리감이 인사 오니 웃음 활짝 피
우며 환영이다. 무슨 조화인지 아리송한 작가는 '큰딸 중매에 실
패하고 연애결혼이 잘 사는 걸 깨달으셨나 보다.'(「중매와 연애」)
고 한다. 실상은 시대상의 급변에 적응해가는 인식 전환의 과정
이다.
전통 사회에서 혼사나 장례, 제사 같은 시골 대소사에는 당연
히 사람들이 들끓지만 여기에 거지들도 빠지지 않았다. 당시에
도 정보는 권력이었다. 대장 거지의 독점적 정보는 관할 지역에
서 집집마다 있는 제삿날 기억이 최고급 자산이었다. 당시는 제

삿날은 마을 집집마다 젯밥을 고루 나눠 먹던 시절이니 알고 찾아오는 거지들에게도 넉넉히 나눠 주었다. 특히 제법 살림살이가 넉넉한 마을 유지의 집이라면 소위 '떼거지' 식객에 대한 대접이 소홀하지 않았다. 잔치나 상례 같은 대사를 치를 때는 이들을 위한 특별한 공간을 따로 마련하고 음식을 내다 주었다. 그러다 보면 별난 사건도 생기기 마련이다.

밥 얻어먹으러 오는 거지가 비실비실 아무래도 심상찮다. 우리 할매 뜨거운 국물에 밥상 차려 주며 "묵어야 산다!"고 야단이다.
이튿날 바깥마당 퇴비사에서 죽어 있다. 지서장이 순경 데리고 오더니 연고자 찾는 공고로 삼 일이 지나야 초상을 치를 수 있단다. 농협 조합장 하시던 우리 아버지는 자에 없는 삼일장 치르게 되었다. 우리 엄마는 경찰, 면의 유지들, 구경꾼, 거지들까지 밥상 차리고 술상 내가고 복닥 난리가 났다. 큰 상주는 지서장, 작은 상주는 조합장이라고 농담을 하면서 공동묘지에 안장을 했다. 저승에서 잘 지내는지 모르겠다.

— 「걸뱅이 초상」 전문

가끔 있는 일이었다. 필자의 집에도 겨울 동안 사랑채에 머물면서 새끼를 꼬아 밥값을 해 주던 거지 생각이 난다. 이들 중 어떤 이는 아예 머슴으로 몇 년 눌러앉았다가 새경을 두둑이 받아 자립하기도 하였다.

　　　　　　　　　　　　　작품 속 지문指紋 읽기

제4부 〈남편은 어정뜨기 농사꾼〉은 석전의 추억 속 그리움과 회한이 담긴 사연들이다. 친정아버지가 깔롱쟁이 유지였다면 어정뜨기 농사꾼 남편은 각종 봉사 단체에 책임을 맡아 출입을 하던 마당발 호인이었다.

아프네, 다리 아프네, 엄살이다. 누구는 안 아프나? 일만 시작하면 다잡는다고 좀 천천히 하잔다. 성질 급한 울 아버지 DNA를 물려받아 부리나케 설친다. 그래도 일머리는 엄마를 닮아 나의 사전에 대충은 없다. 골병이 들어 내일은 드러눕는 일이 있을지라도.

그러나 놀기 좋아하는 이 남자. 지나가는 사람 누구 없나 하고 고개를 빼 들고 살피지만, 농사철이 너른 들판에 개미 새끼 한 마리 안 얼씬거린다. 다행이다.

— 「남편은 어정뜨기 농사꾼」 전문

석전 남편은 남들과 어울려 흥청거리며 놀기 좋아하는 마당발 호인이다. 농삿일에 지친 심신을 이들과 어울리는 봉사활동으로 해소하는 모양이다. 「봉사활동」에 보면 "집안일 하다 좀 늦게 논에 오니 논바닥에 트랙터 세워 놓고 이 남자 흔적 없다. 봉사 단체나 관변단체에 발을 담근, 날고뛰는 단체도 많아 회원에다 회장에다 속을 태우더니 오늘은 몰래 도망갔다. 승용차도 사라진 걸 보니 아마도 남녀 회원들 앞앞이 태워 어디론가 쏘다니고 있겠지."라고 한다. 글에서 은근한 질투심도 드러내다가 '그래도 큰 축제 행사에 까만 양복 갖춰 입고 내빈석에 앉은 모습은 이쁘기도 했다.'고 하니 은근히 자랑스럽게도 여긴다. 천생 당대 한국 여인네들의 보편적 가치관이 드러난다.

살다 보면 소소한 일에도 부부 싸움이 생긴다. 문제는 어른들 모시고 사는 입장에서는 이런 일상사도 눈치를 보며 조심해야 한다.

살다 보면 좋은 날만 있는 게 아니다. 작은 일에 말싸움이 난다.
밖으로 목소리 새어 나갈까 봐 이불을 뒤집어쓴다. 큰방에 편찮은 어른이 계시기에 큰소리라도 나면 나 때문에 싸우나 생각하실까 봐서 싸움도 조심스럽다.
아이들 혼을 낼 일이 있어도 시아버지 원망에 매질한다고 하실까 봐 어른 눈치가 보인다. 시집살이도 남편한테 따지고 이기고 싶어도 며느리나 엄마는 그도 저도 못한다. 어른 앞에서도 큰소리 내는 게 아니고 여자 목소리 담 넘어가면 안 된다는 친정아버지 딸 키우는 철학은 평생 진행 중이다.

―「이불 밑 부부 싸움」 전문

부부 간 크게 싸울 기회는 어른이 안 계시거나 남 없는 곳에서 한판 벌인다. '쌓이고 쌓인 성질 풀 길이 없다. (중략) 어느 날 한낮, 외딴 논에 일 나갔다. 들 한복판이다. 옆에 사람들도 없고 이때다 싶어 싸움을 걸었다.'고 한다 그런데 며칠 뒤 "느거도 싸우나?"(「들 한복판 부부 싸움」) 하고 아래각단 어느 누가 아는 체를 한

작품 속 지문指紋 읽기

다. 낮말은 새가 듣는 법이다.

아옹다옹 다투면서 정겹게 살던 남편이 졸지에 세상을 떴다. 그 황망하고 안타까운 마음은 이미 석전이 많은 시와 수필을 통해 구구절절 그리움으로 그려 낸 적이 있지만 그렇다고 그 서정이 마를 리야 있겠는가. 〈먼빛으로 있는 그대에게〉 보낸 수많은 서정 중에 상징적 대미를 장식할 만한 시를 골라 본다.

사랑합니다.
당신 한세상 고생 많았습니다. 고맙고 감사하다고 한 번도 인사도 못 했습니다. 마디마디 못 박힌 손바닥 대물림하기 싫은 가난. 밤도 낮인 양 일하신 당신. 우리 자식들 아버지 당신 덕으로 예쁘게 잘 크고 잘살고 있습니다. 당신 팔순 생일날에 당신을 그리며 이 감사패를 드립니다.

철없이 나이만 먹은 당신의 가족 대표
김옥선

— 「감사패」 전문

제5부 〈며느리 시대〉는 자손들의 사연으로 석전 70년 인생의 해피 엔딩에 해당되는 장면이다. 아들과 딸 내외, 그리고 손주들이 등장하면서 석전 인생의 다복한 황혼기를 살짝 보여 주고 있다. 친정어머니와 자신의 시집살이는 이미 전설이 되어 버린 시

대, 석전 집안의 고부 관계는 현대의 여느 집과 마찬가지로 확
바꾸었다.

아침밥 챙겨 놓고 며느리, 아들 일어나길 기다리다 시아버님
들에 나가셨다.
어려운 첫날 신혼여행 피로까지 겹쳤으리라.
늦게 일어나신 며느님.
"어머님, 어쩝니까. 엄마가 일찍 일어나 절하라 했는데."
긴장해서 새벽 3시에 잠이 깨었다가 재벌잠이 들었단다.
우짜겠노. 괜찮다.

―「며느리 시집 첫날」 부분

시집살이의 파란만장한 한 생애를 흘러온 시어머니의 "우짜겠
노. 괜찮다."는 말 속에 얼마나 많은 감정이 복잡하게 녹아 있는
지 며느리들은 알까? 아들 생일도 마찬가지다.

며느리 시집온 첫해 아들 생일이다. 식당에서 점심식사. 사돈
네와 시동생네도 왔다. 식사를 하면서 내가 물었다.
"아침에 미역국을 끓여 먹였냐?"
"국은 먹었는데예…."
며느리 대답이 걸작이다. 국 끓이는 데만 정신을 팔다가 밥은
하지 않았다고.

작품 속 지문指紋 읽기

이게 말이 안 되는 상황이지만 "어쩌랴 웃어야지. 그래도 둘이 손잡고 웃고 다니는 모습이 이쁘기만 하다."고 만족해야 하는 요즘의 시어머니다. 그래도 온 식구 나들이에 각자 앞뒤 차를 타고 "김선희 나와라. 오바오바.", "아버님, 김선희 나왔습니다. 오바오바."(「며느리 시대」)라고 애교를 부리며 시아버지와 무선 연락을 하는 며느리다.

「며느리 시대」에는 해종일 농삿일로 지쳐 먹은 저녁상 설거지도 않고 방바닥에 누워서 기력 충전하고 있을 때 손주들 데리고 아들 내외가 온다는 전화에 화들짝 일어난다. 설거지, 방바닥 청소에 바빠진다. 며느리 보기에 흉한 곳은 다 치운다. 손주 기어 다니다 옷에 먼지 묻을까 겁도 난다. 그런데도 남편은 손주 맞이에 입이 귀에 걸린다. 손주는 좋지만 며느리에게는 청소 상태에 눈치가 보인다. 그래도 일손 필요한 농사철에는 슬하의 모든 식솔들이 다 어우러진다.

모내기하는 날. 온 집안이 바쁘다.
모판 실어내려 아들 혼자 일찌감치 오나 했는데 며느리랑 같이 왔다. 손주는 외할머니 맡기고. 물이 뚝뚝 흐리는 모판을 차에 실어 나르는 둘이 기특하다. 얼굴 벌겋게 땀을 뻘뻘 흘리면서 몸 사리지 않고. 늦게 온 딸 농담이다.
"엄마! 이 고급 일꾼 이래 쓰도 되나?"
약사 며느리도 의사 사위도 농삿일 거든다고 작업복 입고 밀

짚모자 쓰고 완전무장이다.

　농사일은 안 해 본 것 같은데 그래도 용감하게 나서는 사위, 며느리가 고맙고 대견하다.

　―「모내기」전문

　긴 생애를 돌이켜 보면 행복보다는 불행했던 사연들이 더 많이 떠오르는 것이 인지상정이다. 그러다가도 과거만이 아니라 현재를 연결 지어 생각해 보면 인생이 그리 불행한 것만은 아니었다는 생각을 하게 된다. 마찬가지로 석전이 자신의 삶을 박복하다고 느끼는 부분이 있다면 이는 오롯이 과거의 특정한 상황에 매몰된 순간일 것이다. 노후에 이르러 총체적으로 되짚어 보는 그녀의 삶은 다복한 모습이다. 「전생에 쌓은 복」에서 "아들과 딸에 남녀 손자 여섯이 잘 커 주는 것도 전생에 나라를 구한 은덕이라는 며느리 말"에 "그래그래, 맞다. 맞장구치면서 사위 복, 며느리 복도 전생 덕이라고." 한다. 아들, 딸은 물론이려니와 며느리 자랑, 사위 자랑, 손주 자랑도 이어진다. 이런저런 수많은 사연을 담아 긴 세월 세찬 바람 맞으며 함께 흘러온 낙동강 앞 강물처럼, 석전의 황혼도 아름다운 윤슬 조각으로 빛나고 있다.

　　　　　　　　　　　　　　　작품 속 지문指紋 읽기

【3】

시집살이는 봉건시대 유물이라는 견해가 일반적이다. 지금은 여권이 신장되어 가정 안에서도 주부의 발언권이 강해진 시대다. 전통 풍속을 지키는 가정에서 시부모를 모시고 출가 이전의 자매들과 동거하고 있는 집이 있다 하더라도, 이미 옛날 그대로의 시집살이를 강요하는 시부모도, 이것을 수용하는 며느리도 없다. 재산 분할의 동등은 물론 여자 호주제 시대에 시집살이란 더욱 빛바랜 사어(死語)가 되어 앞 시대의 시집살이를 오늘날의 젊은이들은 실감하지 못한다. 그렇다고 '시집'이 소멸된 것은 아니다. 시부모, 시누이, 시동생 등 시집의 구성원 없이 남편이 존재할 수 없기 때문이다.

인간은 관계하는 동물이며 그 관계의 가장 기초이면서도 가장 농도 짙은 형성이 결혼이다. 부자간은 1촌이지만 부부간은 무촌(無寸)으로 설정된 것은 혼인 관계 형성의 극과 극을 상징적으로 보여 주는 촌수(寸數) 개념이다. 일심동체도 돌아서면 남이다.

이런 점에서 '시집살이'에 단순히 며느리의 참혹한 고생만 담겨 있는 인습이라고 단정 짓는다면 이는 올바른 문화 이해가 아니다. 이미 우리 시대의 전설이 되어 버린 시집살이의 난감한 풍속에도 살펴보아야 할 진중한 가치가 스며 있다. 결혼이란 출생과 성장이 서로 다른 이질적 남녀의 결합으로 여기에는 크든 작든 당사자, 가족, 가문이 개입된다. 부부 갈등은 물로이려니와 가정사에 불협화음이 없을 수 없다. 새로운 관계 순응을 위한 변증법적 지혜를 선인들은 계녀가(誡女歌) 등의 내방가사(內房歌辭)

에 상세히 담아 두었다. 친정어머니가 시집가는 딸에게 준 세 가지 교훈이다. 시집가면 보고도 못 본 체, 듣고도 못 들은 체, 할 말도 하지 말고 삼 년을 지내야 한다고 하였다.

어느 집단이든 새로운 관계 형성에 순치 과정은 필수적이다. 사회적 관계뿐 아니다. 생물학적 결합인 임신의 입덧 현상도 남성의 DNA 수용에 대한 반응 양상의 하나다. 새로운 결합에는 작용 반작용의 모순 극복을 위한 변증법적 지혜가 필요하다. 그것이 인습으로만 증폭된 부분이 시집살이다. 이런 측면에서 시집살이 전설은 혼인 관계에서 서로 다른 두 개체의 결합으로 야기되는 각종 모순과 갈등을 이해하고 순응하는 처신의 덕목을 엿볼 수 있는 반면교사(反面敎師)다.

핵가족 시대에 장자든 차자든 아들이든 딸이든 부모 모시기가 쉽지 않다. 오늘날 시집살이 문화가 약화된 것은 인격에 대한 인식 변화이기도 하겠지만, 공리적 타산도 있다. 가족 구성원, 나아가 사돈댁과의 원만한 인간관계 형성의 유익함 때문이다. '사돈집과 변소는 멀어야 한다'는 속담도 있었지만, 변소는 화장실로 바뀌어 실내에 편리하게 자리하였듯 사돈댁도 가까울수록 편안한 세상이다. 친정어머니의 대를 이어 본인의 시집살이를 경험한 석전 집안도 마찬가지다. 멀지 않은 거리의 사돈댁과의 교유에도 거리감이 전혀 없다.

석전은 전문적 시 사냥꾼이 아니다. 여느 여인들과 같이 시골 아낙의 삶을 살면서 농사 틈틈이 서화, 음악, 문학 등의 취미 활동으로 살아온 촌부(村婦)다. 전문가였다면 그의 지난했던 족적을 치밀하고 체계적으로 주제에 맞춰 미적 형상화를 이룩할 수 있었겠지만, 이 시집의 사연들은 개인이 경험하였으되 당대로서는 보편성을 지닌 '한 시대의 이야기'로 그려 낸 소박한 작업이다. 그것이 급변하는 한 생애를 거치면서 전설이 되었을 뿐이다.

필자는 서두에서 이 시편들을 두고 '부질없는 자랑이 될까 봐 지극히 조심스럽게 드러낸 빙산의 일각'이라고 했다. 필자의 독려와 격려 속에서도 석전은 수많은 사연들 중 너무 힘들거나 황당한 일들은 글로 남기기를 꺼렸다. 당연한 일이다. 이미 흘려보낸 까마득한 옛이야기들이 자칫 오해를 살 수도 있고, 강바닥의 상흔을 드러낼 수도 있는 일이다. 그럼에도 문학 수업 중 '한 시대의 특정한 사회상을 기록으로 남겨 두는 것도 향토 문학인의 소명'이라는 지속적인 격려에 용기를 낸 것이다.

이미 일흔을 훌쩍 넘긴 그녀의 삶은 과거에 매몰되어 있을 겨를이 없다. 육신의 움직임이 좀 더딜지라도 아직은 농토를 외면할 수 없고, 지역의 문화 예술 활동에도 이미 깊이 발을 담그고 있기 때문이다. 이것이 석전의 현재적 행복이다. 당연히 그녀의 자손들도 같은 마음이다.

이 동네 제일 좋았던 우리 집도 50년이 넘어서자 온갖 곳이 헐어 터진다.

자식들이 뭉쳤나 보다. 딸이 깃발을 흔들고 사위 아들 며느리 손주까지 합동으로 집수리공사가 시작되었다. 인테리어 감각이 있는 딸의 진두지휘 아래 저희들 카톡방에서 손주까지 합심한 디자인과 색상으로 몇 달 공사 끝에 고급 아파트 같은 새집이 탄

생했다. 방과 거실에 각종 침대는 당연하고 식탁도 소파도 입식으로 꾸몄다.

그래도 나의 추억이 서린 옛 모습들은 그대로 보존했다. 여전히 남편은 가족사진 액자 속에서 흐뭇하게 웃고 있다. 지인들 많이 모이는 집인데 이젠 무릎 아프지 않게 현대식 의자에 앉을 수 있게 되었다.

— 「이층집 리모델링」 부분

석전의 첫 문집 『그대 숨결은 강물 되어 흐르고』(2014)의 서평에서 필자는 '농부의 바쁜 생활 속에서도 다양한 문화 예술 활동을 하는 다정다감한 칠순 소녀 석전(卋田)은 참으로 아름다운 인생을 누리는 사람'이라고 끝을 맺은 적이 있는데 그 평가는 지금도, 또 앞으로도 현재 진행형이 될 것 같다.

(2021., 해암)

작품 속 지문指紋 읽기

변옥산 이야기 시집 『흥남부두 LST를 탄 소녀』
잊혀진 기억 퍼즐로 다시 메운 삶의 행로

【1】

소전(素田) 변옥산 시인이 디자인한 만년(晩年)의 인생 퍼즐 (puzzle)은 총천연색이다. 그 화려한 그림은 이미 상재한 문집 『가을 꽃바람』(2018)에도 잘 나타나 있다. 그런데 화려한 노년과 달리 유년(幼年)의 기억은 옅은 그림자로 아련하다. 많은 부분이 지워지고 공백으로 남아 있다. 그것은 어릴 때 겪었던 전쟁과 피란 생활 때문이었던 것 같다.

인간의 삶의 역사는 경륜(經綸)의 축적이다. 촌각(寸刻)이 모여 시간이 되고, 시간이 흘러 세월(歲月)이 된다. 흐른다는 것은 시간이 묵고 공간을 누빈다는 뜻이다. 시간이 묵으면 세월이 되고 공간을 누비면 경륜이 된다. 그 발자취들은 퍼즐 조각으로 시공간에 흩어져 있다. 고개를 되돌려보면 긴 강물은 기억의 편편(片片)으로 일렁이는 것을 본다.

강물과 함께 세월이 흐르면 그 조각들은 금빛 은빛으로 빛나는 것보다도 잿빛으로 아련한 경우가 더 많다. 때로는 이 조각 퍼즐들을 한 폭의 그림판으로 꿰어 맞추는 일이 불가능하다는 것을 깨닫는 것도 이 즈음이다. 시간이 묵어간다는 것은 스스로를 삭여 어우러지는 과정이며, 세월의 강물에 몸을 적시는 시간이 곰삭을 무렵이면 구체적 경험들은 추상(抽象)의 물길로 아련해진다. 이것이 세월 속에 함께 하는 인생행로다.

시집 『홍남부두 LST를 탄 소녀』는 소전의 자전적 이야기다. 6·25 전쟁은 대한민국 현대사에서 암울했던 골짜기다. 소전은 그 파란(波瀾)과 후유증의 한가운데서 부모님을 따라 유년을 보내고, 피란민의 애환 서린 고난을 극복한 당사자다. 그래서 이 시집에 담겨 있는 이야기는 한 개인의 사연이지만 대한민국 현대사의 생생한 작은 물줄기도 된다. 그러나 갑년(甲年)도 더 흘러넘친 먼 세월의 물길을 더듬어 이 시집에 그려 낸 소전의 기억 퍼즐 또한 미완성일 수밖에 없다.

소전은 〈시인의 말〉에서 "살아남기 위해 모진 가난과 싸워야 했고 피나는 노력을 해야만 했다."라면서 한 맺힌 사연들을 전쟁의 아픔으로 다시 기록하게 될 줄 몰랐다고 말한다. 막상 글을 시작해 보니 6·25로 인해 부모 형제 남북으로 갈라져 아픔을 가슴에 묻은 채 일생을 보낸 사람들에 대한 동병상련의 기억들이 섞여 드는 모양이다. 70년 넘는 세월이 흘러도 날카로운 경계선은 아직 그대로임을 탄식한다.

이야기 시집 『홍남부두 LST를 탄 소녀』는 순행적 구성으로 모

작품 속 지문指紋 읽기

두 여섯 모둠이다. 시집 내용이 실화를 기반으로 한 이야기이므로 특별한 해석은 필요 없을 것이다. 따라서 본고에서는 내용상 전쟁 극복의 사연과 만년의 문학 서정 두 부분으로 나누어 소략하게 살펴보겠다.

【2-1】

6·25 발발로 인한 삶의 역정은 〈1. 홍남부두의 생명선〉, 〈2. 거제도 피란살이〉, 〈3. 충무동 판잣집〉, 〈4. 뿌리 옮긴 타향〉의 총 4부로, 사실적으로 구성되어 있다.

소전은 약력에서 "함경남도 홍남에서 태어나 공습과 폭격에 도망도 다니다 1·4 후퇴 때 부모님을 따라 홍남부두에서 미군 군함 LST를 탔다. 열 살 때였다."라고 밝히고 있다. 그런데도 잃어버린 퍼즐판에서는 "고향에 대한 기억은 텅 빈 종이판이다. 동무도 없고, 동네 생김새도 기억나지 않는다."라고 한다. 열 살이라면 유년의 기억은 충분히 남아 있을 것인데도 시인의 기억은 '텅 빈 종이판'이다. 전쟁의 소용돌이 속에서 형성된 억압(抑壓, repression)의 방어 기제(防禦機制, defense mechanism) 같다. 이는 감당할 수 없는 생각과 감정을 무의식으로 보내어 자신을 보호하는 심리 현상이다. 이를 통해 어린 시절의 소전은 자아가 현실을 극복할 수 있는 시간을 벌어 왔을지도 모른다. 당시의 충격적 사건들은 간헐적 이미지의 불연속선으로 각인되어 있다.

여름이었다. 동생과 어머니 가게로 가는데 갑자기 무서운 비행기 소리. 혼비백산한 사람들이 부리나케 도망가기 시작했다.

(중략)

낮이면 귀를 찢는 비행기 소리. 폭격이 시작되면 천지를 진동하는 굉음에 놀란 사람들이 방공호 속으로 뛰어들었다. 밤이면 대포 쏘는 소리가 멀리서 들렸다. 불덩이 대포알이 공중에서 팽글팽글 돌았다.

— 「전쟁 터지다」 부분

전쟁이 길어지자 사람들과 함께 산속 움막집으로 피신했다. "밤이면 불꽃 튀는 총알도 겁 없이 쳐다보았다."라고 하니 전쟁도 멀리서 보면 아름다운 것인가 보다. 여러 달 후 집에 왔을 때 전쟁의 상흔은 컸던 모양이다. 파편 조각이 널려 있었다. 결국 가족 모두 소문 따라, 남들 따라 흥남부두로 향했다. 겨울의 심한 추위에 부모님 따라 걷고 걸었다. 한겨울의 남부여대(男負女戴)! 우리가 가끔 '구경'하는 TV 속의 그림, 내전이나 종교적 갈등으로 고난을 겪는 아프리카나 중동의 '한심하고 불쌍한 민간인' 그림이 아니다. 먼 세월 저편의 이야기도 아니다. 이 시집을 읽는 독자의 부모 혹은 조부모 시절 겪은 사실이다. 흉흉한 그림자만 무성한 전쟁의 틈바구니, 더구나 생명줄은 선착순으로 손에 잡을 수 있다는 소문이다.

작품 속 지문指紋 읽기

홍남부두의 달빛은 환하게 겨울밤을 밝히고 있었다.

꽁꽁 언 땅 위에는 수많은 인파의 물결이 일고 있다.

그 속에서 어른들의 울음이 들려왔다.

밀리는 인파에 손을 놓쳐버린 아이를 찾는 엄마의 피맺힌 목소리였다.

어른을 잃어버린 아이 울음소리도 애처롭게 들렸다.

가족을 찾는 애절한 목소리는 거친 파도에 묻혀갔다.

다행히 우리 가족, 네 명은 한 곳에 웅크리고 앉을 수 있었다.

—「홍남부두의 달빛」전문

홍남부두로 가는 길에는 전쟁만 있는 것은 아니었다. 날강도도 있고 아버지가 잠시 실종된 사건도 겪었다. 오리무중의 공포 상황에서도 요행히 생명의 동아줄 미군함 LST를 탔다.

먹고 마실 것도 넉넉지 않은 맨몸 탈출이었다. 뱃멀미를 하면서, 앉은 채로 새우잠을 자면서 지새운 추운 겨울 한바다의 군함이었다. 몽둥이 치안으로 질서를 잡는 속에서 시체도 구경하고 출산 소식도 듣는다. 낮과 밤을 헤아릴 수 없는 처참한 환경이었지만 배는 항해를 계속했고, 남쪽 섬나라에 정박했다. 안전한 곳이란다.

인솔자를 따라 걸어서 목적지까지 가는 행로도 만만을 리가 없었다. 다리가 아파 업어 달라고 칭얼대고, 점포가 보이면 이것저것 사달라고 졸라대는 다섯 살 여동생이 함께 걸었다. 어머니가 지쳐 넘어지면서 도착한 곳에서 첫밤을 맞이했다.

인솔자 아저씨가 사람들을 학교로 데려갔다.
잠잘 곳이 정해지지 않아 오늘은 여기서 잔다고 했다.
교실이 아니고 휑뎅그렁한 운동장이다.
가마니를 나눠 주었다.
깔고 덮었다.
남쪽이라지만 웅크린 겨울밤은 몹시 추웠다.
밤하늘 별빛이 손에 닿을 듯 반짝이고 있었다.
별똥별이 길게 떨어졌다.

—「거제도 첫밤」 전문

전쟁 난민의 참상은 고금동서가 같은 모양이다. 피란민의 삶은 어떠했을까. 고무신이 없어 짚신을 신고 다녔다. 마을의 집집에 배치를 받은 피란민들은 깡통에 배급받은 납작보리와 안남미 쌀로 밥을 지었다. 반찬은 소금이 전부였다. 배급 양식으로는 부족했지만 그래도 밥을 먹을 수 있어 좋았단다. 생계를 위해 어머니는 삯바느질을 했다. 전쟁 속에서도 배움에 목마른 우리 민족이기에 아버지는 뜻밖의 몫을 하게 된다.

아버지는 시골아이들 천자문을 가르치셨다. 측은지심으로 가르치셨다. 종이가 있을 리가 없다. 아버지께서 사판沙板을 손수 만드셨다. 널빤지 나무를 적당한 길이로 잘라서 상자처럼 만들

작품 속 지문指紋 읽기

었다. 모래를 담아 놓고 짧은 막대기로 '천天' 자를 쓰고는 벽을 탁! 치면 모래판이 가지런해졌다. 아이들도 나도 신기해하며 재미있게 공부했다.

— 「아버지의 글방」 부분

학문을 숭상했던 우리 민족은 속수지례(束脩之禮)로 보답을 한다. 이웃에서 고마워하시며 밭작물을 가져오곤 해 배는 곯지 않았다고 한다. 거제도 칠천도에서 태어난 아이들 이름이 칠천돌이, 칠천이, 개천돌이, 섬돌이가 많이 생겼다.

생활에 질서가 잡혀가자 거주 이전의 자유는 있었나 보다. 작은 섬에서 살다 연초면으로 이사를 나왔다. 여기는 배급 쌀이 나오지 않아 늘 배고픔의 고통을 감수해야만 했다. "고향에서 쌀가게를 하신 어머니는 고향을 떠날 때 작은방 가득 쌓아 놓은 쌀가마니 생각에 밤잠을 이루지 못하셨다."라고 한다. 아랫방 세 든 사람에게 열쇠를 임시로 맡겨 놓았다고도 한다. 해방 직후 우리와 별다를 것 없는 북한 민가의 생활상을 짐작할 수 있는 부분이다. 생활이 어려운 것을 보다 못한 이웃집 아주머니가 흰쌀을 큰 바가지로 한가득 주셨단다. 모두 가난했던 시절, 쌀이 귀한 섬이었지만 인정 많은 민족성은 배곯은 가족의 눈이 번쩍 뜨이게 했다.

군인들이 많아 건빵, 초콜릿, 빵, 껌, 과자 등등 선물을 받아 온 기억이 난다. 그런데 위생 관리가 비위생적이었다. 몸에 뿌린 DDT다. 어른, 아이 할 것 없이 한 줄로 늘어서서 디디티 살충제를 뿌렸다. 옷소매와 등과 머리에 미군들이 뿌려 주었다. 하얗게 덮어썼다. 서캐, 이, 빈대, 벼룩도 많았던 시절이었다. 김해 평야에서 살았던 필자도 당시 디디티를 뿌린 기억이 생생하다.

약속은 하지 않았어도 만남의 운명은 있나 보다. 비슷한 사연으로 내려온 피란 생활이라 고향 사람들이야 가끔 만날 수도 있겠지만 연초면에서 두 외당숙을 만난다. 피란 생활의 작은 도움을 받다가 외당숙들의 도움으로 부산 충무동에서 새로운 시작의 꿈을 실천하게 된다. 맨몸으로 응전(應戰)한 어머니의 국제시장 생존 실험은 큰 도전이었다. 작가 나이 14살, 고향에서 LST 배를 타고 내려온 지 4년 만이다. 작은 판잣집에서, 부모님은 고향을 가슴에 묻어 둔 채 온몸을 던졌다. 남남북녀라더니 어머니의 또순이 같은 노력으로 살림살이가 나아지고 타향에 옮겨 심은 새 뿌리도 든든해지기 시작한다.

작가는 일가친지의 소개로 시향 단원인 바이올리니스트와 결혼하였다. 남편도 1·4 후퇴 피란민이었다. 파란만장했던 부모님들은 만년에 자수성가로 뿌리 든든히 내려놓고 평안하게 돌아가셨다. 소전은 자식 농사도 잘 지었다. 의학 박사 큰아들은 의학전문대학원 교수로 재직 중이고 공학 박사 작은아들은 공대 교수로 재직하고 있다. 딸도 대학교 졸업하였다.

국제 시장에서 직접 가게를 내고 자녀들도 모두 자라 삶의 뿌리가 제법 든든해지면서 만학도의 길로 접어들었다. 가정 형편이 어려워 학업을 계속할 수 없었던 가슴의 응어리도 풀었다. 부산여자대학교 사회복지상담학과를 졸업하고 문화적 시야를 넓

작품 속 지문指紋 읽기

혀 한문 서예에 입문했다. 보수동에서 뿌리를 내렸으니 부모님이 생존 실험을 한 그 언저리를 떠나지 않고 있다.

남편은 어느 가을날, 갑자기 떠났다. 이미 장성한 자식들은 아버지 급보를 받고 출근길 옷 입은 채로 내려와 아버지를 떠나보냈다. 손자는 대학생이고 손녀는 고등학생이 되었다.

문학에 뜻을 두고 있던 차 강서문화원 문학반에서 문우들을 만나 십 년 동안 함께한 인연이 쌓였다. 등단도 하고『가을 꽃바람』을 상재했다. 칠점산 문학상도 받았다. 흥남부두에서 미군 군함 LST를 탔던 소녀의 긴 항해는 70년 물길 위에서 꽃물결의 절정을 그려 내고 있다.

【2-2】

흥남부두에서 발진한 미군함 LST를 탔던 소전이 만년에 문학 서정의 닻을 내린 곳은 낙동강이다. 제5부와 제6부에서는 여기에서 건져 올린 낙동강 서정시 40편이 수록되어 있다.

황혼의 나이에 새로운 시정의 낚시질에 몰입할 수 있는 그 열정에 먼저 찬사를 보낸다. 낙동강 물길이 아무리 깊고 넓어도 주마간산(走馬看山)으로 스쳐 가는 문인들에게는 제 서정을 쉽게 적셔 주지 않는다. 낙동강에 뿌리를 두었거나 현재 강변에 터전을 잡은 사람들이야 강과 생활이 밀착되어 있기에 낙동강 서정에 젖어 들기 쉽다. 그러나 소전은 강서와 인연을 맺기 전에는 낙동강을 전혀 모르는 사람이었다. 강서 문인들과 함께 어울리는 세월 속에 어느덧 강서의 촉촉한 안개 속에 스며들어 물길 서정이 반짝이는 황혼빛 윤슬로 출렁이고 있다.

굽이굽이 흘러
낙동강 상큼한 바람 맞으려
변함없는 강줄기 따라왔네

그 낯설던 낙동강
강변 사랑하는 꽃들과
정든 물빛 그리움

내 영혼을 담아 둔 강자락에
다시 피어나는 꿈
오래도록 함께 꽃피우리

—「물빛 그리움」 전문

낙동강은 일천삼백 리를 흘러 여기 하구에까지 왔다. 그리고 열 살 무렵 흥남부두에서 발진한 미군함 LST를 타고 낯선 땅에 뿌리를 내린 소전의 인생도 흘러 칠십 년 성상이다. 숱한 그리움들이 강물 위에 조각보로 일렁일 것이다.

어딘지도 모르던 낯선 땅 / 험난한 피란길 숨차게 달려왔네 /

작품 속 지문指紋 읽기

뿌리 내려 정든 고향 된 지도 / 어언 칠십 년이 넘었다 / 고향 잃은 서러움 / 무서운 전쟁의 풍란 / 암울하던 내 어린 시절 / 아이는 자라 일찍 철들었지 / 세파에 흔들리지 않고 / 의지대로 산 삶 / 포근하던 햇살 너머 / 빗줄기 사나울 때도 있었지 / 때로는 훈풍에 / 반짝일 때도 있었네 / 가슴 나눌 가족들 있음에 / 늘 감사하고 살았지 / 가을하늘에 비춰본 내 모습 / 굽이굽이 강물 따라온 길 / 주름진 삶에 훈장 / 손 마디마디 성난 관절 / 머리엔 하얀 서리 내렸네 / 두리뭉실 살아온 인생

　　—「인생사」 전문

　기나긴 폭풍과 먹구름 사이 햇살도 있었고 때로는 훈풍에 반짝일 때도 있었다고 추억한다. 되돌아보면 어찌 그리운 사람들이 없겠는가. 함께 뛰놀던 아련한 기억 속의 고향 동무들, 적수공권(赤手空拳)으로 낯선 땅에서 새 뿌리를 내리려 온갖 풍상을 헤치며 허리를 곧추세우신 부모님, 그리고 사랑했던 남편의 얼굴….

　　약속 없이 떠난 사람
　　남기고 간 숱한 흔적
　　점점 희미해져 간
　　세월 속 그림자만 보일 뿐
　　말이 없는 시간은 강물 따라
　　쉬지 않고 달려가건만

빛바랜 소식
강바람에 실어 전해 올까
한줄기 작은 소망
가슴에 묻어 둔 채
허공에 그려 본다
그리운 마음 꿈에라도…

—「꿈에라도」전문

시인이 낙동강에서 포착하는 추억 서정은 사람만이 아니라 역
사도 곁들여진다. 천성진성이나 외양포 등의 낙동강 하류의 역
사도 그의 눈에 잡혀 든다. 비에 젖은 전적비를 바라보며 이순신
장군의 연전연승의 역사를 새기고, 외양포 사람들에게서는 백
년 삶의 터전을 일구고 살았어도 내 집 내 땅 없는 설움을 함께
나눈다. 가만히 생각해 보면 사람 사는 게 강물 위에 떠내리는
낙엽 같다.

나무 아래 다소곳이 앉아보면
지난날의 하고많은 추억은
조각조각 매달린 나뭇잎
저 잎들 땅에 떨어지듯
세월 따라 물빛 따라
붉게 피고 지는

　　　　　　　　作品 속 지문指紋 읽기

우리네
삶

—「낙엽 인생」 부분

　삶의 다채로운 서사들이 강으로 전이되는 서정이다. 낙동강은 소전에게 참으로 많은 시정을 선사하고 있다. 소전이 문학보다 앞서 익힌 예술은 서예(書藝) 공부였다. 서예 인생의 필치(筆致)가 유유히 흐르는 강물에 섞여들면서 정갈한 물결이 인다. 엮어 온 삶의 행로가 서예의 필묵(筆墨)에 변주(變奏)된다.

　　숙연한 자세로 앉자
　　화선지 붓길 따라
　　시심 담은 글귀
　　묵빛으로 피어난다

　　자유자재 돌고 도는 행서
　　촉촉이 새겨진 글
　　무성한 초목들 숲을 이루고
　　낙동강 글꽃이 생동한다

　　푸른빛에 서린 강물
　　품에 안고 유람도 하지

유연한 붓길 구불구불
유영하듯 흘러가는 행서

―「행서行書」전문

묵빛으로 일렁이는 강물의 글꽃 이미지가 생동감을 자아낸다.
세상의 사연을 일일이 다 기록하는 강물은 시절에 민감하여 풍
랑 따라 다양한 서체로 일렁인다. 여러 서체 중에 시인의 서정을
실은 물길은 행서체로 굽이지는 모양이다. 해서(楷書)는 너무 단
정하고 초서(草書)는 어지럽다. 소전의 인생은 전서(篆書)나 예서
(隸書)의 고아(古雅)한 기풍에 흥겨움도 함께 실어 흐르는 행서체
의 행로다. 이런 삶의 행로에서 비치는 정갈하면서도 유연한 물
결 흐름이 시심으로 스며들어 그의 만년(晩年)은 아름답게 익어
간다.

높푸른 하늘
두둥실 떠도는 빙하

하염없이 흐르는 낙동강
일렁이는 푸른 물결

구름 사이 내민 햇살
붉게 피어난 만경창파

　　　　　　　　　　　　　　작품 속 지문指紋 읽기

일각일각 변하는 하늘

아름답게 익어 가는 황혼

—「황혼 예찬」전문

시인의 서정이 대우(對偶)된 낙동강 하류의 무르익은 시간성이 간명하게 포착되었다. 파문이 이는 조각보 같은 동적(動的) 분위기다. '하늘, 빙하, 강, 물결, 햇살, 황혼' 등의 동원으로 다채로운 색상의 대응이 물결 이미지로 출렁거린다. 적지 않은 나이임에도 낙동강 문우들과 어울린 10년 서정에 이렇게 아름다운 낙동강 시심을 대량으로 건져 올린 시인의 열정이 대단하다.

【3】

이야기 시집『흥남부두 LST를 탄 소녀』는 전쟁의 역사가 되풀이되지 않기를 바라는 마음으로 기억의 퍼즐 조각을 맞추어 보는 시인의 자전적(自傳的) 화보(畫譜)다.

흘러온 삶의 하구(河口)를 서성이며 파란만장했던 물결 생채기를 추억하노라면, 6·25로 인해 부모 형제 남북으로 갈라져 살아온 아픔을 가슴에 묻은 채 일생을 보낸 사람들이 먼저 떠오를 것이다. "길어야 육 개월, 짧으면 삼 개월이면 고향으로 돌아온다는 생각으로, 세 들어 사는 사람에게 돌아올 때까지 집 잘 봐 달라는 부탁과 열쇠를 맡겼다."라는 말은 훗날 부모님께 들었을 것이다. 이 부분에서 전쟁에 대한 민간인의 정보가 얼마나 황망한 것인가를 짐작할 수 있다. 전생으로 인한 민간의 피해는 전쟁터에서만 일어나는 것이 아니다. 누대로 살아온 자기 삶의 터전에서도 때로는 이념으로, 때로는 무고하게, 때로는 영문도 모르게 목숨을 잃는다. 삶의 터전도 뭉개지고, 군인보다 민간인이 더 많이 죽고 다친다. 이런 점에서 과연 전쟁은 누구를 위한 폭력인가 하는 근원적 의문을 품을 수도 있다. 소전도 〈시인의 말〉에서 "어느덧 70년 넘는 세월이 흘러도 날카로운 경계선은 아직 그대로다."고 탄식하고 있다.

그래도 살아남은 사람은 또 피눈물 나는 도전으로 새 뿌리를 내린다. 맨몸으로 내려와 부딪치는 자본주의 사회의 거센 풍랑을 이겨 낸 사람들이다. 소전은 부모님께서 내린 그 뿌리의 수혜자임과 동시에 눈물겨운 극복의 당사자이기도 하다. 그렇기 때문에 『흥남부두 LST를 탄 소녀』는 전쟁의 아픈 역사가 되풀이되지 않기를 바라는 마음으로 퍼즐 조각을 맞추어 보는 시인의 내밀(內密)한 그림책인 것이다. 다행스럽게도 그 그림책의 마지막 장은 시인이 긴 세월 속에 새 뿌리를 내려 용케도 열매까지 수확한 행복을 누리고 있다.

지난 온 시간들
세월에 묻어두고
무심히 달려온
심술궂은 바람

　　　　　　　　作品 속 지문指紋 읽기

인고의 세월
햇살에 익어 간 몸빛
미련도 후회도 없이 보낸
자유로운 바람

강바람 향기 맡으며
물길 머문 자리
정서 쌓인 글들 한마당
황혼빛 강바람

—「황혼빛 강바람」전문

　그야말로 '파란만장(波瀾萬丈)'한 세월이었다. 흥남부두에서 발진한 미군함 LST가 수송선의 역할을 다하자 피란민들은 낯선 땅의 새로운 항해를 위해 맨몸의 거룻배가 되어야 했다. 소전의 부모님은 기항지(寄港地) 거제도를 거쳐 충무동 언저리에서 정박(碇泊)을 하게 된다. 세월의 물결 속에서 뿌리가 더욱 든든해진 소전은 대학 공부와 서예 입문으로 문화의 돛단배를 따로 마련하였다.

　인연의 강바람은 뱃머리를 낙동강으로 불러들였다. 사계절 꽃잎 윤슬 낭자한 강둑에 시심(詩心)의 닻을 내리고, 정겨운 강서 문우들과 어울려 시와 수필을 통해 추억의 서사와 서정도 이미 『가을 꽃바람』에 녹여 내렸다. 낙동강 순풍에 출렁이는 돛단배는 어느덧 소전 인생의 대미를 장식하는 한 부분으로 더욱 아름답게 무르익어 가고 있다.

남은 여정도 계속해서 함께 흘러가기를 바라며, 이야기 시집 『홍남부두 LST를 탄 소녀』 발간에 대한민국 정부가 작은 보상이라도 하듯 부산문화재단 지원까지 받게 되어 더욱 기쁘다.

(2022., 해암)

작품 속 지문指紋 읽기

감창근 시집 『인생 그래프(graph)』
인생의 긍정과 삶의 도전에 대한 서사적 서정

【1】

누구나 시를 쓸 수 있다.

모든 인간은 근본적으로 삶의 본질과 가치를 믿는 순수한 영혼을 지녔기 때문이다. 아무리 평범한 내용이라 할지라도 시를 쓰는 영혼은 -시를 읽는 영혼도 마찬가지겠지만- 아름다운 것이다. 그들은 언제나 인간을 사랑하고 자연의 질서를 존중하는 마음을 지닌 사람들이다.

현대는 여가 문화 향유 시대이다. 지식 정보의 소수 독점 시대를 벗어난 지금, 문화 예술에 대한 대중의 인식도 급속하게 변했다. 문화 예술의 변화를 대중이 선도하는 시대다. 지적 상층부를 공유한 대중은 전문가 못지않게 문화예술의 안목도 매우 높다. 전문가 식견이 오히려 대중의 비판 대상이 되는 시대다. 이는 마치 임진왜란 이후 민중의 각성으로 근대 문학이 형성되는 지점

과 같다. 문학에서만 살펴보더라도 2000년을 전후해서 질적, 양
적으로 문인의 폭발적 증가가 이루어졌으며 이론과 감상도 소수
평론가의 전유물이 아니다. 이제는 한국문화예술위원회의 지원
요건도 '문예지 등단' 중심에서 벗어나 개인별 작품 발표, 문집
발간 등의 대중적 활동을 인정하고 있다. 개인이든 집단이든 문
화 향유의 수준이 삶의 척도로 평가되는 시대이다.

　C.D.루이스는 "모든 사람은 태어나면서부터 시인"이라고 했
는데 이것이 실현되고 있는 시대다. 인생과 자연을 접하면서
사상(事象)에서 문예적 인식 의욕을 가진다면 그것이 곧 시의
시작이며, 그 내용을 정제된 언어로 표현하는 것이 곧 시의 탄
생이다.

　현대의 미적 추구는 다양하다. 홍부는 아름답고 놀부는 추하
다는 이분법적 논리는 윤리적 개념일 뿐 예술 세계에서는 둘 다
훌륭한 심미적 대상이다. 그런데 아직도 시란 감미롭고 아름다
운 외양을 지녀야 한다고 생각하는 사람이 있다면 그것은 반세
기 전의 낡은 사고방식이다. 19세기 낭만주의 시대는 시란 느낌
의 즉각적 표현으로 드러내는 천성(天性)의 미학(美學)으로 여겼
다. 그러나 과학적 사실주의 이후의 현대 문학관은 시도 제작되
고 연마하는 기술적 영역을 흡수했다.

　현대 사회의 변모는 개인의 경제적 여유, 수명 연장, 건강한
삶, 여유 시간을 확보했다. 여기에 복지 사회의 다양한 문화 공
간 형성과 평생 교육을 통한 지식 정보도 공유하게 되어 개인은
자아 정체성 확인을 통한 삶의 질적 향상에 눈을 뜨게 되었다.
생존 위협 시대의 빈곤을 벗어나, 고급 문화의 보편적 취미 활동

영역에 동참 기회를 얻어 교유(交遊) 활동의 폭이 넓어지고 깊이도 깊어졌다.

우현(偶峴) 감창근 시인은 그 대표적 수혜자이다. 평생을 가장으로서 책무를 다하기 위해 직장 생활에 몰두했던 그는 아내의 권유로 낯설게 진입한 문화원 문화학교 수강을 통해 중국어, 연필 정밀, 한문 서예, 한글 서예에 문학 공부까지 겸하게 되어 자기 삶의 업그레이드 시대를 온몸으로 체득하게 된 것이다.

에는 그의 인생 역정이 고스란히 담겨 있다. 〈작가의 말〉에는 자수성가한 치열한 삶과 노후의 반전을 찾아볼 수 있다. 이는 현재 대한민국 성실한 기성세대들이 경험하고 성취한 보편적 삶의 역정이다.

과학은 사물을 관찰하고 시는 인생을 관조(觀照)한다. 조동일 교수의 갈래론에 의하면 시는 '세계의 자아화'이다. 즉, 시인이 외부 세계를 자기의 독특한 가치관에 입각해서 자의적(恣意的)으로 해석한다는 것이다. 따라서 이 한 권의 시집은 세계를 인식하는 시인의 고유한 DNA가 갖가지 결합을 통해 축적된 유기적 구조물일 것이다. 전체적으로 볼 때 우현의 작품들은 교술성이 강하게 드러난다. 그러나 그 시편들이 사념으로 빚어낸 관념이 아니라, 일상적 삶의 현장에서 생생하게 직조된 구체적 서정이다. 따라서 우현 시편의 특징을 단순화시킨다면 '인생의 긍정과 삶의 도전에 대한 서사적 서정'이라 할 수 있겠다. 현대의 스토리텔링(storytelling) 문학 시대를 잘 대변하는 시편이라고 볼 수도 있다.

이 작품집을 두고 이미지 중심의 심미적 표현미를 운운하는 언설(言說)이 있다면 이는 참으로 고답적(高踏的) 사치가 될 것이다. 당연히 문학에서는 표현과 기술의 문제가 수반되어야 하고, 이 언어 연금술이 시의 작법을 지배해 온 것도 사실이다. 그러나 경험을 이야기하는 것이 문학의 출발점이요 또한 종결이라는 점, 그리고 현대 문학 관점의 다양성을 용인하는 관점에 선다면 평가는 사뭇 달라지게 될 것이다. 이 글은 읽는 사람들에게 아름답게 채색되거나 예리하게 도안된 예술적 감동보다는 한 인간의 관념적 가치관을 구체적 서정으로 전해 주는 진솔한 글 밭이 될 것이다. 읽는 이에 따라서 혀끝에 맑게 스치는 쇳가루 맛을 볼 수도 있을 것이고, 삶의 굴곡에서 자아올린 청량한 샘물을 맛볼 수도 있을 것이다.

우현의 시편들은 시를 사냥하고 시를 직조하는 어떤 목적에 의해서 탄생된 것이 아니다. 자신의 내면에 자연 발생적으로 우러나는 상념을 흘러내리는 물줄기처럼 풀어 썼을 뿐이다. 문학의 여러 기원 중에서 허드슨(Willim Heney Hudson)의 자기표현 본능설에 의한 결과물이라고 볼 수 있을 것이다. 본고에서는 주제별로 분류한 200여 시편 5개의 묶음에서 우현 시정의 핵심을 소략하게 톺아 보기로 하겠다.

작품 속 지문指紋 읽기

【2】

제1부 〈고목의 새순〉은 이 시대를 살아가는 노인의 개성적 인식을 담아 놓은 시편들이다. 노인은 기억의 보물 창고다. 농경시대의 가난과 배고픔, 산업화 시대의 치열한 현장 노동을 감내하면서 국가 발전에 기여하였으나 급변하는 정보화 시대의 첨단 기술에서 소외되었다. 그러나 다행스럽게도 국가 복지 정책과 문화 대중화 기획에 힘입어 창조화 시대의 참여 기회를 얻는 세대로 진입했다. 일제 강점기의 식민지와 전쟁, 해방 후의 남북 전쟁과 대치의 소용돌이 속에서 산업화의 혜택을 전혀 맛보지 못하고 고난의 연속으로 생애를 마감했던 우리 부모 세대의 비극적 삶의 역정과는 사뭇 다른 다채로운 경험 세대이다. 인류 역사상 한 생애에 보릿고개의 빈곤을 겪고, 곧이어 풍요로운 삶을 누린 양극단 공유의 경험도 드물 것이다. 이는 오롯이 한국인의 근면과 창조적 역량 덕분이며 지금의 노인 세대들은 그 주역이기도 하다. 그 중심에서 삶을 엮어 온 우현은 최고급 문화예술의 경지로 먼발치에서 우러러보기만 했던 시(詩)의 세계까지 접하게 된다.

고목古木에 순筍이 돋고
꽃이 피듯이
노인들의 가슴 속에도
무궁무진無窮無盡한
억겁億劫의 희로애락喜怒哀樂

고스란히 쌓여 있다

묻혀두면 한恨이 되고
풀어 놓으면
글이 되고 시詩가 된다

노인들 손길에서
시가 창작된다
고목古木에 새순이 돋는다

―「고목에 순이 돋는다」 전문

　나무에서 돋아나는 새순이야 다름이 있으랴만 그 새순을 틔워
내는 고목의 연륜은 시간을 묵히고 공간을 경험해 온 장편 서사
를 담은 육신이다. 치열한 노동 노력과 은퇴, 그리고 문화 현장
에 동참하는 적극적 의지로 인해 노후의 새로운 삶의 장이 활짝
열렸다. 스스로 다진 결실이지만 늦복 터진 삶이다. 고난 극복
인생을 긍정한다.

　　즐거운 나날보다
　　힘든 세월 속에서도

　　고생은 행복이 되어
　　황혼이 아름다운 인생

　　　　　　　　　　　　　　작품 속 지문指紋 읽기

—「인생」부분

돌이켜보면 젊은 시절에는 누구나 그랬듯이 젊은 인생이 영원할 줄 알았던 시절도 있었다. 그래서 「낙엽」에서는 "온갖 꽃들과 / 새들의 속삭임에 / 낮이면 해님이 / 밤이면 달님이 / 세상 모르고 살았다 / 백 년은 그렇지만 / 낙엽처럼 / 떨어질 줄 몰랐다"고 토로하고 있다. 이러한 젊음의 서정은 곧 현실 인식으로 환원한다. 노인의 지혜는 수용과 긍정이다. 만유의 순리를 긍정한다.

자연에서 태어나 / 자연으로 살다
자연스럽게 / 자연으로 돌아가다

나와 너 너와 나 / 다를 게 뭐더냐
세상 만물 모든 것이 / 똑같은 것을

—「생과 사」전문

첫 연에서 의도적으로 반복한 '자연'이 환기하는 서정의 울림이 깊다. 아름답기는 하지만 언젠가는 떠나야 하는 아쉬움을 순리대로 받아들이는 삶, 그것이 가능한 이유는 우현 스스로 삶의 결실이 탄탄하기 때문이다. 치열하면서도 엄정하게 살아온 역정의 결과 오늘의 이 달콤한 열매를 수확할 자격이 있게 영위해 왔다.

제2부 〈사랑은 부메랑〉에는 가족 울타리 안의 내밀한 밀도를 엿볼 수 있는 시편들 묶음이다. 〈작가의 말〉에 있듯 현실의 우현은 "어깨가 아파서, 아니 나이가 있어 어디 일할 때도 없다."는 상황의 대표적 육체노동 은퇴자다. 그런 때에 무엇보다 아내의 남편 사랑이 돋보인다. 「아내의 걱정」에는 "강가에 내어놓은 / 애 다루듯 신경을 쓴다"고 한다. 우현은 "밖에서 일하는 아내 / 신경 안 쓰이게" 하기 위해 고심한다. 아내는 집에서 뒹구는 남편의 활기찬 노후를 위해 정보의 안테나를 곤추세운다. 강서문화원 프로그램을 보여 준 사람도 아내다. 〈작가의 말〉에 "용기를 내어 소 도살장 끌려가듯 문화원 사무실을 찾아갔다. 문 앞에서 서성거리고 있는데 사무원 아가씨가 어떻게 왔느냐고 하기에 자초지종 이야기를 했더니 문화원 프로그램을 설명해 준다."에서 보면 우현은 낯가림이 많거나 아니면 힘든 현장의 오랜 직장생활로 인해 문화생활에 대한 막연한 두려움이 앞섰는지도 모를 일이다. 그러나 작금의 한국 노인문화는 상상을 초월할 정도로 적극적이고 고급화되어 있었던 것을 우현만 몰랐던 것이다. 그 낯설고 어색한 시작이 우현의 삶을 고품격으로 이끌었다. 역시 아내 말을 잘 들어야 했음을 실감한다.

　　누가 뭐래도 내 남편
　　잔소리 한마디 한마디
　　보약 중에 보약이다
　　마누라 말 잘 들으면

황혼길 아름답다

─「보약」부분

아내의 말을 보약이라는 노골적 선언을 보면 이런 팔불출도 없을 것 같다. 전통적 유교 관습에 익숙한 연륜이지만 우현은 당당하다. 젊어서 못 느꼈다면 늙어서라도 철이 들어야 한다는 신념을 토로하면서 일갈한다.

젊어서 못 느꼈던 / 애정의 감정들
늙어서야 깨닫는 / 두 번 사는 인생이면
더 많은 사랑을 / 늙었어야 철이 든다
젊은 사람들이여 / 노망이라 하지 마라

─「마누라」부분

우현의 시편을 보면 젊었던 시절 직장에 충실하고 친구들과 어울리기 좋아하는 당대 남자들의 보편적 가치관이었다. 그가 가족에게도 소홀히 했을 리야 없겠지만 그런데도 반성의 시를 쓴다. 늘그막에 아내에게 살갑게 다하지 못한 젊은 날의 반성문을 쓰는 남편이 이 세상에서 몇이나 될까. 콧수염을 기른 덩치 큰 외모와는 달리 매우 자상하고 솔직 소박한 사람이다.

뒤늦게 철든 남편 / 오늘도 반성문을 쓴다

미안하다 사랑한다 / 앞으로 더 잘할게
이번이 몇 번째이고 / 잘못은 아는 모양이다
젊어서 친구야 술이야 / 가정은 뒷전이었다

　—「반성문」부분

당연히 우현의 시편에서 아들, 딸, 손자, 손녀에 대한 사랑의 사연은 빠질 수 없을 것이다. 태명 동백이, 로니, 로한, 유하, 세하 등 손주와 아들, 딸이 시적 대상으로 등장한다. 이러한 가족 사랑의 근원은 그의 효심에서도 잘 드러난다. 3개월 시한부 삶을 사시는 80세 어머니의 눈빛을 읽고 효도를 위한 직장 구하기를 결심한다.

어머니는 앞으로 얼마나 사실지 모른다. 오늘 아니면 내일까지 지체할 시간이 없다. 내가 출근하는 모습이 효도다. 모든 것 내려놓고 어떻게 하든 꼭 입사를 해야 한다. 꽃길만 걸어온 30년의 화려한 경력들. 인도네시아 10년, 중국·베트남 4년 이력은 모두 지우고 불구덩이라도 뛰어들어야겠다는 마음이 들었다.

(중략)

취직하고부터는 아침마다 '어머니 회사 다녀오겠습니다.' 하고 큰소리로 인사했다. 어머니 얼굴에 미소가 번졌다. 퇴근 후에는 '어머니 회사 다녀왔습니다.' 하며 방으로 들어갔다. 어머니는 눈을 껌벅껌벅하시면서 편안해하셨다. 월급은 얼마 되지 않았다. 어머니께 출근하는 모습을 보여 주기 위해서였다.

　　　　　　　　　　　　　作品 속 지문指紋 읽기

　부제 '다시 얻은 마지막 직장'이라 붙인 시에서 우현의 현실 대응의 강력하고도 실천적 의지는 물론이려니와 가장으로서의 막중한 책무를 확인할 수 있다. 우현의 아내에 대한 무한 신뢰와 사랑은 어머니의 오랜 병 수발에 헌신한 아내의 품성도 크게 기여했으리라 짐작된다.

　제3부 〈꽃 중의 꽃〉에서는 예술과 문학에 탐닉한 노후의 반전을 여실히 보여 주는 시편들로 묶었다. 필자가 서두에서 우현의 시정이 서사적 전개를 축으로 하고 있다고 했지만 자연에서 포착한 시편에서는 대상에서 느끼는 즉시적 서정성을 묘사적 이미지로 직조하고 있다. 이러한 감각적 시정 표현은 앞으로 우현의 시적 변화의 새싹을 예감할 수 있겠다.

　　휘영청 보름달
　　초가삼간을 품에 안는다
　　창호지에 비친
　　마주 앉은 부부 그림자
　　사랑스러울 정도로
　　아름다운 그 자태

　　바느질을 하는지

아니면 짚신을 삼는지
새끼를 꼬는지
마주 앉은 부부 그림자
너무나 아름다운 부부
달빛 그림자

—「달빛 그림자」전문

　향토적 서정 흡입을 위해 '보름달, 초가삼간, 창호지, 바느질, 짚신, 새끼' 등의 시어들을 동원하고 부부의 정겨운 그림자를 주인공으로 앉혔다. 달밤의 옛 고향 풍경을 상기하는 이미지가 실루엣으로 스민 안온한 그림이다. 참으로 맑은 서정 속에 작가의 부부애가 고스란히 스며 있다. 현실적으로 우현은 강줄기가 거미줄로 얽힌 낙동강 기수역 강서에 살아가면서 자연스럽게 강변 서정을 느끼게 된다.

낙동강 고수부지 / 내 것은 아니지만
이 순간만큼은 내 것이다
넓고 넓은 풀밭에 / 호젓이 혼자 앉아
이 세상 모든 근심 걱정
훌훌 털어 버리고 / 잠시 사색에 잠긴다

—「낙동강 고수부지」부분

　　　　　　　　　　　　　　작품 속 지문指紋 읽기

강변의 「갈대」에서는 '꺾일 듯 꺾일 듯 꺾이지 않은 조선의 여인'을 연상하고, 수십 년이 흘렀어도 그때의 처절한 그 아픔을 담고 있는 「낙동강의 한」을 소환하며 깊숙한 역사의식도 살짝 엿보여 준다. 그의 생활 공간에서 바라보는 바닷가 일몰 서정도 일품이다.

　　　　해 질 녘 산 중턱에
　　　　붉은 태양이 걸릴 때면
　　　　잔잔한 바다 위로
　　　　황금 물고기 한 마리
　　　　바다에 드리워진다

　　　　황혼이 물든 쪽빛 바다
　　　　태양이 질 때면
　　　　황혼빛 길게 드리워져
　　　　한 마리 물고기인 양
　　　　살아 움직이고 있다

　　　　—「황금 물고기」 전문

　명징한 이미지로 잘 직조된 소품이다. 쪽빛 바탕에 황금빛을 대비시킨 서경 속에 황혼의 서정이 짙게 스며들었다. 황혼, 황금 물고기가 함유하고 있는 깊은 의미망(意味網)은 시인의 원형적(原型的) 측면을 드러내는 상징성을 담고 있다. 현실적 자아인 노령(老齡)의 탈(persona)과 삶의 아름다운 결실을 향유하고 있는 이상적 자아 영혼(靈魂, soul)이 아름답게 투영된 서정이다. 인생을 긍정하고 삶의 현실을 도전하는 그의 서정 속에는 그림자(shadow)는 잘 드러나지 않는다.

제4부 〈삶의 무게〉에서는 동시대인의 삶과 시인의 가치관이 드러난 시편들이다. 시인의 젊었던 시절에는 '자수성가(自手成家)'란 참으로 좋은 운명인 줄 안 때도 있었다. 알고 보니 이것은 무수저나 흙수저로 태어난 고난의 팔자였다. 그래서 자수성가의 인생 그래프는 대부분 심한 굴곡의 인생 역정을 헤쳐 온 사람들이다.

단맛 쓴맛 모두 맛본
인생 그래프의 굴곡

올라갔다
내려갔다
바닥까지도 떨어져 봤다
매달려도 보았다
기어서도 가보았다
앞만 보고 달려왔다
굴곡마다 애환이다

젊었을 때의 고생

정상으로 오르기까지
우여곡절로 이룬 결실
순풍과 돌풍에 돛단배 몰듯
인생을 살아본 자만이
맛볼 수 있는
인생 그래프의 꼭짓점

―「인생 그래프」전문

밑바닥에서 출발한 자수성가의 결실은 오늘을 행복하게 영위할 수 있는 공인자격증이다. 그 기본이 가화만사성임은 두말할 나위가 없다. 인생 마지막 장에서 누리는 행복의 기준을 김창근답게 부부 사랑에서 가늠하고 있다.

마누라를 / 불렀을 때
왜요~ 하고 / 대답하면
당신은 / 행복한 사람

여보, 어디예요 / 서로 묻고 / 전화하면
당신은 / 행복한 사람

집으로 갈 때
걸음걸이가 / 빨라지면
당신은 / 더 행복한 사람

— 「당신은 행복한 사람」 전문

다정다감한 서정이 참으로 살갑다. 아내를 인식하는 가치관이 동년배들과는 사뭇 다르다. 그렇다고 우현이 아내의 치마폭에만 매달려서 문화 일상을 누리는 '젖은 낙엽'이나 '우환덩어리'의 남편이 아니라 자기 정체성도 확고한 사람이다. 컴퓨터나 핸드폰의 다양한 기능도 곧잘 익히고 활용하면서 SNS의 위력과 거기서 얻는 즐거움을 유용하게 누릴 줄 아는 사람이다. 그러면서도 이 시대의 숱한 노인들이 함몰해 버린 카톡이나 유튜브에서 쏟아지는 가짜뉴스에 대한 폐해도 잘 파악하고 있다.

> 소나기처럼 쏟아지는 / 카톡 카톡 유튜브
> 진짜 같은 거짓말들 / 믿어야 되나 말아야 되나
> 안 좋은 건 흘려듣고 / 옮기지도 말아라
> 한 곳에 치우치면 / 마음 상하고 몸 상한다

— 「거짓 뉴스」 부분

대한민국 현실에서 거짓 정보에 현혹되어 몸과 마음도 망치는 폐단의 정곡을 직설적으로 찔러 내는 노인이 몇이나 될까. 인류 역사에서 권력의 핵심 요소는 지식이다. 그래서 '아는 것이 힘'이라고 했다. 최첨단의 현대 사회에서도 지식이 금력과 권력을 생산한다. 다만 그 지식이 책에 담겨 있던 시대가 지나간 지금은 인터넷 지식 정보의 홍수 시대이다. 검색하면 다 있다. 그래서 이제는 지식이란 진위(眞僞)를 분별할 줄 아는 능력이다. 역시 우현은 세상의 허상을 벗기고 그 진실을 찾는 안목이 있기에 그는 시를 쓸 수 있고, 그의 시에서 진정성을 느낄 수 있다.

제5부 〈일송정 푸른 솔은〉에서는 국내외 여행의 서정을 담았다. 백두산, 두만강 등 민족 분단의 현장을 보면서 일제 강점의 역사도 더듬어 본다. 그의 여행 동선은 풍광이 아니라 그 속에 스며 있는 사회상을 함께 조망한다. 이러한 포착 시선은 그가 의도하는 바가 아니라 체화(體化)된 것 같다. 자연스럽게 시정으로 드러나게 된다.

> 책에서 읽던 송화강을 지나 / 일송정 푸른 솔을 보았다
> 옛날 그 솔은 일제에 희생 / 그 자리에 또 한 그루 일송정
> 윤동주 시인의 어린 시절 학교 / 역사의 기념관을 둘러보고
> 두만강 푸른 물 나룻배에 올라 / 지나온 그 길을 더듬어 본다
>
> —「일송정 푸른 솔은」 부분

문화 관광 시대를 살면서 우현도 국내외의 많은 명소들을 답사하게 된다. 그중에서도 외국 문물을 접한 소회를 전하는 서사, 특히 인도네시아 기행에서는 오랜 세월 저편의 애틋한 감회에 스며든다.

인도네시아행 비행기
가는 동안 온갖 생각들이
주마등처럼 스쳐간다

(중략)

십 년 동안 살면서
가족과 같이 지낸 지가 오 년
떨어져 지낸 지가 오 년
왔다 갔다 하다 보니
정이 많이 든 곳이다
자카르타의 향수가 너무나 그리웠다
정리를 하고 떠나온 지 오래다
코끝에 확 풍기는 냄새가
지난날이 떠 오른다

　　—「향수」부분

　우현은 젊은 시절의 직장 생활, 산도 물도 낯선 타국 생활의 온갖 시련 속에서도 가장의 책무를 다하기 위해 고군분투한 7080세대 주인공 중의 한 사람이다. 이제는 회상 속 지난날의 감회에 깊이 젖어 드는 연륜이다. 기행뿐만이 아니다. 시집 『인생 그래프(graph)』의 적지 않은 서정들이 그렇다. 시간을 묵고 공간을 누비며 알뜰살뜰히 한평생을 엮어 온 우현은 시편들은 대부분 그 향수의 잔영들이다.

　　　　　　　　　　　　　　　　작품 속 지문指紋 읽기

【3】

인간이 존재한다는 것은 의식하기 때문이며 시는 그 의식을 더욱 치열하게 일깨워야 하는 쉽지 않은 작업이다. 의식이란 느낌만도 아니며, 생각이나 이해만도 아니며, 지식이나 판단만은 더욱 아니다. 인간 존재와 자연의 질서에 대한 깊고도 총체적인 작용이 곧 의식의 요체이다. 이것은 궁극적으로 자신의 발견에서 얻어지는 것이다. 그러나 인간은 그가 접하는 사상(事象)에 대한 직관력을 키우는 영혼의 고된 작업보다 육체의 감미로운 안락에 더 매력을 느끼는 동물이다. 그러므로 첫머리에서 누구나 시를 쓸 수 있다고 했지만 아무나 시를 쓰는 것이 아니다.

우현(偶峴) 감창근 시인의 인생 역정이 담긴 『인생 그래프(graph)』의 내용은 가난을 극복하고 자수성가한 기성세대들의 보편적 서사다. 200여 시편들에서 추출한 '인생의 긍정과 삶의 도전에 대한 서사적 서정'은 우현이 일상적 삶의 현장에서 체득한 구체적 증언의 최대 공약수이다. 시상 전개에 서사를 축으로 하였기에 간결한 진술에 메시지가 선명한 스토리텔링(storytelling)의 시편이다. 그러면서도 서정이 무르익은 장면에서는 명징한 이미지를 포착함으로써 시적 미감을 한층 도드라지게 하는 언어 예술의 멋과 맛을 구현하기도 한다. 서사를 담고 이미지를 직조하는 이러한 시적 디자인은 앞으로 우현이 내디딜 서정시의 변화된 출발점이 될 수 있을 것 같다.

칠순 기념 시집을 상재하는 우현 감창근 시인은 오늘도 문학

과 더불어 연필 정밀, 서예에 이르기까지 행복한 문화예술의 가
속 페달을 밟고 있다. 이후로 우현이 엮어 낼 미래 자화상이 어
떻게 변모할지 궁금해진다. 문화 예술의 새로운 짝을 만나 인생
의 팔부능선을 채색하는 우현(偶峴)이다. 그의 아호(雅號)와 더불
어 일취월장하는 아름다운 운행(運行)을 기대한다.

(2022., 해암)